獨行於經典之間

張隆溪
獨行於經典之間

香港城市大學出版社
City University of Hong Kong Press

國際統一書號：978-962-937-671-0

出版
　　　香港城市大學出版社
　　　香港九龍達之路
　　　香港城市大學
　　　網址：www.cityu.edu.hk/upress
　　　電郵：upress@cityu.edu.hk

Zhang Longxi: Walking Alone among the Classics
(in traditional Chinese characters)

ISBN: 978-962-937-671-0

Published by
　　　City University of Hong Kong Press
　　　Tat Chee Avenue
　　　Kowloon, Hong Kong
　　　Website: www.cityu.edu.hk/upress
　　　E-mail: upress@cityu.edu.hk

Printed in Hong Kong

這張攝於 1960 年 11 月的舊照片，是張隆溪
剛進成都 28 初中時，與 1963 級四班的同學
吳肇廬相約到成都市美術社照的，幾乎是他
僅有的童年青年照。

目　錄

序言

傳承、啟迪，一直都是教育的使命及社會的責任。儘管大學通常被認為是最高學術機構，卻經常被形容為「象牙塔」。那些在「塔內」專注研究及探索學問的學者，自然讓人感到疏離、難以親近。即使是知名的國際級學者，對學術圈以外的人而言，只是印在學術著作作者欄目上的名字，端正不苟的字體彷彿也刻印着權威，聞其名而不知其人。

香港城市大學（前身為香港城市理工學院，1994年正式成為大學，以下簡稱「城大」）自 1989 年遷入九龍塘達之路永久校舍後，位於社區中心，與世界緊密相連。對城大的教授和學者而言，承傳知識，啟發青年學子的想像力及創造力，一直是他們研究及教學的主要目標，也是他們的實際使命。

學者也是人，教授只是一個職稱。城大出版社於 2021 年開始推動策劃一套全新的學者專訪叢書——「城儁系列」（CityU Legacy Series），邀請了城大資深卓越、在各自研究領域具有貢獻且享有學術聲譽的學

者，分享他們的成長經歷，回溯學思之路，細說學術
人生。本叢書期望透過學者們真實的個人經歷，展現
他們的踏實人生，擺脫外界對他們的誤解。

　　叢書以人物為單位，每本書細述一位城大學者的
故事。每位學者的性格與經歷各具特色，或曾遭遇苦
難，或曾面臨學術研究的挑戰，但共通之處是他們都
對學術研究抱有濃厚的熱誠與嚴謹認真的態度，持有
自己獨特的見解，且樂於學術推廣，盡心盡力培養學
生成才，恰如城大的校訓所蘊含的「敬業樂群」精神。

　　值得一提的是，從策劃開始，「城儒系列」就希
望達致教與學的目的。出版社得到優才及教育發展處
（Talent and Education Development Office, TED，前名
教育發展及通識教育處）的教學基金支持，在成書過
程中，安排城大學生參與出版流程：協助前期邀約學
者的書信撰寫，跟隨資深媒體撰稿人學習資料搜集、
準備訪問前期工作、一同參與訪問學者，把訪談錄音
轉寫為文字，負責校閱工作等等。這與我們優才及教
育發展處支持教與學，培養追求卓越、有發展潛力的

城大優秀學生，啟發創新能力的使命一致。從策劃到成書，學生的參與為這套以城大學者為主題的叢書增添了更深層次的意義。

城大一直擁有自由的學習與研究環境，讓學者發揮他們的學術專長；學者亦樂於傳授自己的專長予學生。除了讓社會大眾了解學者的學術人生，我對「城傭系列」的出版還有一個冀盼，就是希望有志於學術研究方面發展，或有興趣踏足此領域的青年學子，可以從不同學者的故事中獲得啟發和鼓舞，不必望而生畏或自我懷疑。因為在他們眼前學術成就超卓的學者，並非高不可及；學術之路是前輩學者逐步踏出、開拓的。只要願意努力並堅持不懈，每一位學生都可以走上更高更遠的學研之路。

最後，我由衷感激在這個系列中分享自身經歷的城大學者同仁。他們卓越的研究成果及學術生涯，不僅為個人帶來了學術成就，也為社會做出了巨大的貢獻，為今天及日後的青年研究學者留下不可磨滅的影響力。

　　無論是城大師生，還是社會大眾，我誠摯地邀請
你們閱讀城大學者的故事。在追溯個人學思之路的過
程中，他們所曾走過的歷史時空，所曾遇見的人與
事，都會於訪談中呈現出來。我相信，這系列叢書所
記述的，不僅是每一位學者個人的生命歷程，也是一
整代人的故事。

羅錦榮
香港城市大學優才及教育發展處處長
香港城市大學化學系講座教授

2022 年 9 月的一個星期三早上，香港城市大學校園裏人頭湧湧。因為疫情，實體課已停了將近三年，這學期才剛剛恢復。在久違了的講堂上，張隆溪的課 Great Works in the Humanities 專門教授大學新生中西文史哲的經典著作；第一課由蘇格拉底開始講起，談蘇格拉底視自己為牛虻，整天螫着雅典，讓這頭已變得肥胖的駿馬保持清醒。但牛虻讓馬匹不快，開罪眾人，牠的下場，是被控犯了兩條罪行，一是他不敬神靈，二是他毒害青年的頭腦。

公元前 399 年，500 人組成的民眾法院最後以 360 票對 140 票，判處蘇格拉底死刑，要他服毒自殺。據記載，蘇格拉底本來有機會逃跑，他的學生已準備好賄賂守衛，但被他拒絕了，他認為逃走有違自己提倡的原則。他的學生柏拉圖將審判過程記錄下來，寫成《蘇格拉底的申辯》（Apology），流傳後世。張隆溪以此篇開始他的課程，一個重要原因是蘇格拉底在申辯中說明，謙卑和認識到自己無知，乃是哲學的最高智慧。有神諭說，蘇格拉底是全希臘最聰明的人，而蘇格拉底並不認為自己最聰明，於是他與各種人去交談，從治理城邦的王者到詩人再到各行各業的百姓，希望找出比他自己聰明的人，也由此理解神諭真正的含義。然而交談的結果卻使他發現，雖然每個人都各有專長和知識，但幾乎所有的人都覺得自己很聰明，懂得比他們實際知道的更多，而認識不到自己無知。所以神諭的真義是說，人都是愚蠢無知的，但他們又往往自以為是，認識不到自己的無知。蘇格拉底知道自己無知，所以他是人當中最聰明的人。希臘哲學要人認識自己（*gnōthi seauton*, know thyself），其意義就是要認識到自己的無知。這和孔子說「知之為知之，不知為不知，是知也」（《論語‧為政》），是同樣的道理。剛進大學的新生面對人文學科的大經大典，往往覺得高深莫測，信心不足。張隆溪講《蘇格拉底的申辯》篇，就是要鼓勵學生們求學，讓他們知道，無知正是求知的起點，而且認識到自己無知，就和蘇格拉底一樣，可以是獲取智慧的開始。

全長三小時的課，最後部分由學生發問。其中一名女生問他：如果你發現自己的想法跟社會的不一樣，那怎麼辦？

「其實在某種意義上講，做學問的時候就必須是不一樣的才有價值！如果你講的跟別人講的完全一樣，就沒有必要去發表了。有價值就是總是跟別人有點不一樣。」

數十年來，張隆溪一直用蘇格拉底為新生上第一課，自然有它的特別意義。蘇格拉底知道自己的想法與社會是不同的，特別是跟管治階層不同，堅持下去得付上沉重代價，但他從不退讓。張隆溪在學術問題上，也是堅持原則和學理，從不退讓。他從 1980 年開始發表論文，漸露頭角，就從不盲從權威，常跟國際上某些頗為知名的學者探討商榷。數十年下來，他筆下批評過大名鼎鼎的學者不計其數。私下裏他為人隨和客氣，文質彬彬，但跟他熟悉的朋友都知道，一談到學術他從不退縮。今年剛七十六歲的他仍每天寫作，對於時髦但偏頗的理論和潮流，下筆批評仍然辛辣。

這種精神大概與他的成長經歷有關。張隆溪的故事相當傳奇，他沒讀過大學，中學畢業遇上文革，在社會停擺那十年他一直自己讀書自學，後來文革結束，他以總分第一名的成績，直接考上北大西語系讀研究生。對於文革時期那種喊口號、動員所有人搞政治運動，盲目服從而缺乏獨立思考的集體主義，他深惡痛絕。不管是民粹主義、社會運動、時髦的文學理論，不管潮流有多火紅，他總是冷眼旁觀，不管有多孤單，他也總是走自己的路。

走過的年月

張隆溪在動盪的時代出生成長，十一歲時正值中國困難年間，發生大飢荒，那一年喪父，不久母親也去世。他讀書成績再好，中學一畢業就爆發了文化大革命，那十年官方宣傳「讀書越多越蠢」，但他沒有荒廢日子，在最火紅的年代埋頭自學。上山下鄉時，日間在田裏，夜間讀莎士比亞。後來竟能以中學畢業生的身份入北大讀碩士，受錢鍾書、朱光潛等大師授藝，被認定是他們的傳人，及後又到哈佛大學念博士，跟國際著名的學者切磋學問。在加州大學教學十年，1998 年獲邀來到香港城市大學任教。時光荏苒，赴美一去已經二十多年。當年沒機會讀大學，看不到未來，也不敢想像未來的小子，今天已是國際間重量級的學者。

第一章
艱險奮進　躬耕苦讀

張隆溪 1947 年出生在四川成都，七十五歲的他回憶起童年，有趣的是他仍然清楚記得在三四歲之間做過的一個夢。成都氣候比較潮潤，多蚊蟲，床上都罩着蚊帳。他記得那時曾好幾次做過同樣的夢，在睡夢中一睜眼，就看見一個巨大的金臉，佔滿了整個蚊帳，嚇得他驚醒過來。媽媽讓他不要害怕，說那是佛，是保佑你的。媽媽並不信佛，他自己更從來不信神拜佛，但那個夢卻留下記憶，使他有時會產生一種神秘感，覺得自己在一生成長過程中，雖然經歷過不少坎坷，但在關鍵時刻又常有人幫助，似乎冥冥之中自有安排，得到某種眷顧。

張家氏系

　　張隆溪父親張崇璉原籍遂寧，年輕時移居成都經商，曾結過兩次婚。第一個太太生有三子，過世之後，他父親再婚，又有三個子女。張隆溪 1947 年出生，在家中排行最小，出生那一年父親張崇璉已年屆花甲了。「父親去世很早，我對他記憶很模糊，但在我三歲時，父親就教我識字。」張隆溪記得父親常帶他坐在成都的茶館裏，用手指沾一點水，在桌面上寫字，教他讀寫。他家裏有《船山詩草》、《經史百家雜鈔》等書。從小父親就給他講《聊齋》故事，讓他讀《三國演義》、《說岳全傳》。他說，張氏家族歷來就很重視讀書。

　　他從小就聽說，家裏幾輩人起名字都依據一首詩，原來清代名臣、治河專家張鵬翮是家中先祖，傳說有年康熙皇帝曾在北京懋勤殿召見了張鵬翮，先祖題詩一首，其後張氏家族即以此為字派詩，每輩各按順序取其中一字為名。

　　詩曰：「懋勤顧問，知遇崇隆，清正仁厚，進德立功。」張鵬翮兒子用懋字起名，孫子用勤字。張隆溪父親張崇璡是崇字輩，張隆溪兄弟姐妹是第八代隆字輩。張氏家族最有名的是張鵬翮的第四代後裔張問陶，出生時其父張顧鑑為官山東館陶，所以名問陶。他是清朝乾嘉時代的大詩人，當時最有名的詩壇盟主是性靈派大詩人袁枚，洪亮吉向袁枚推薦張問陶，袁枚十分欣賞，對洪亮吉說：「吾年近八十，可以死，所以不死者，以足下所云張君詩猶未見耳！」他讀到張問陶的詩大為欣賞，引為「八十衰翁生平第一知己。」

　　張隆溪與張問陶又相隔四代。童年時父親年事已長，張父約在 1958 年去世，那年他才十一歲，兩年後（1961 年）母親也離世了。「父親是漢族，媽媽是滿族，姓關。我記得媽媽很會做飯，這大概跟她家族有關係。成都當年有個非常有名的館子叫榮樂園，館子的大廚跟關家有點關係，每年過年都拿很多吃的來，所以我媽媽跟姨媽都很會做菜，完全可以一個人做一桌席。」

　　張隆溪出生時已家道中落，他的姐姐跟哥哥都沒上大學。姐姐因為會唱歌，五十年代就參加了部隊文工團；哥哥讀書成績不錯，但未能上大學，只在中專學校學醫，後來當了四川安縣醫院的放射科醫生。張隆溪從小學習成績優異，最早的理想是當畫家，但讀中學之後，對外文也很有興趣，喜歡哲學、文學、歷史。1963 年他初中畢業，喜歡他的美術老師替他在四川美術學院附中報了名，他也參加了考試。美院這種專科學校收生比一般學校早，那一年四川美院附中在重慶收十二名學生，在成都收八名，雖然張隆溪沒有去做體檢，還是被錄取了。那時他的志向已經有所改變，而錄取他的是美院附中，不是正式的大學，所以他故意不去參加體檢。因為父母都已去世，比他大十多歲的姐姐就像家長，美院的老師找到他姐姐，希望她同意張隆溪去重慶，將來進入美院。但姐姐說弟弟學習成績一直很好，我們家姐弟三人沒有人上過大學，堅持要他讀大學，就拒絕了美院附中的錄取。

「求進步」而不得

但張隆溪始終沒讀上大學。他成長的年代，國家風雨飄搖。父親去世的 1958 年，中國發生三年大饑荒，「其實按我們家的基因看，我父親應該活得很長，但當時太可怕，因為飢餓，很多人都水腫。我父親就是在那種情況下過世的。大饑荒完全是政治造成的，後來有人說是自然災害，其實哪有什麼自然災害？那幾年根本是風調雨順，但當時搞大躍進、人民公社，畝產萬斤糧，虛假冒進的結果是造成了人為的大災難。」

早在數年前的 1955 年，中國就出現層層抬高經濟指標的趨勢，基建規模越來越大，項目之多，已超越了第一個五年計劃（1953–1958）的指標。國務院總理周恩來等曾提出「反冒進」的說法，但 1956 年毛澤東卻認為對經濟工作中進急情況的糾正是錯誤的，提出「反反冒進」，同時發動「反右運動」。1957 年 11 月 13 日《人民日報》提出「大躍進」口號，在工業及農業上追求「躍進」的數字，號稱二十五年內要「超英趕美」，推動全民大煉鋼鐵、建立人民公社等等。

大躍進發動之時，好大喜功，虛報農產量比比皆是。《人民日報》常用顯著版位報道糧食高產「衛星」，創出高產量的新聞。夏糧畝產數百斤，被虛報至數千斤甚至「畝產萬斤」。虛報浮誇之風帶來嚴重後果，全國食物供應量急降，饑荒更加嚴重。張隆溪成長於物產豐富、被稱為「天府之國」的成都，那時也出現糧食短缺。那年代，中國社會什麼都要分配，買米要政府定期發放的糧票，買衣服要布票，買肉要肉票，買糖要糖票。而且配給都有等級，牛奶、雞蛋要嬰兒或某個級別以上的幹部才可以享用。現在很平常的東西，當時都沒有。他記得父親長得頗高大，大概有 1 米 78，但他自己身高不到 1 米 6，多少因為正在長身體的階段，遇上了大饑荒。他回憶起那時候有所謂「康福散」，其實就是糠和粗糧混雜的食物。糠就是穀的殼及胚，平常被當成家畜的飼料，但在饑荒之時，卻成了人的主食。他記得有一次，媽媽在街上給他買了個點心，剛拿到手上就有人從旁撲過來，把點心搶了，一口吞下去。他當時還小，嚇壞了，但現在回想起來，他說那個人也不是壞人，只是餓慌了。

父親張崇璵從前在私人銀行工作，但銀行在新中國成立（1949）之前已經倒閉，「之後就家道中落了，開始變賣家當。我記得家裏有很多瓷器，後來都拿去賣。我家不是最窮的，但也不是很好。」生在中產之家，在火紅年代被認定「出身不好」。毛澤東時代的中國講階級鬥爭和階級路線，把人按家庭出身分為幾等，學生中也是這樣。幹部子弟社會地位最高，從前是地主、資本家的兒女最受歧視，而一般家庭子弟則處在灰色的中間地帶。那時講「又紅又專」，紅的意思是政治上要求進步，加入共產黨和共青團，專是指學習成績要好。「我因為沒有『革命家庭』的高貴出身，加上從小就比較獨立，不容易被接納，所以做不到『又紅又專』。學習成績好反而成為『白專』，在政治上更受排斥，所以我連共青團都沒加入過，更不用說入黨了。」二十世紀六十年代，階級鬥爭和階級路線越演越烈，終於在 1966 年引發了「文化大革命」。張隆溪回憶說，「人被分為高低貴賤的等級，有所謂紅五類，黑五類。幹部子弟紅衛兵公開講血統論，大喊『龍生龍，鳳生鳳，老鼠生兒打地洞。』這口號對一般家庭出身的大部分年輕人，是帶有極強的侮辱性和壓迫性的口號。」

因為父母去世，張隆溪十三歲就住校。姐姐比他大十多歲，先在部隊文工團，後來回到成都八一小學當老師，哥哥則遠在安縣，所以他從小獨立生活。張隆溪念的初中叫二十八中，高中轉到九中。二十八中後來叫金河中學，現在改名為樹德協進中學；九中後來改名樹德中學，在成都都是很好的學校。幾年前二十八中一百周年校慶，還請張隆溪錄製一段視頻在學校慶典上播放。現在成都這兩所中學的外牆上，都有他作為傑出校友的肖像，不過在張隆溪讀書的年代，情形卻很不相同。中國社會進入政治大風暴的年代，少年張隆溪從生活中了解到出身和階級的觀念，也認識到政治對每個人的影響。「當時我有個印象，因為二十八中靠近西教場、軍區，學校有很多幹部子弟，在學校裏耀武揚威。我非常清楚自己在學校裏沒什麼地位，他們對我的態度是另一等級，雖然大家都是學生，但他們是一個群，我是 outsider。」他記得，成都最好的學校是四、七、九，其中「九中」幹部子弟比例最高，百分之六十都是省委市委幹部的子女，他們有特權，而他則必須靠自己。那是一個喝牛奶也是一種特權的年代。跟據戶籍制度，人口也不能流動。在「越窮越革命」的意識形態控制下，物質享受和追求快樂的意願都會被壓抑。他記得，當時市面上人們的衣服不是灰藍就是草綠，在物質生活上沒有任何樂趣可言。不過年輕人畢竟充滿了青春活力，除自己畫畫、看書之外，那時候他也常和同學們一起踢足球，到成都杜甫草堂、武侯祠、青羊宮和許多有文化傳統和歷史傳承的名勝古蹟去遊玩，在精神生活中去尋求自己的樂趣。

無樂自欣豫

　　在這大環境下，他一頭栽進文字和藝術的世界裏，從困苦中找到一絲寧靜。他從小喜愛繪畫，初中開始學外語也就喜歡外語。因為環境關係，五六十年代的中國少年多學俄語，張隆溪卻恰好分在英語班。他記得決定不去美院附中之後那個暑假，他找來一本四十年代編寫的高年級英語教材，猛記單詞，又讀英語原文的語法書，英語詞彙量和理解能力都突飛猛進。他因為考試成績優異，考上九中的高中部，那時他的英語水平已遠超過班上同學。教他們班英語的一位女老師特別開明，允許他上課自己看書，只有其他同學答不上問題時，才要他回答。對此，他一直心存感激。

關於學語言，張隆溪有一套理論，「我總結學英文的經驗，你不能一直看自己看得懂的英文書，完全看得懂就沒法進步。也不要看完全看不懂的，那樣就沒法看下去，也不會有進步。你要找比你能懂的稍高一點的水平，才會學到新的辭彙，看懂了再往上走。我當時看的是四十年代編的教科書，它比我們當時的教科書深。文革之前書還是很多的，有舊書也有新書，也有原文書。」

他也學過俄文，而且學得比其他同學好，「因為看了查良錚先生翻譯的俄國詩人普金希（Alexander Pushkin）的詩，很喜歡，初中就自學俄文。我的俄語學得還不錯，最可笑是有一次快考試了，一個俄語班的同學還來問我怎麼記俄文單詞。那個同學是成都市委一位書記的兒子。」那時候他常去成都外文書店，裏面很多蘇聯出版的很便宜的書。除英文書之外，他還買了俄文的德語教科書，開始通過俄文學德文。

為什麼對學語言特別有興趣？他認為首先是一種特別的感覺，也是想了解外面世界的願望。他不喜歡一般的英語語法書，因為例句都很簡單無趣，喜歡看的是不僅講語法、而且有深度的講語言的書。他很欣賞丹麥語言學家耶斯柏森（Otto Jespersen）寫的書，因為「他寫的語法書講哲學，非常有意思，我看得津津有味。」

在回顧少年時代的一篇文章裏，張隆溪引用了陶淵明的詩句：「憶我少壯時，無樂自欣豫」，以此來形容當時的情形。所謂「自欣豫」，就是「自得其樂，也就是做令自己快樂的事情，我從高中就有這樣的想法。那時候最感興趣就是中國古典文學和外文，背很多詩詞；外文其實包括了文學、哲學、歷史。」後來不管外部世界發生怎樣的變化，他總埋頭讀自己喜愛的書。張隆溪是老派讀書人，強調記憶。他回憶自己學外語的經驗時說：「初中到高中那個暑假，我讀一本三四十年代上海出版的高年級英語教科書，自己拿紙片把不認識的新單詞抄下來，用釘書機釘成厚厚的一小本，隨時查看。其實我記憶力不算特別好，但那個暑假進步很大。」但他強調學外語詞彙不能死背，因為字典裏單個的詞好像是死的，只有意義的各種可能性，而只有在句子裏，在上下文的語境裏，單詞才成為活的語言，才最能體現其不同層次的含義。坊間傳聞張隆溪英文好是因為他背字典，但他完全否認，而且説「這是亂傳，我從來沒有背過字典，背字典是最笨的辦法，應該在活的語言環境中去學外語，尤其在文學作品中去學語言和語彙。背誦詩詞則完全是另一回事，我當然贊成背誦詩詞。」

在任何語言裏，文學語言都是最美的。文學常識看來似乎並不那麼重要，但我們説某個人的中文好，往往是指這個人能背誦一點古典詩詞，寫作時能適當運用帶一點文言味道的詞句。受過教育的中國人往往都背得一些唐詩宋詞，這對我們自己的文化修養和文化認同非常重要。張隆溪對香港的教育頗有些失望，因為太講究實用，完全不重視文科，也不重視歷史課教育。這種表面看來追求實效、鼓勵經濟發展和技術進步的教育政策，最終卻造成危害極大的社會問題，使得一些年輕人不認同中國和中國文化。沒有認同感，怎麼可能熱愛自己的國家和社會，成為香港有社會責任感的公民呢？這是值得我們深思的大問題，這種輕視人文教育的狀態必須徹底改變。

十年文革 看清歷史

張隆溪 1966 年高中畢業，恰好遇到前後持續十年的「文化革命」，那年他十九歲，對當時發生的事情記憶猶新。他回憶説：「那是突然發生的，學校突然就宣佈要停課。那時我們期終考試正快結束，以為最多就停幾個星期、幾個月，結果一停就是十年，真是可怕。」文革一來，紅衛兵進駐學校，當時的口號叫「停課鬧革命」。紅衛兵到處張貼大字報，紅色浪潮由北京迅速擴散到全國，其中最難忘的一幕，就是目睹老師們被批鬥。老師們是知識分子，都成了「臭老九」和「牛鬼蛇神」，被掛黑牌，剃陰陽頭，還關進「牛棚」，常被紅衛兵拿皮帶抽打，身心都受到侮辱和折磨。「記得九中有一位數學老師，大家都覺得他人很不錯，年紀也不小了，因為以前曾經參加過國民黨，被鬥得很厲害。他被關在學校的教學樓上，不准回家，後來受不了折磨，就從樓上跳下來，頭着地死了。」他記得「那是冬天，天氣很冷。早上看見老師的屍體，臉色蒼白而有點發綠。」那畫面給他留下很深的印象，至今仍歷歷在目。

　　文革的動亂，在不同政治派系和利益團體的背後支撐下，發展為不同派系紅衛兵的武鬥。成都的紅衛兵分成兩大派，一叫八二六派（四川大學東方紅八二六戰鬥兵團），另一叫紅成派（紅衛兵成都軍團）。他們都以大學生為主，但也有很多中學生跟着，「他們兩派後來武鬥，真的拿槍來打。有一次在成都 502 廠，我親眼看見好幾個人被打死！」因為重慶有很多軍工廠，後來幾派鬥起來，連坦克車都開出來了。最可笑是各派都說自己忠於毛主席，卻互相打得你死我活。經歷過這段歲月，讓他看清楚歷史，看清一切激烈政治運動的一個規律，一個鬥爭的邏輯，那就是一開始需要團結起來一致對外，把外部敵人都消滅之後，就逐漸把鬥爭的鋒芒轉向內，清理內部，互相爭鬥。法國大革命就先是把皇室和貴族推上斷頭台，後來 Maximilien Robespierre（羅伯斯庇爾 1758–1794）把當年發動革命的許多領袖人物殺掉。俄國革命也是一樣，列寧一死，斯大林就把當年參加過十月革命的許多領袖人物都清洗掉了。這幾乎成為一條規律，幾乎所有激進的政治運動都是這樣。他記得文革開始時，老百姓也很高興，因為有權的人都被打倒了，「但後來每個人都被打倒，每個人都倒霉，中國經濟到了崩潰的邊緣，國家的狀況岌岌可危。這就是激進意識形態和政治運動的後果。」

燒書與贈書

　　中國傳統重視讀書，但在文革當中，知識分子被侮辱性地稱為「臭老九」，是最低下的。「在蒙古人統治中國的元代，有『九儒十丐』的說法，討飯的乞丐是第十等，地位最低下，讀書人比乞丐好不了多少，只是還沒有到討飯的地步。所以『臭老九』的來由是蒙元時代侮辱學者的說法。」

文革時宣傳讀書越多越蠢，知識越多越反動，但青少年時代的張隆溪對此卻深感厭惡，只想全情投入自己的世界裏去。當時的張隆溪手上沒什麼書，而中學（九中）圖書館的書全都被燒光了。然而在那些艱難的歲月裏，張隆溪先遇上了之前二十八中的潘森林老師，後來又遇見歐陽老先生，一個個在他生命中偶遇的人，出手相助，改變了他的一生。

「潘森林老師其實沒有教過我課，但是我在初中的時候，英文已經很好，許多老師都知道，所以他認識我。剛好要下鄉之前，有一天我在街上碰到他，他說他被抄家，書都被紅衛兵拿走了，可是有兩本書，不知何故，沒有被拿走。他知道我要下鄉了，就乾脆把這兩本書送給我，交給我帶到鄉下去讀。」潘老師被抄過家，經歷無數次批鬥，但他還記得張隆溪這同學英文好，也信任他，就把這劫餘的兩本書送給他下鄉去讀。

兩本贈書，一本是英譯的《希臘羅馬文學》，這為少年張隆溪對西方文學的了解，打下非常重要的基礎，「這本書介紹希臘羅馬文學，包括兩部荷馬史詩和羅馬詩人維吉爾的《埃尼阿斯紀》，還有希臘悲劇、羅馬喜劇，以及柏拉圖的作品，是厚厚的一本書。書前面有引導讀者了解各種修辭手法的導讀，還有對希臘神話的簡介，讓你知道希臘的神都有兩個名字，一個希臘文，一個拉丁文。例如愛和美的女神 Aphrodite 是希臘文，很多人不熟悉，但如果說 Venus（維納斯），很多人都知道；再如阿波羅（Apollo）是希臘文的名字，他的拉丁文名字叫 Phoebus，每個神都有兩個名字，這個對我來說很重要，因為研究西方文化和文學，你都要懂這些東西。西方文學有兩個重要的來源，一個是希臘羅馬的傳統，另一個就是猶太和基督教——也就是聖經的傳統。」

另一本贈書是《英國文學選讀》，從莎士比亞一直介紹到十九世紀文學，共選取了四十個作家，每個作家選一部分，「我記得莎士比亞戲劇選了 Julius Caesar《凱撒大帝》中兩個很重要的演講，一個是 Brutus，一個是 Mark Antony 的。那本書很好，看來像是十九世紀末美國出版的一本教科書，對我學英文非常有幫助。」

那些年，張隆溪沉醉在書本之中。「我經常找書看。曾經是成都電訊工程學院圖書館館長的鄧光祿先生，人特別好，他是老一輩，認識我以後特別着急的替我找書看。」他形容鄧老先生為人有點理想化，曾一度想帶張隆溪入川大圖書館借書看。因為他是圖書館館長，跟川大很多人都認識，結果卻根本借不到。整個圖書館封掉了，誰願意去冒這個險，把封存的書偷偷拿出來給一個不認識的年輕人看呢？

潘森林老師贈書後，張隆溪就沒有再見過他了。鄧光祿先生提出替他借書，雖然書沒借到，但數十年過去，張隆溪仍然惦念着鄧老先生的好意。

在鄉野裏讀莎士比亞

1969 年某天，突然接到通知，所有的中學生都要上山下鄉去。理論上是說，學生過去受的教育都是封建主義、資本主義和修正主義的毒草，現在送到鄉下去勞動，是要接受「貧下中農」的再教育。實際上那時年輕人在城裏沒有工作，不好管理，武鬥越來越嚴重，送到鄉下去，是解決這個社會問題的辦法。其實也不是所有人都要下鄉，幹部子弟，哪怕父母被打成「走資派」，也可以通過各種關係去當兵。那時候參軍也是一種特權，一般家庭的子弟就大多得到農村去。

成都各中學下鄉，按學校分配到不同的地方。張隆溪和九中幾個同學一起，加上十三中的幾個學生，下鄉到了四川南部，在西昌專區下面德昌縣一個遠離縣城的山區。那裏有漢族，也有彝族，地名叫茨達。

這裏位處四川邊境，靠近雲南，他們下鄉的生產隊在一個山谷裏，有一層層的梯田，可以種水稻和油菜，山坡上則種玉米，四川人叫包谷。他每天跟農民一起種田、插秧、挑糞、除草、收割，過農村生活。「我有三年在山區，一年四季跟農民一起幹活。農民對時節的變化非常有知識，哪一天該播種，哪一天該薅草，哪一天該收割，都知道得很清楚。」他們那個生產隊種水稻，以大米為主食，算是富裕的，但那個年頭，肉類很奢侈，吃得很少。他笑：「在那個地方，我們可能吃過一些東西，連當地的農民都不敢吃。一是蛇，有一次，我們抓到一條大蛇。農民們看到蛇嚇得躲得遠遠的，我們卻把那條大蛇煮了來吃。還有一次是一隻鸛鳥，西方叫 Stork，是家中有新生命的象徵，因為傳說一個女人懷了孕，鸛鳥會把嬰兒放到家裏面，就會有小孩子誕生。大概沒有人吃過鸛鳥吧，牠看起來身體很大，但主要是翅膀大。有天在田邊見到一隻受傷的鸛鳥，飛不起來，我們就把牠抓起來，把羽毛拔掉，才發現沒什麼肉。另外稻田裏面很多黃鱔，但是身體很滑，要用三根指頭夾住這樣才抓得住（他把三根手指一捏示範）。」五十多年過去了，當時的生活細節還是歷歷在目。那年他二十出頭，長得瘦小，體重不到 100 斤，但是常常要挑 140 斤的擔子。除了種田，知青們還要上山打柴，「山上都是松樹，自己去劈柴，再把木頭挑下山來，然後燒飯。因為白天都在田裏面，人人都曬得黑黑的。」

　　當年去同一山區的一共八人，五男三女，他們本就是同學，男女都得勞動。他笑：「男女平等。大家都二十來歲，男的受苦，女的也跑不掉。」農民本來種田自給自足，但忽然被迫接收了一堆知青，雖說可以幫忙做農活，但也要分一份口糧，其實農民們並不高興，但又不得不接受。張隆溪下鄉時帶了一個小皮箱，裏面除了幾件簡單衣服、一個煤油燈，最重要的就是幾本書，包括潘森林老師所贈的兩本文學書。農村生活很簡樸，日出而作，日入而息，每天大清早就下田，種田之外，還有許多其他雜活要做。但對張隆溪來說，最精采的是晚上，「農村的夜晚漆黑得伸手不見五指，如果沒有星星、月亮，是真的見不到自己手指的。」天黑了，他架起自己的書桌——書桌其實只是皮箱下放幾塊木頭，再點起煤油燈。他每晚挑燈夜讀，完全沉浸在自己的文學世界裏去。他認為當外部世界不能提供什麼有價值的東西的時候，人內心的需求就變得更加重要，精神的世界就尤其顯出其寶貴的價值。」那盞簡陋的煤油燈其實是由墨水瓶改裝成的，瓶裏倒進煤油，放一根棉繩，深夜燃點起來，他就在昏黃如豆的燈火下，開始讀莎士比亞。

上山下鄉的日子，張隆溪拿着潘老師贈他的兩本書，天天讀，讀得津津有味。他也讀在成都外文書店買到英文版列寧的著作《唯物主義與經驗批判主義》，這本書講的是哲學，討論到德國哲學家如黑格爾等人，他很有興趣。一起下鄉的同學們各有興趣，有一位同學叫謝洪，很喜歡戲劇表演，後來到成都當電影導演。還有一位喜歡音樂的好朋友張愛和，拉手風琴技巧嫻熟。張隆溪箱子裏還有幾本書，其中一本是蘇聯出版的英文版《小鹿班比》（Bambi）。他抽時間把全文譯成中文，喜歡表演的同學謝洪就朗讀他的譯文，當成廣播劇一樣的表演，同學們都聽得很高興。好友張愛和帶了一把手風琴上山，偶爾在山野間拉起來，令人暫忘煩憂。少年們一起唱歌，享受純真的樂趣。

文革的磨難使他們的心志都異常堅強。他說：「我覺得自己比較堅強，比較獨立，不會相信當時官方的宣傳。官方宣傳讀書越多越蠢，知識都是毒草，我根本不相信。」在那個極端反智的年代，埋頭書本就是逆潮流，但他尤其要讀書，愛讀書。「文革時候官方的宣傳，我一直就非常反感，心裏根本不相信那一套。我當時讀的書，那些西方文學的經典，說實話在大學裏是絕對不可能讀的。如果別人看見你讀這些東西，肯定會受批判。但是我已經是社會最底層的人了，在山上當農民，誰也不管我。」

日間種田挑糞，晚上讀莎士比亞，這樣讀書與生活實際離得實在有點太遠了。就連一起下鄉的同學們，也不能完全理解。「有同學說，你現在看這些東西有什麼用呢？天天種田挖地，這就是我們在鄉下生活的現實，而讀莎士比亞跟你現在的生活有什麼關係呢？」但張隆溪說：「在物質生活十分困乏的時候，精神生活就越是重要。讀書和思考就是使我的生活還有意義的東西，使我還可以活下去。真的，這個時候我心裏面那種滿足和精神的那種快樂，實在太大了……」

　　由於有這樣一段特殊的讀書經歷，他特別珍惜文學經典的閱讀。張隆溪憶述，多年以後，他已經在美國教課多年，到了香港城大。有次城大要聘請英文系系主任，找他當遴選委員會的成員。他按照在一般大學招聘教授的經驗，提出招聘廣告列明系主任具有的研究和教學能力，應該包括英國文學，沒想到居然有幾位英語系的教員反對。「他們居然説我是 elitist（精英主義者）！我很憤怒，我説，我讀莎士比亞，是在鄉下擔糞當農民的時候，有什麼 elitism 可言？當時城大英語系有人要把英語作為第二語言教學作為主要的方向，他們不想要文學，我認為這實在太差了。」他依據自己的學習經驗認為，教文學不是要把學生培養成作家或詩人，但是讀文學作品是讓學生學好語言最有效的辦法。

　　三年上山下鄉的生活，除了讀書學外語，他還第一次「接觸」到香港。他回憶説：「我下鄉的地方出產大米，我們那個生產隊比較富裕。他們買了一個半導體收音機，集體開會的時候用來收聽中央的廣播。但是農民不太會用，也不大會管，就把收音機交給我們這些城裏來的知青保管。」在有閒的時候或晚上，張隆溪就常常打開收音機，收聽英語節目。「發射的信號是從香港轉過去的，其實就是香港播出的 BBC（英國廣播公司）跟 VOA（Voice of America 美國之音）。因為我們在高山上面，接收效果非常好，聽得很清楚。那時候，這叫收聽敵台，如果在城裏，很可能被發現，會被抓起來關監獄的。在鄉下反而沒人知道，也沒人管，可以聽到英語廣播。」

　　在城裏危險的活動，在鄉下和山上反而安全。同學們都習慣他讀英文書，聽英語電台。農民們住得遠，也不管知青們的事。「我還記得剛下鄉的頭幾天，我每天早上起來都要讀英文。因為旁邊是很大的竹林，我就在竹林裏讀英文書，一大幫農民都來圍着我看。他們聽不懂我在説什麼，就取笑我，説我是『雀波』，這是當地人稱呼彝族人、略帶一點侮辱的話。但是他們天天看我讀外文書，過不了幾天也就失去興趣，不再來打擾我了。」因為鼓勵互相舉報，文革大大破壞了人與人之間的信任，但在鄉下大家反而單純得多。他天天在鄉間讀英文書，完全不用擔心，因為身邊的都是年輕時代的好友。「當時下鄉是可以自己組合的，所以我們都找比較好的一些朋友。而且說實話，我們這一幫人想法都差不多，都對當時官方那種宣傳極端反感。」

中學時張隆溪學的英語發音都是跟老師學的，應該不是太好，但有了收音機可以聽英語廣播，他就開始注意發音了。後來去美國讀博士之前，他一直沒出過國，但接觸到的外國人都問他在英國那間大學學習過，可想而知他自學英語，把英語講得多流利。

命運悲劇的感受

古希臘悲劇非常著名的作品，是公元前五世紀戲劇家索福克勒斯（Sophocles, c. 496–406 bce）的《伊底帕斯王》（*Oedipus Rex*）。伊底帕斯命中註定會殺死自己的父親，娶自己的母親為妻。從他一生下來開始，就受到這個宿命的控制，無論他如何奮力反抗，最終都擺脫不了這個悲慘的定命。在希臘神話裏，女神希拉（Hera）派人面獅身的妖怪司芬克斯（Sphinx）坐在忒拜城（Thebes）附近的懸崖上，攔住路人，要問他們繆斯傳授的謎語：「什麼動物早晨用四條腿走路，中午用兩條腿走路，晚上用二條腿走路，腿最多的時候，也正是他走路最慢，體力最弱的時候？」答不上這個謎語，司芬克斯就會把那倒霉的路人吃掉。可是伊底帕斯卻答對了，說這動物就是人：初生的嬰兒用四肢爬行，長大成人用兩條腿走路，老年步履蹣跚，又加上一根手杖。一旦有人答對了，司芬克斯的宿命也就使這怪物立即化為灰燼。這就是典型的希臘命運觀念。

張隆溪在鄉下讀完索福克勒斯的《伊底帕斯王》，感受極深。這齣悲劇表達的是古希臘人的命運觀念，認為人不能控制自己的命運。伊底帕斯是很聰明的人，他能夠解答司芬克斯之謎，可是卻沒有辦法解答自己宿命之謎！「我在鄉下讀完這齣悲劇，覺得自己很能夠理解古代希臘人的命運觀念，因為我當時和他們一樣，也完全不能控制自己的命運。」在控制人的集體主義觀念裏，每個個體都不是人，當時提倡的是要甘願做革命的螺絲釘？「我當時就有一個諷刺的想法，我們都是螺絲釘，那誰是螺絲刀呢？誰又是掌握螺絲刀的呢？當然就是最高領袖毛主席了。可是希臘悲劇並不是表現悲觀的宿命論。伊底帕斯雖然失敗了，但他反抗命運表現出來的，正是人的尊嚴、頑強的意志和奮鬥精神，他不會令人覺得渺小，反而令人肅然起敬，覺得是一位具悲劇性的英雄人物。」多年之後，張隆溪在美國加州大學教授比較文學，也曾經用《伊底帕斯王》做教材，但他發現他的美國學生們很難體會那種操控不了命運的悲劇感受，「因為他們沒有那種背景，怎麼討論也不可能達到那個深度。」鄉下窮苦歲月的歷練和對希臘悲劇的理解，沒有使他悲觀失望，反而使他成為一個樂觀主義者，因為他經歷過艱難困苦，堅信只要有堅韌的意志，就沒有什麼是不可改變的。

　　三年農村生活過去，局勢終於開始發生變化。城裏的工廠到鄉下招收工人，他們那一組知青也一個個逐漸被招回成都。張隆溪也終於回到成都，在成都市汽車運輸公司的修理隊做學徒工。離開住過三年那個茅草房，他看看每晚架起小書桌，點起小煤油燈來讀書那個角落，牆壁已被熏得黝黑，積了厚厚的一層油灰。韓愈《進學解》有句話說：「焚膏油以繼晷，恒兀兀以窮年。」看到那層油灰，使他對這句話好像別有一番領會。

打開歐陽先生的寶藏

　　1972 年，張隆溪回到成都。其時上山下鄉結束了，但文革還進行得如火如荼。「當年我二十多歲，參加的是成都市汽車運輸公司，在裏面做鉗工。工廠裏有很多工種分類，車工就是開車床機床，鉗工其實就是做一般小零件的修理，銼螺絲、修煞車片這一類的技工。這是一種很雜的工種，什麼事情都要做。」那段日子中國還是一窮二白，他一個月工資十八塊人民幣。「但是那時物價也很便宜！不可能說生活得很好，但一個人過活完全沒問題。」由於還在文革當中，工廠上班也並不正常，工作也不繁重。運輸公司的修理隊只是做一般的修理工作，在沒有事情做的時候，其他人或抽煙、或織毛衣，甚至打撲克牌，張隆溪每天只要手上沒事做，就把沾滿機油的雙手在鹼水池裏洗乾淨，然後拿出一本書來讀。

到工廠以後，大家很快都知道他的英文很好，就給他起了「翻譯」的綽號。他找到一本福爾摩斯偵探案的小說，把它翻譯成中文，用脫藍紙寫下來。這種紙很薄，用硬的圓珠筆寫出來，墊在下面的好幾份都會有顏色，大家可以傳看。他翻譯的著名偵探小說，大家都讀得津津有味。「因為這樣，我在工廠頗有點名聲。真正的工人其實是非常尊重知識分子的。」

有天一個工友突然前來問他：「你有沒有看過莎士比亞全集？」當時張隆溪讀過的莎士比亞都是之前潘森林老師贈書中的選段，莎士比亞全集他只聽過，但從來沒有見過。「我說哪有什麼莎士比亞全集呀？別開玩笑了！」但這位工友說，「我明天就可以拿一本給你。」他當時根本不相信，以為這是隨便吹牛說瞎話，可是第二天這位朋友果然就帶來了莎士比亞全集中的一冊，是精裝本莎士比亞的十四行詩集（Sonnets）。這名工友叫朱成，後來成了有名的藝術家，那時候還都是剛從農村招回來的學徒工。他告訴張隆溪，這本莎士比亞十四行詩集是從他認識的一位朋友的父親那裏借來的。那就是歐陽子雋先生。朱成認識歐陽子雋先生的兒子歐陽旦，於是去跟他父親借書。歐陽先生起初不願借，因為在文革期間借英文書太敏感了，而且歐陽先生知道朱成這幫人喜歡畫畫，擔心這些人想把書裏精美的插圖給撕下來。朱成就跟歐陽先生說，工廠裏有個人能夠看英文，但歐陽先生根本不相信，「現在的年輕人哪有看莎士比亞的！不可能的事情，你別騙我了。」朱成說這是真的，於是歐陽先生說「好吧，我把書借給你，但我有個條件。你讓那個人翻譯一首莎士比亞的詩給我看，如果是真的，只要翻譯得好，以後還可以再借其他的書。」

　　張隆溪拿到莎士比亞全集裏這本書，珍而重之的把書輕輕翻閱了一遍，心情頗為激動，便選了其中一首譯成中文，託朱成送回去。歐陽先生看了譯文非常喜歡。在文革那種極端反智的情形下，老先生對文化的生存極度擔心，看見居然還有年輕人能夠譯莎士比亞的詩，非常激動。他立即要朱成帶張隆溪到他家去見面。張隆溪記得第一次去歐陽先生家，發現房間很小，也很破舊，但牆上架起幾塊木板，上面密密麻麻放滿了書，很多都是精裝的英文書。在文革抄家焚書那個年代，那簡直就是個奇蹟。」甫一見面，歐陽先生就說：「我這兒的書就是你的書，你隨時可以來拿。」之後歐陽先生全部藏書都開放給張隆溪，令他在中國最封閉的年代完全打開了一個書籍的寶藏。二人成了忘年摯友，在 1972 至 1976 年間，他經常到訪歐陽老先生家，逢年過節，老先生總會請他吃飯，常常在一起聊天。「我們對文革對文化的摧殘都深惡痛絕，在一起無話不談。那時候還有好多人，包括歐陽先生的子女、好幾個對外國文學有興趣的人都加入我們。後來我們就開始練習用英語對話，我教大家英語。歐陽先生還有不少古書，我們也經常討論中國古代的歷史和文學，歐陽先生特別喜歡杜詩和韓文。」一段奇緣，成了一個秘密讀書會，「我們沒有說是讀書會，但大家經常聚會。我記得每年春節的時候，歐陽先生一定讓我到他家裏去吃年飯，非常愉快。」

　　這麼多的書，他始終沒有問歐陽先生到底是怎麼保留下來的，「我聽別人說，老先生在國民黨時代曾經做過《中央日報》的記者，解放以後在百貨公司做一個售貨員，很早就退休了。我認識他的時候，他已七十多歲了。他自己並沒有專修過外文，但他特別喜歡外文，收集很多外國書。很多西方的重要文學經典，還有一些歷史書，他那裏都有。」據說文革一開始，他的書也曾全部被抄去。但他平時跟同事們相處得都很好，他跟大家說，書就是他的命，如果把這些書抄走，他就會死掉。於是有一幫同事到那時的革命委員會去為他求情，而那些人還真就把書退還給他了。這麼有人情味？「當然了。有人說中國從上到下，肯定都壞透了。其實這麼大一個國家，這麼多人，還是有人有最基本人格的。但這種情況的確很少，絕大部分人，像潘老師的書就全被燒掉。歐陽先生在那個年代能夠保留下他的藏書，幾乎就是個奇蹟。但這也說明成都這個地方，尤其在民間，的確有文化的氛圍和底蘊。兩千多年以來，成都確實是一個非常注重文化的地方。漢代的時候，文學最重要的體裁是賦，而漢代的兩個大詩人，最重要的兩個賦家，一個是司馬相如，一個是楊雄，都是四川成都人。」

在全國火紅，政治宣傳說讀書越多越蠢的年代，他們關起門學英文，讀古典文學，在最看不到希望的時候，仍然堅持不懈。「當年外面一遍混亂，我們就覺得這跟我們沒什麼關係，我們傾向於自己內心的東西。雖然大家都很窮，真所謂身無長物，但是在思想和精神上，我們卻覺得自己很富有。人在那個時候會非常珍惜自己內心、精神的東西，所以我們是真正精神的貴族。」

歐陽先生的藏書不少，張隆溪先讀了莎士比亞全集，然後跟他借了詹姆斯王欽定本《聖經》（The King James Bible）。這本書很重要，他從頭到尾讀了兩遍。有天他在工廠裏讀《聖經》，一個工友見着就問他，「你在讀什麼？我說在看小說，因為說看《聖經》就會有麻煩。但我也沒有撒謊，因為我不是從宗教信仰的角度去讀《聖經》，不是作為一個宗教經典來讀，而是從文化和文學的角度去讀，是把它作為故事來看。聖經是很有趣的故事，是一種敍事體的文學。」此外，他又讀了英國十七世紀大詩人彌爾頓（John Milton）的作品，並按照英國文學史的發展脈絡，讀了許多重要作品，一直讀到十九世紀的文學經典。「歐陽先生的藏書非常多，所以我那個時候讀的書遠遠超過一般大學生。文革結束，我以中學畢業生的身份去北大念書（碩士），總分拿第一名，就是因為我讀的優秀作品遠遠比當時一般大學生讀的多。」

除讀書和學外語之外，他也喜歡繪畫，結識了一些喜歡畫畫的朋友。他跟他太太認識，就因為先認識了她學畫畫的哥哥。那時在成都一些工廠和其他地方工作的年輕人，有不少業餘的繪畫愛好者，文革後恢復高考，四川美院重新招生，他們中好幾位都去了重慶，後來成為一代非常成功的藝術家。不過在文革當中，這些文化藝術的根苗都還在風雨飄搖的惡劣環境裏自生自滅，憑他們的個人興趣和愛好在那裏堅持自己的追求。

從工人調職翻譯的體會

張隆溪中學時的好友張愛和的父母都是醫生，家庭背景較好，常邀請他到家裏吃飯。他又認識了衛生幹部學院的安逸敏老師和他太太黃醫生。認識這些醫生們，為張隆溪帶來了另一段機緣。那時中國科學院四川分院的生物研究所研製了一種醫治冠心病的新藥，希望參加廣交會，成為出口藥物，需要把藥的說明書翻譯成英文。但他們找了好多人翻譯，都不滿意。最後是安逸敏老師讓張隆溪翻譯，生物所的專家們對他的譯文很滿意。「他們還以為我是醫學院的教授。結果一聽說我是一個工人，而且是工廠裏面的年輕人，就一定要把我調到生物研究所去工作。」那是 1976 年，文革結束在即，社會還很混亂，而在體制內要把他調職到另一崗位也有很多內部限制。「這也是我的一個很深的體會，就是政治口號和現實的差距。按理說工農兵是領導階級，我是工人，是領導階級啊！但這只是說說而已，其實由幹部領導一切。」在編制上，工人做的是粗活，屬於勞動局；翻譯（幹部）做文職工作，屬於人事局。要把一個工人變成幹部（翻譯），牽涉兩個完全不同的部門，要調職是很困難的事情。後來費了九牛二虎之力，終於把他從汽車運輸公司的修理隊，調到生物研究所去做翻譯。在生物研究所工作，他發現科技英語對他來說太容易了，也因為到生物研究所工作，張隆溪一生中最先出版的兩本書都不是文學批評一類的作品，他出版的第一本書是《蛇類》，是從科學角度看蛇的類型和生理習性，最後一直寫到有關蛇的神話傳說。此書作者帕克（H. W. Parker）是英國著名的動物學家，曾在大英博物館負責兩棲爬蟲類的管理工作，書由張隆溪從英文翻譯成中文，1981 年由科學出版社在北京出版。另一本書則是從中文譯成英文，內容是四川特有的 *Giant Panda*（《大熊貓》），也在 1980 年由科學出版社印行。

調職不久文革就結束了，回想起被稱酷劫十年的文革，他慶幸自己沒有把時間完全浪費。「十年是一個很長的時間，但是我基本上每天都在學習，自己看書。」文革一結束，社會就出現新氣象，首先是鄧小平上台，開始了中國的改革開放。鄧小平頂住巨大的壓力，結束了十年教育的停頓，恢復高考。張隆溪認為這是扭轉乾坤一個關鍵性的決定，因為文革十年的動亂不僅造成經濟上嚴重的損失，而且使人才匱乏，造成中國智力的損失，長遠考量，後果更為嚴重。恢復高考不僅使成千上萬的青年學子重新獲得了求學的機會，也為後來的改革開放和中國的飛速發展奠定了堅實的基礎。

第二章
走進北大　初露鋒芒

停學十年，對讀書人來說那是厄運，但張隆溪在十年裏遇上愛惜他的人，
一直勤奮自學，到恢復高考，竟然在沒有讀過大學的情況下，直接由成都
考進了北大研究生班。幾年前還在挑糞種田，在工廠做工的小伙子，後來
竟然成了錢鍾書、朱光潛弟子，再到美國哈佛讀博士，一段段經歷相當
傳奇。

生命的轉折點

1976 年張隆溪轉到生物研究所工作，同年文革結束，1977 年全國恢
復高考，社會氣氛一下子開放。年輕人都有了目標，大家都馬上準備上
考場。「我的中學同學都去準備考試，開始複習，變化很大。」高考的目
標是上大學，張隆溪本來就喜歡讀書，自然要告別生物研究所，回去讀
書。「我想每一個中國人都有這種觀念，就是如果你想改變生活，就要
讀書。這個觀念早已深入人心，已經在中國人的基因裏面——從前讀書
是為了做官，現在要讀書，因為那仍然是改變和提升自己生活最可靠的
途徑。」

文革期間雖然知識分子受到批判，不讀書也無書可讀，但張隆溪仍
然找到書，也結識了好幾位老先生和學者，包括四川醫學院的劉正剛先
生、四川大學的解毓葵先生和謝文炳先生。謝先生是四川大學外文系的

名教授，也曾擔任過大學的副校長。他在 1957 年被打成右派，到了文革遭遇更悲慘，「在政治運動當中他都是被迫害的，文革時期很倒楣，他年齡比較大了，被關在一個很小的房子裏面。」那時候張隆溪正在讀《金庫英詩選》（*The Golden Treasury of English Songs and Lyrics*），讀得入迷，他有一天就去拜訪謝先生，想請教他英詩的問題。「《金庫英詩選》是一本有名的選本，有點像中國的《唐詩三百首》。我從這本書裏自己翻譯了三百多首詩，覺得這是學英文很重要的一個捷徑。如果你能夠把詩歌的語言都掌握的話，那散文就更容易了，因為詩的語言往往是最精緻最美的，但也是最困難的。我讀的詩大概比散文還多。」謝先生專門研究英國詩歌，所以張隆溪滿懷激情去向他請教。

但找到謝先生時，他被困在小房子裏非常灰心，他說：「我自己一輩子研究英國詩歌，現在落得這個樣子，你年輕人還讀這些幹甚麼呢？」在艱難的日子老教授受盡煎熬，愛讀書的小子沉迷在自己的文學世界裏，二人在這情景下沒法談論詩詞，張隆溪只好帶着失望離去。「但是謝先生記住我了，所以文革一結束，恢復高考的時候，他就找了兩個人到我家裏，讓我去考研究生。他對我很好，還請我到他家吃過飯。」張隆溪以中學畢業生的身份，本來可以去報考大學，但也可以選擇以「同等學歷」報考研究生。他深感自己在文革中已經失去了十年的光陰，而且自忖英語水平已經達到一定水平，所以決定直接去考研究生。謝文炳先生也鼓勵他直接去考研究生。他說：「我對川大很了解，你的水平遠遠超過川大的大學生。你不要去考本科大學，直接去考研究生。我保證你能考上。」於是報考時可以填的兩個志願，他都填了四川大學。

改考北大的關鍵人物

謝文炳教授那一年並沒有帶研究生，而川大當年帶研究生的專業方向是研究英語語法，張隆溪對此並沒有興趣。他的願望是研究文學，但那時只有北京大學招收英美文學的研究生。北大是中國的最高學府，而且北大招研究生的教授是朱光潛、趙蘿蕤、李賦寧、楊周翰韓等教授，都是只在書上見過的名字，當時他就有點猶豫。同學們也說，「你算了吧，你中學畢業去考研究生，已經跳了一大步，還要直接跳到北大去，有點太過分了！」但他當時的女朋友（後來的太太）卻鼓勵他說「你還年輕嘛，今年考不上北大，明年還可以再考川大，但是你沒去試，怎麼知道能不能考上北大呢？去試過了，才免得將來後悔。」這句話有道理，但中學畢業和北大研究生的距離實在很大，他還是猶豫不決。

這中間又有人替他出主意，徹底改變了他的命運。張隆溪在科分院生物研究所工作，而當年科分院院長是作家馬識途先生。馬識途生於1915年，今年（2023）已是108歲高齡而健在。抗戰時期他在西南聯大中文系讀書，同時是中共地下黨員，擔任過川康省委書記。馬識途寫過很多小說和詩詞，包括《夜譚十記》，其中《盜官記》後來被姜文改編成電影《讓子彈飛》，頗為成功。張隆溪翻譯了法國歷史家泰納《英國文學史》中關於莎士比亞的一章，給朋友們傳閱，馬識途讀後十分欣賞。在恢復高考時，他建議張隆溪寫一篇英文文章，願意替他作聯繫，因為馬先生當年西南聯大認識的一些朋友，有些是現在北大的教授，他可以把張隆溪的文章寄去，請北大教授看看能否夠水平報考北大的研究生。張隆溪想了一下，靈機一動，突然有了靈感。「我只是一個中學畢業生，如果我寫一篇評論英國文學作品的文章，別人不容易相信，甚至可能覺得你是抄來的。我非常喜歡中國古典文學，而且看了一些外國人翻譯李白和杜甫的詩，裏面有些錯誤，所以我用英文寫了一篇文章，專門批評外國人翻譯李白杜甫詩的錯誤，這樣的文章就很難說是抄來的啦！」文章寫好，他用打字機把它打得整整齊齊，就交給馬識途先生。信寄出去好一段日子都沒有回音，距離截止報名的日期只剩幾天，張隆溪心裏忐忑，以為可能不行了。這時卻突然收到一封電報，上面只有四個字：「改考北大」。他正在猶豫，接着又收到一封信，是馬識途在北大歷史系的朋友許師謙教授寄來的。信裏說他把張隆溪的英文文章轉交到北大西語系，後來系主任李賦寧教授看過了。許師謙教授說，在西南聯大時，他曾上過李賦寧教授的法文課，算是李先生的學生，到 1952 年院系調整後，他們都在北大工作，變成了同事。但幾十年來，他們在校園裏見面，也不過點頭寒暄而已，李賦寧教授從未到許師謙先生家裏去過。這次李先生看了張隆溪託馬識途轉交過去的那篇文章，卻親身到了許師謙家裏，拍拍桌子說：「就讓四川這個學生考北大！」讀完許先生的信，張隆溪十分鼓舞，馬上跑去報名處要改考北大。

馬識途喜歡張隆溪的文采，幫了張隆溪很大的忙，但他並不直接認識北大西語系的教授，需要由其他人轉交。這當中只要有任何一人稍為耽誤，或沒有認真細讀、處理張隆溪的文章，他的人生都會變得不一樣。「其實在文革時也是這樣，像這之前遇到歐陽先生、潘森林老師，我在關鍵時刻都遇到人幫助我，像那篇文章，恰好李先生看到了！其實當

與唐薇林（右一）、馬識途（前排坐者）及其子馬建生（左一）攝於 1982 年。
馬識途鼓勵張隆溪直接投考北大，還託北大歷史系許師謙教授把張隆溪為投考北大寫的英文章轉交李賦寧教授，改變了張隆溪的人生。

時有很多人報考北大，李先生還是看了我那篇文章，讓我去考北大，所以我對李先生非常感激！」

張隆溪在成都參加初試，考了 96 分，複試才到北大。後來他得知大家初試成績都在 90 分以上，自己的初考成績排在第二名。因為這一屆考試是經歷十年文革後恢復的第一屆，老教授們都認為考題如果太難，大概就沒有什麼人能考上。然而初試的成績卻大大出乎他們意料。參加複試有四十多人，都在 90 分以上，但招收名額只有十二個，因此複試的考題就必須提高難度。數十年後，張隆溪仍然記得其中一條考題問到：在莎士比亞的戲劇裏，有哪個人物是曾在兩齣劇裏重複出現過的？為什麼？答案是福斯塔夫（Sir John Falstaff），據說莎士比亞《亨利四世》中這個喜劇人物非常成功，伊莉莎白女王看後，說希望再看見這個人物出現，於是福斯塔夫在另一齣喜劇《温莎的風流娘兒們》（The Merry Wives of Windsor）又登場出現了。這些問題範圍已超出了英文水平，而是及至對英國文學史和傳聞的熟悉程度。筆試之後還有口試，考試完畢之後，李賦寧教授私下告訴張隆溪，他考了第一名。

入讀北大

1978 年，張隆溪以中學畢業生的身份，直接考進北京大學讀研究生。經歷十年文革，教育完全停頓，知識分子受到批鬥，老一輩學者們幾乎以為中國文化已瀕臨危亡，但中國文化有堅韌的定力，中國十多億人中，堅持讀書自學的人畢竟還不少，神州大地到處藏龍臥虎，一恢復考試就都紛紛湧現出來。

張隆溪在北大讀研究生三年，生活非常愉快。在他眼中，北大不但是中國第一學府，也是最開放的園地。北大有一個自由主義的傳統，說到北大，大家都會想到蔡元培，因為蔡元培有一種兼容並包的思想。蔡元培當校長的時候，既有陳獨秀、胡適這樣的新派人物，又有像辜鴻銘這樣維護傳統的保守派，兩派他兼收並蓄，同樣尊重。這就是北大自由開放的傳統。

　　恢復高考時，中國的大學還沒有授予博士學位，只有碩士學位。但三年的碩士課程相當紮實，有很好的訓練。張隆溪在北大西語系跟隨曾在牛津留學的楊周翰教授研究莎士比亞，寫的碩士論文討論莎士比亞悲劇。系主任是李賦寧，曾在耶魯留學。還有畢業於芝加哥大學、最早翻譯艾略特《荒原》（*The Waste Land*）的趙蘿蕤教授等好幾位。由於張隆溪對文學理論有興趣，與美學大師朱光潛先生交往最為密切。後來由於一個偶然的機緣，他又認識了錢鍾書先生，與錢先生過從甚密，這對於他後來從事東西方文學、思想和文化的比較研究，有極大影響，他也被學界許多人稱為錢鍾書傳人。

初遇錢鍾書

　　張隆溪第一次與錢鍾書先生見面，時為 1980 年，完全是機緣巧合。那時有荷蘭學者佛克馬（Douwe Fokkema）教授到北京，張隆溪代表北大參加他與社科院文學所的學者會談。文學所的幾位先生們都不會外文，張隆溪就成為他們座談時的翻譯。佛克馬教授很滿意張隆溪的翻譯，就說他第二天要去拜訪錢鍾書先生，要張隆溪一起去，為他做翻譯。雖然張隆溪知道錢鍾書先生不需要翻譯，但他很想去見這位大學者，就一口答應下來。張隆溪還記得當時北大外事處的人跟他說，「錢鍾書是我們國家非常有名的學者，但是他的脾氣也是很有名的，他有什麼不高興的話會馬上表現出來。我們可以讓你去，但如果當中氣氛不對，你就先走。」聽到這個說法，張溪隆溪頗不以為然，因為他堅信，一個人學問越大，會越謙虛。他一去，發現錢鍾書先生彬彬有禮，果然跟自己所想的沒分別。

與荷蘭學者佛克馬（Douwe Fokkema）（右一）攝於 1982 年美國紐約。中間為佛克馬太太。
張隆溪認識錢鍾書先生，全因主動陪佛克馬往見他，造就一段與錢先生「一拍即合」的緣分。

　　張隆溪本是以翻譯的身份到訪，但錢鍾書一開口就是流利的牛津英語，根本用不着翻譯，他只好坐着旁聽。對談之中，二人提到了佛克馬的《二十世紀文學批評理論》一書。錢先生稱讚這本書寫得好，但又問為什麼書中沒有提到加拿大重要的文學理論家弗萊（Northrop Frye 1912–1991）呢？佛克馬說，他覺得弗萊的理論有太多心理學的因素。張隆溪說，「我當下聽了就覺得不對。因為那時候我剛剛看了弗萊重要的著作《批評的解剖》（Anatomy of Criticism），正準備寫篇文章，所以我就說 I don't think so。」錢鍾書這時才注意到他，就說這本書在中國還沒有幾個人看過，問他有什麼看法。兩位學者都沒想到，一直在旁邊聽他們講話這個年輕人，竟然真讀過弗萊的書，而且有深入的看法，滔滔不絕地說了起來，使錢鍾書先生也對他刮目相看。

　　佛克馬見完錢鍾書，準備告退，臨行前錢鍾書把自己的著作《舊文四篇》送給佛克馬，也送了一本給張隆溪。錢先生問他在北大的情形，張隆溪說他在讀研究生，錢先生又問他老師是誰，張隆溪說是楊周翰教授，錢先生就說，「周翰以前是我的學生。」張隆溪告訴錢先生，他知道錢先生和佛克馬會面無須翻譯，但自己只是想來見見他。錢鍾書馬上就對夫人楊絳說：「季康，把我們家的電話號碼告訴隆溪。」於是張隆溪就有了和錢鍾書先生直接聯繫的方式，經常有機會去拜訪錢先生。後來就有海外人士要來北京見錢鍾書，通過官方渠道見不到的，找張隆溪反而可以約時間拜訪錢先生。香港中文大學的李達三先生（John Deeney），便曾希望通過社科院安排約見錢鍾書，未能安排下就是找到張隆溪給錢先生打電話，才和錢先生見了面。

　　錢鍾書喜歡張隆溪，張的解釋是因為經歷了十年文革，老一代的學者十分焦慮，覺得中國文化已後繼無人了，但看到一個年輕人對中國傳

與楊周翰老師（中）及其太太王還攝於 1981 年。
楊周翰是張隆溪在北大西語系的導師，太太王還也是著名的中國語言學家。

統和西方文化還都有些了解和研究興趣，心裏感到十分欣慰，也就特別關愛年輕一代的成長。

　　見到錢鍾書先生時，弗萊那本書也起了很大作用，而當時在中國，的確沒有多少人看過，連北大圖書館都沒有這本書。張隆溪又是怎麼讀到這本書的呢？說來湊巧，其實是他認識的一位美國朋友，日間在紐約州羅徹斯特市政府工作，晚上在羅徹斯特大學讀夜校，討論的正是弗萊《批評的解剖》那本理論性很強的書，這位女士讀得很辛苦。就在張隆溪見錢鍾書之前的那個暑假，這位美國人隨一個訪問團到了成都，認識了回成都度暑假的張隆溪。兩人見面談起來，她發現張隆溪對文學理論很有研究，就提出不如一起來讀這本書的建議。這位朋友回到美國，就寄了一本給他，和他通信討論弗萊的批評理論。但錢鍾書先生在弗萊那本書出版不久就讀過了。當年很多書是香港的朋友給他帶過去的，所以錢先生對國外學術狀況的了解遠遠超過一般學者。

　　張隆溪除了經常和錢鍾書見面交談，二人也一直有書信來往。「我有五十多封錢先生寫給我的信，談論各方面的問題。」第一封信的內容，就和張隆溪陪伴佛克馬教授去見錢鍾書的談話有關。佛克馬是代表國際比較文學學會去北京見錢鍾書，見面時他稱讚錢鍾書為比較文學做了很多貢獻，錢鍾書卻說，他做的不是比較文學，他只是一個 eclectic（拆衷主義者）。因為 eclecticism（拆衷主義）在英語裏不是一個褒義詞，有點和稀泥的意味，所以張隆溪回來就寫了一封信給錢鍾書，讚揚他很謙虛。信星期一寄出，星期三就收到回信，「錢先生跟我解釋說，所謂 Eclectic 是他『似「謙」實傲之談』。他說 eclectic 這個字從十九世紀以來，都幾乎變成一個 Dirty Word，帶貶意，可是他引用的是十八世紀伏爾泰、狄德羅（Denis Diderot）等人法國《百科全書》裏的定義，那意思是不要盲從任何一派的理論，要博採眾家之長，敢於獨立思考（ose penser de lui-même）。他又說，『佛克馬先生似於西方經典不很熟悉，遂未注意』這是典型的錢鍾書！錢先生就是這個性格，他講話也好，寫信也好，很多很有趣的地方。讀《圍城》的語言，就可以感受到錢先生的機智和幽默，有時候是很精緻而又很尖刻的幽默。」

　　張隆溪跟錢鍾書一直密切交往。他憶述，有一次跟錢鍾書坐得很近，錢先生拿起他一隻手掌，跟他一拍說：「我們是一見如故，一拍即合。」因為張隆溪對中國傳統和西方文化都有濃厚的興趣，讀書也駁雜，沒有受到一般學科彼此隔閡的限制，所以很得錢鍾書先生喜愛。在很多人眼中，錢鍾書年輕氣盛時得罪人不少，老年時脾氣也不好，學問雖高，但對人也要求很高，總予人一種不易親近的感覺。但張隆溪卻說：「他對老一輩的學者往往要求比較高，批評也比較多，對年輕人就比較寬。他對我就特別寬，而且盡量幫助我。」八十年代中國的《讀書》雜誌很有名，編輯找錢鍾書推薦作者，錢先生就介紹了張隆溪給他們。當年社科院為了解國外學術狀況，編輯一本書，關於西方文學理論的部分，也是錢先生推薦張隆溪來執筆，並使他後來在《讀書》上發表了一

與錢鍾書先生及楊絳先生 1983 年攝於錢先生家裏。
張隆溪 1980 年認識了錢鍾書先生，兩人一見如故，錢鍾書把家中電話也給了張，歡迎他造訪。

系列介紹西方文論的文章，產生了很大影響。後來張隆溪要去哈佛，錢鍾書替他寫了推薦信，一老一少，相隔兩地也一直以書信聯絡。

相近的學術之路

被稱為錢鍾書傳人，張隆溪與他相處的日子卻不算很長（1983 年赴美），但二人關係密切，張隆溪後來在學術界的工作，做溝通中西文化的工作，也與錢先生走的路相近。談到受大師影響，他說：「我們的興趣相近，對於東方和西方都有一些了解，都有很強的作為中國學者的意識。因為西方人對中國往往有很多偏見，很多誤解，作為一個中國學者應該如何回應？我覺得這方面我們很相近。」他特別提到他後來到了美國，讀了很多西方有影響力的學者的著作，也讀了不少漢學家的書，意識到西方好些學者談到中西方文化，總喜歡強調中國是希臘和西方的反面，突出兩種文化的對立。張隆溪對此很不以為然，曾撰寫不少文章，筆戰群儒。

「他們都喜歡把中國看成是西方的對立面，強調希臘跟中國如何不一樣。但你看錢鍾書《管錐編》第一篇第一節，提到周易的『易』有三名。他引了很多古代的說法，一是簡易的易，一是變易的易，還有不易的易，不變恆定的意思，變跟不變是相反的意思。一個『易』字裏面三個解釋，其中包含了相反的兩個意思。接下來筆鋒一轉，錢鍾書開始批評黑格爾。黑格爾明顯是歐洲中心主義的，他認為西方文化發展得最好，德國哲學是最好的哲學；他批評中國語言落後，說中國語言連拼音都不是，所以中國語言不宜於思辯。他舉的例子是德文裏的一個詞叫 Aufheben，既有『保存下來』又有『消滅』的意思，有『舉上去』又有『壓下來』的含意，兩個相反的意思放在同一個詞裏面。他說德文裏面有這樣一個含相反兩義的詞，任何其他語言，包括拉丁文都沒有。其實他是錯的，法文、拉丁文都有，中文也有，所以錢鍾書就從討論『易』之三名開始，批評黑格爾的無知，同時也為《管錐編》和錢先生全部著作溝通東西方的努力，奠定學理的基礎。黑格爾無知而又亂說，西方的大學問家往往都是這樣。這一點講得非常對。」

張隆溪 1983 年到美國去留學，讀到法國解構主義大師德里達（Jacques Derrida）的理論，發現也是一樣。「黑格爾認為中國落後是因為沒有哲學，而德里達覺得中國人好就好在沒有哲學。他們一個貶低中國，一個誇獎中國，可是他們的理據都是一樣，而這理據本身是錯誤的。我跟錢先生同樣都看到這些問題，覺得需要據理辯駁，在國際學界要有中國人的聲音，不能讓中國只為西方提供一個反面的『他者』。」很多學者談論錢鍾書的貢獻，強調他打通東西傳統，張隆溪也自覺地有此擔當。「針對西方人把中國說成自己的反面，我就要講出中西思想文化可以比較、可以溝通之處。這種相通當然不是說完全一樣，而是在看來有明顯差異之處，見出暗含的相似或相近，又在看來明顯相似之處，見出暗含的差異或不同。學術研究應該是一種發現，而不能有先入為主的偏見，一味強調中西文化的根本差異，使不同文學、文化、思想、哲學之間，沒有溝通的可能。所以我一直認為，雖然我做的東西方文學和文化的比較是純學術研究，但與此同時，這種溝通中西思想文化的努力，又有助於不同民族和國家的相互理解，為我們生活其中這個世界的和平發展，有直接的關聯。」

除了錢鍾書，張隆溪與美學大師朱光潛也有密切交往。當時朱先生已是八十多歲的高齡，但精神矍鑠，思想敏銳，還帶着兩名研究生。因為張隆溪對文學理論特別感興趣，幾乎每天都與朱光潛先生見面，討論美學、文藝理論和文學批評問題。朱老先生性情謙和，完全沒有大教授的架子。二人相熟，朱光潛也十分信任張隆溪以及他的能力。朱先生是安徽桐城人，安徽文藝出版社要出朱光潛全集，需要把朱先生 1933 年以英文寫成的《悲劇心理學》翻譯成中文，朱先生就請張隆溪執筆翻譯。此外，朱光潛早年寫過一本《詩論》，後來北京三聯書店再版此書，也是由張隆溪替朱老先生逐字校對。

與朱光潛先生 1982 年攝於北大燕南園。
朱光潛是張隆溪在北大時另一位老師。在北大時，張隆溪幾乎
天天與朱光潛先生見面，談的都是美學、文藝理論和文學批評。

　　1981 年，張隆溪北大碩士畢業，留校在西語系開始教學工作。他的
畢業論文用英文寫成，討論莎士比亞悲劇中死亡的觀念，全文發表在《中
國社會科學》英文版 1982 年第 3 期上，其中第一部分由他自己用中文寫
出來，發表在《中國社會科學》中文版同一年第 3 期，後來還獲得中國
社會科學院頒發的青年社會科學工作者獎。

　　在文革結束之後的北大，張隆溪和老師同學們一樣，可以理直氣壯
地讀書，研究西方文學。北大圖書館在國內也有最好的收藏。他記得大
家對知識都有一種饑渴感。經歷過文革，社會上雖然還有極左的理論
家，但影響力大不如前，「像鄧力群批判自由主義人道主義，雖然是有這
些人，但完全沒有效果，影響力不大。」百廢待興，改革開放毫無疑問
是整個社會的主流和趨向。

　　前面已經提到，中國社會科學院情報所當年編寫一本國外社會科學手冊，其中兩篇關於文學研究的文章，一篇介紹蘇俄文學，由專門研究俄文的吳元邁先生負責，另一篇關於西方理論，所長楊成芳先生本想找錢鍾書先生執筆，結果錢先生推薦了張隆溪來寫。三聯書店出版的《讀書》雜誌在八十年代頗具影響力，由錢鍾書先生推薦，編輯董秀玉來約稿。商定由張隆溪每個月寫一篇專欄，叫「二十世紀西方文論略覽」。這專欄大受歡迎，到 1986 年輯錄成書，對八十年代資訊匱乏的中國文藝青年來說，甚具影響力。因為張隆溪讀的都是原文書，很多西方文學理論第一次譯成中文，大都出自他的手筆。

哈佛燕京學社的邀請

　　張隆溪中學畢業，以「同等學歷」而且總分第一名成績考入北大西語系研究生班，所以到北大之後，頗受老教授和同學們注目。1981 年研究生畢業後留在北大教書，他決心在北大做貢獻，但這期間發生了一件事，將他送到了美國，一去十多年。

　　二十世紀初，四間美國及英國教會在北京開辦了一所綜合大學，名為燕京大學，教學質素很高。1928 年，受美國鋁業公司創辦人 Charles Martin Hall 遺產基金資助，成立了哈佛燕京學社。雖然燕京大學在 1949 年離開了中國，但哈佛燕京學社每年都頒發獎學金給以亞洲國家為主的學者和學生。文革結束後，學社每年資助中國三所大學（北大、復旦、南京大學）的訪問學者到哈佛做研究，由這些大學推薦人選，但需要通過哈佛燕京學社社長面試。

　　八十年代初哈佛燕京的社長是 Albert M. Craig，他是研究日本的學者，因為不會說中文，到北京來面試訪問學者時，找來了一名翻譯，名叫袁明。袁明是張隆溪同一屆研究生同學，原是北大英語系學生，讀碩士時專門研究國際關係和國際政治，後來成為這方面的重要專家，擔任北大燕京學堂第一任院長。1982 年，哈佛燕京學社社長 Craig 到中國會見推薦出來的訪問學者候選人，從上海、南京，再到北京。他有一天對袁明抱怨說：「北京大學不是中國最好的大學嗎？為什麼北大推薦出來的人還不如復旦和南京大學的？」袁明聽了這話頗有點不服氣，也為北大抱不平，就說我們北大當然有優秀的人。Craig 追問有誰，袁明就說了張隆溪的名字。

這時張隆溪剛好身在香港。1982 年春，任教於美國加州大學聖地牙哥分校的葉維廉教授在香港中文大學英文系做傑出訪問教授。他到北京見到張隆溪，回香港後就通過新亞書院邀請張隆溪到英文系訪問。當時新亞書院院長是金耀基教授，他簽署的邀請信寄到北大，張隆溪便在 1982 年 3 月到了香港中文大學，在中大雅禮賓館住了幾個星期。那是張隆溪第一次踏出國門，來到當時仍在英國管治下的香港。在中大他結識了不同地方的學者，大家暢所欲言，談得很愉快。

另一方面，袁明向哈佛燕京學社社長 Craig 提了張隆溪的名字，他回到美國後就寫了一封信，邀請張隆溪去做訪問學者。不過張隆溪雖然在學術研究方面很突出，受到老教授們喜愛，但他並不熱衷於政治，不是共產黨員，與西語系黨總支沒有關係。4 月中他從香港回到北京，系裏黨總支一位副書記把他叫去，很不客氣地質問他，「你在香港見過哈佛的人嗎？」他回答說沒有見過，那位領導卻說：「那為什麼哈佛寫信來邀請你？」張隆溪平時為人很溫和，但他覺得受到不公平的待遇甚或人的基本尊嚴受到損害時，卻絕不會逆來順受。他在香港確實沒有見到與哈佛有關的人，這位副書記的問話似乎在懷疑他的誠信，他就憤憤地反問道：「這信又不是我寫的，我怎麼知道？你應該去問寫信的人呀！」原來那時有不少外國學者到中國的大學訪問講學，的確有人利用和他們接觸的機會，要求他們幫助出國去訪問。北大當時就有規定，不允許這樣聯繫國外學者，自己安排去出國訪問。後來北大認真組織了調查，最後弄清楚是袁明給 Craig 教授提到張隆溪，不是他去私自聯繫，才在 Craig 教授再來北京面試時，讓他最後一個去參加。很快他就得到通知，哈佛燕京學社邀請他在 1983 年去做訪問學者。當時有些訪問學者英語並不好，去美國只有一年時間，到英語剛剛可以勉強溝通的時候，就該回國了。不少人到美國的主要目的，好像不是做研究，而是買電冰箱、電視機、洗衣機，所謂「三大件」。張隆溪給哈佛燕京寫了一封信，要求自降身分，從訪問學者變成研究生，哈佛燕京學社也立即同意。他們還特別請錢鍾書先生為張隆溪寫了一封推薦信，錢先生也很快就答應了。於是本來沒有想過去美國的張隆溪，因此而準備出國了。

雖然張隆溪不是北大推薦的，但在他離開北大之前，當時北大的黨委書記把他叫到辦公室，對他說，「我們知道你學得不錯。你去哈佛學成以後，不必急着回來，你先在美國那邊發展到一定程度，再回到北大來做貢獻。」這句話很能夠反映出當時整個改革開放的時代風氣，也更是北大開放的氣度和北大領導具有長遠規劃的觀念。

1983 年，張隆溪準備赴哈佛升讀博士生，離開北京前，北京三聯書店沈昌文（左一）、范用（左二）、董秀玉（右一）為他餞行。中間在座者為朱光潛先生。

第三章
遠赴美國　事業精進

張隆溪記得，八十年代剛開放的中國，人人都對美國有很多憧憬。赴美之時，他心想讀五、六年後便會回到北大執教。但機緣際遇，在哈佛留學六年後獲邀去加州大學教書，一教就是十年。

中美論壇和普林斯頓演講

八十年代歐美對剛開放的中國興趣濃厚。在張隆溪去美國之前，1983 年 9 月在北京舉辦了第一屆中美比較文學高峰論壇。參加論壇的美國教授代表團共十位，由普林斯頓大學厄爾‧邁納教授（Earl Miner）為團長，他有一個中文名字叫孟爾康；斯坦福大學華裔學者劉若愚為副團長，其餘諸位，人人都是響噹噹的名字。中國也派出十人，包括李賦寧、楊周翰、王佐良、周珏良教授等，其中年紀最輕的就是研究生剛畢業不久的張隆溪。錢鍾書先生不在其中，但整個高峰會都由他組織。本來會上安排了同聲傳譯，但教授們討論比較文學，翻譯難度很高，一般譯員都無法準確譯出原意，結果只好由張隆溪臨時頂上。他熟悉中西文學，英文又好，總是先聽完教授發言的整段內容，才把全段意思翻譯出來，中譯英或英譯中，都從容不迫，應付裕如。如此表現給所有與會者留下深刻的印象，他也因此結識了當時在場的多位美國教授。數十年後他還記得，哈佛大學的范格爾教授（Donald Fanger）很幽默地稱讚他說：

「張隆溪講英文比我講得還快！」錢鍾書先生也在一封來信中讚揚他在這次論壇上「補救我方無知妄論或淺學誤解，免於貽笑，其功不亞於折衝樽俎。」又說社科院「外文所同人於君有『鬼才』之歎，詞雖未當，意則出於欽佩。」這次論壇為他後來的發展，打下了一個很好的基礎。

　　1983 年 10 月，張隆溪到了哈佛，由於辦護照和簽證耗費了不少時間，到校時已經開學一個多月，哈佛燕京學社讓他從春季學期再開始，所以他沒有立即去上課。前一段時間認識的美國教授們馬上邀請他，以「北京大學學者」的身份到各大學演講。最重要是 1984 年春普林斯頓大學的邀請。邁納教授發起，由普林斯頓大學英語系、東亞系和人文學院邀請他做 1984 年度的 Eberhard L. Faber Class of 1915 Memorial Lecture。其時他剛到美國不久，完全不了解情況，更不知道邀請他做那個演講是多麼知名的講座。那個演講系列歷史悠久，歷年的演講者都是重要的學者。那時法國學者德里達（Jacques Derrida）在美國學界影響極大，張隆

張隆溪美國哈佛大學博士畢業

溪讀他的主要著作《論文字學》（*Of Grammatology*），對他把中國和西方絕對對立的觀念有強烈的批評。他就以此為題，做了「道與邏各斯」的演講，批評了德里達不了解中國，卻把中西文化對立起來。演講很成功，他記得傑出的古典學者、以翻譯荷馬史詩著名的費格爾斯（Robert Fagles）教授聽他演講後，說那是他多年來聽到最好的一次演講。由邁納教授建議，他這篇演講後來發表在美國聲望很高的學術刊物《批評探索》（*Critical Inquiry*）上，也為他後來在美國出版的第一本英文書《道與邏各斯》（*The Tao & the Logos*），奠定了論述的基礎。

在美國建立起家庭

很多中國留學生出國都要一邊打工，一邊讀書，過苦學生的生活。張隆溪很幸運，在哈佛留學六年，卻從來沒有在外面打過工。哈佛燕京給他的獎學金不少，足夠他專心讀書，不必另找工作。他 1983 年到達美國，太太則在 1984 年到達，獎學金還增至兩人份。後來張太太還開始在哈佛燕京圖書館做兼職工作，增添一點收入。前此在中國經歷父母去世、社會動盪的他，到了美國，生活總算平靜下來。

張隆溪的太太叫唐薇林。少年時張隆溪喜歡畫畫，想當畫家，文革期間他結織了一班喜歡畫畫的文藝青年，其中包括唐西林，也因此認識了他妹妹唐薇林。薇林年少時醉心音樂，喜歡拉小提琴。她讀五七藝校，畢業後在成都市川劇團樂隊裏拉琴。文革期間，全中國只可以演八個樣板戲，當時樣板戲改革了原本的中國戲曲面貌，在傳統戲曲的胡琴鑼鼓中加入西洋樂器，包括小提琴。唐薇林每天長時間練琴，十分認真，在樂隊裏顯得很成功。但張隆溪認為如果喜歡音樂又肯苦練，能當一個獨奏家自然很好，但成功的人很少。而薇林一直在川劇團裏拉琴，這連西洋樂隊都不是，一輩子拉下去意義就不大了。「我覺得花時間練琴，還不如花點時間看看書，所以我就讓她看書。她也有興趣看書，很聰慧，有很好的理解力。但在這個意義上，我是把她練琴的時間給耽誤了。到美國時，她連提琴都沒帶過去，後來就完全沒有做這方面的事情。」唐薇林放棄了自己的專業，後來一直就操持家務，使張隆溪可以心無旁騖，專注於學問，不用擔心日常生活的各種雜務，可以說在他成功的後面，有他太太始終如一的關愛、支持和貢獻。

張隆溪和唐薇林認識很久，他 1978 年秋天去北大讀研究生，那年寒假回家，也就是 1979 年春節，他們才在成都結了婚。但由於當時嚴格的戶籍制度，他太太不可能獲得北京戶口，所以只有在放寒假和暑假時，張隆溪才可以回家相聚。他在北大前後一共五年，在中國的時候，他們夫婦倆長期兩地分居，他到美國之後，1984 年唐薇林也到了美國，遠在地球另一面的地方，他們反而團聚在一起了。

薇林放下了音樂，卻還有另一門手藝，她很會做菜。作家阿城與張隆溪是好友，他在哈佛讀書時，阿城曾前往拜訪他。後來阿城寫回憶

一家四口 1996 年攝於美國。
1983 年從北京到美國哈佛讀博士生，太太唐薇林也於翌年 1984 年到步美國。兩人經歷分離的歲月，終可擁有完整的家庭生活；兩個女兒也於美國出生。

錄，就寫下了那晚的菜餚，「他的語言很有特色，他形容吃我太太做的川菜『痛徹心肺』！這當然是誇獎她的川菜又辣又可口，讓人印象深刻。」張隆溪生命中兩個重要的女人都會做菜，另一個是他母親。後來他家中又出現了兩個重要的女性，是他的兩個寶貝女兒，大女兒 1989 年出生。從他 1983 年到美國算起，那是六年之後，婚後第十年了。「一個原因是我們在中國時兩地分居，另一方面，我們覺得要條件成熟，能給小孩提供一個比較好的環境，我們才應該要孩子。」1994 年他們又有第二個女兒，兩個女兒都在美國加州出生，那時張隆溪已經在加州大學河濱分校任教，建立起了自己的家庭。

以文會友

到美國是一片新的天地，需要習慣新的生活方式，例如開車。張隆溪利用空餘時間，很快就學會了開車。一到秋天，他便會沿着東海岸觀景的一號公路（scenic drive），開車欣賞新英格蘭色彩斑斕、如畫而勝於畫的林間風景。生活在美國不開車不行，有了車，活動的範圍就擴大很多。他常由哈佛（麻省）駕車到紐約探望朋友，每次一開就要五六個小時。

他在美國結識了不少學者，其中包括耶魯大學的孫康宜教授。他們最先在普林斯頓大學見面，很快成了好朋友。雖然那時張隆溪還是研究生，孫康宜已經在耶魯任教，但她從來沒有把張隆溪當學生，而視為可以互相切磋交流的朋友。她邀請張隆溪到她教的班上講課，請他到家裏。她先生是一位工程師，也姓張，他們談得很投緣，就結拜為兄弟。孫康宜請來她的學生和張隆溪見面，其中有當時在讀研究生的蘇源熙（Haun Saussy），後來成為美國比較文學學界一位重要的學者，芝加哥大學的校級教授。他們在研究生時就成為很好的朋友，而他們的友誼證明，一般人認為哈佛和耶魯因為競爭而互相敵對的説法毫無道理。

與好友孫康宜攝於 2010 年耶魯大學。
孫康宜是耶魯大學的漢學家。張隆溪剛去美國當研究生，孫康
宜已在耶魯教書，兩人在普林斯頓認識，很快就成為好友。

　　中國傳統文人常以文會友，其實在國外也一樣。張隆溪在《批評探
索》發表了〈道與邏各斯〉一文後，引起當時在賓夕法尼亞大學任教的
戴維‧斯特恩（David Stern）教授注意，寫信來約他寫稿。他們長期通
信，成為好友，幾乎十年之後才第一次相見會面，可以說真正是以文會
友，但也是一個頗不尋常的例子。斯特恩教授說這是他們的「闡釋學式
的友誼」（hermeneutical friendship）。斯特恩也是哈佛大學比較文學系畢
業的校友，他很贊同張隆溪對德里達的批評，也批評過德里達。有一次
在以色利特拉維夫大學參加一個學術會議，德里達也在那裏。斯特恩後
來打電話告訴張隆溪：「德里達當然很不喜歡我那篇文章，但對你的文章
他更生氣。」斯特恩教授後來離開賓州大學，成為哈佛大學研究中古及
現代猶太文學的教授。

　　張隆溪在哈佛讀書時，常有一種強烈的感覺，覺得和美國的同學們相比，他已經失去了十年的光陰，在別人讀大學的時候，他在鄉下當農民，在工廠做工人。他比一般同學年齡稍大些，但思想也更成熟一些，因此他特別用功，到美國不久就開始在重要的學術刊物上發表文章。他在 *Critical Inquiry* 發表文章的時候，編輯和很多人都以為他是教授，因為那是在文學批評和理論方面，最有影響的學術刊物之一。他在哈佛本來需要跟 Susan Suleiman 教授上一門法國文學課，但她說，「你已經在 *Critical Inquiry* 上面發表文章了，就不必上我的課，只需要做一個 independent study 就可以了。」他在哈佛畢業開始去工作面試時，有幾位同學都說，「面試你的教授，有多少在 *Critical Inquiry* 上發表過文章呢？」張隆溪在 *Critical Inquiry* 上發表過三篇文章，又在 *Comparative Literature*、*College Literature*、*Texas Study of Literature and Language* 等其他重要刊物上發表過多篇論文，在美國學界逐漸有了名聲和影響。

研究闡釋學，批判中西對立

　　在文革當中，讀書曾經很困難。張隆溪到哈佛之後，有全世界最大的大學圖書館，收藏豐富，隨便借閱，真是打開了一個新天地，擴大了閱讀範圍，使他可以盡情閱讀許多以前讀不到的書，加深對許多研究領域的了解。其中一個重要領域是闡釋學（hermeneutics）。闡釋學最先在德國產生，十九世紀德國神學家和哲學家施萊爾馬赫（Friedrich Schleiermacher）受康德影響，在研究希臘羅馬的古典闡釋學和評註聖經經文的聖經闡釋學之基礎上，建立了普遍的闡釋學。張隆溪說總的說來，闡釋學就是關於理解和解釋的理論或藝術。因為闡釋學討論的是語言、表達、理解和解釋這類最基本的問題，只要有語言表達，就有理解和解釋的問題，也就有闡釋學的問題，所以這是東西方普遍存在的問題。他對闡釋學有濃厚的興趣，就因為在西方和中國，都有很長的經典閱讀和評註的傳統，也就為跨語言文化的比較研究提供了極為豐富的材料，可以在這個領域做深入的研究，取得有價值的研究成果。

　　張隆溪在北大時，已經開始讀德國哲學家伽達默爾（Hans-Georg Gadamer）的闡釋學巨著《真理與方法》；在哈佛讀研究生時，就以猶太拉比和基督教教父對《聖經》裏《雅歌》的解釋，和中國漢唐註疏對《詩經》裏許多詩篇的解釋做比較，在美國比較文學學會的刊物 *Comparative Literature* 上發表了一篇論文，討論所謂諷寓解釋的問題。數年之後，這就發展成他在康奈爾大學出版社出版的另一部英文著作，他自己頗為滿意的《諷寓解釋：論東西方經典的閱讀》（*Allegoresis: Reading Canonical Literature East and West*）一書。

　　張隆溪的學術興趣在東西方比較文學和跨文化研究。像錢鍾書先生一樣，他相信「東海西海，心理悠同。南學北學，道術未裂。」但在美

與德國著名哲學家 Hans-Georg Gadamer 1984 年攝於波士頓。
張隆溪到美國留學，總覺得自己晚了別人十年，故一直努力。
他對闡釋學很有興趣，10 月 10 日在波士頓見到 Hans-Georg Gadamer，跟他談了一個下午。

國或整個西方的學術環境裏，他發現強調差異，尤其是東西方的差異，佔據了主導地位。在這種學術氛圍中，甚至一些專門研究中國的漢學家也強調中國與西方的根本不同，尤其把中國和代表西方的希臘對立起來，從思維和語言的基本方面去論述東西方根本而絕對的差異。

　　平常性格溫和的張隆溪，談起少年時很多不快經驗都輕鬆帶過，但一談到學術，神情就會嚴肅起來。「西方的很多理論家尤其喜歡把中國跟希臘做一個對比，因為希臘是他們文化的來源，很多東西、思想、傳統都是從希臘來的。他們把古代的希臘講得跟古代的中國完全相反，由此強調中西文化的根本差異。我不是否認當中的區別，中西之間當然有區別，最大的區別就是中國沒有把宗教擺在第一位。無論是基督教、猶太教，或者是伊斯蘭教，很多民族都把宗教放在重要的地位，但中國從來沒有把宗教放在最上面，就是因為孔子——主要是儒家的影響，這就形成中國文化相當獨特的性格」。他讀到西方一些學者把東西方對立起來的文章，就總是據理力爭，提出自己的批評意見。從 1984 年在普林斯頓做的演講開始，他就一直針對這種把東西方隔絕的文化相對主義提出尖銳的批評。

　　第一個被他批評的，是著名的法國解構主義大師德里達（Jacques Derrida, 1930–2004）。德里達一生發表過四十多部著作，寫作的範圍包括了人類學、歷史、語言學、政治理論、女權主義等等。其解構主義也影響了後來藝術、建築和音樂等評論。剛到美國時張隆溪才三十多歲，五十多歲的德里達已是學術界影響極大的人物，但張隆溪無所畏懼。德里達批判西方 logocentrism（邏各斯中心主義），認為那是蘇格拉底以來西方的壞傳統。但什麼是邏各斯中心主義呢？就是認為思維是最高的，口頭語言第二，書寫文字是最差的；這也是所謂語音中心主義（phonocentrism），貶低書寫文字。他又認為中國文字是象形文字，像圖畫一樣，不是拼音文字，所以代表了一種完全不同的文明。由於德里達在美國學界有極大影響，他把中國與西方對立起來這一論斷就造成跨文化理解的巨大障礙。

十九世紀殖民主義和帝國主義時代，歐洲人自以為了不起，態度高傲，於是有黑格爾認為中國語言不是拼音文字，因此一定落後，中國人沒有抽象思維能力，沒有哲學。到了二十世紀，西方學界興起自我批判，反對歐洲中心主義，於是德里達批判西方邏各斯中心主義，認為中國語言好在不是拼音文字，所以中國也好在沒有哲學。雖然德里達解構西方傳統，認為中國沒有邏各斯中心主義是一件好事，但他的理據和十九世紀黑格爾貶低中國文化的理據完全相同，而那理據本身是錯的。無論黑格爾貶低中國的語言文化，還是德里達讚揚中國的語言文化，依照的是同樣錯誤的理據。張隆溪認為在學術問題上，這都是應該駁斥的，因為他說，「我不要看你的臉色。學術要講道理，跟感情沒有關係。中國是什麼樣子，就應該是什麼樣子，從學術的觀點看來，你喜歡或不喜歡都無關緊要。」

再從德里達所謂邏各斯中心主義本身來看，希臘的 Logos 既是語言又是思維，中國的「道」字也是一樣，既是「言說」又是所說的「道理」，都在同一個字裏，有語言和語言所表達的思想這樣的二重意義（duality）。德里達批評邏各斯中心主義認為內在思維是最高的，然後是口頭語言，書寫的文字離內在思維最遠而不可靠；又認為那是西方獨有的傳統。可是中國古代同樣存在內在思維與外在語言的區分，尤其認為書寫的文字不可表述真正的思想。老子出關，關令尹請他留下一本書，講他的學說，他寫下《道德經》五千言，但第一句話就是「道可道，非常道。名可名，非常名。」那就是說，凡是說出來的就已經不是真正的道了，這不也是貶低語言文字嗎？《莊子》裏的故事，說桓公在堂上讀書，輪扁把工具放下，問桓公說：「公之所讀者，何言邪？」桓公說：「聖人之言也。」輪扁卻說：「君之所讀者，古人之糟魄已夫！」因為古人早就死了，怎麼可能在文字裏還保存他們的智慧呢？語言能不能表達最深刻的內在思想，這個是哲學的問題。雖然中西哲學表述的形式不一樣，但所說的不都是同一個道理嗎？張隆溪認為，哲學和科學一樣，道理是普遍的，不應該建構東西文化的根本對立。

　　張隆溪把批評德里達的文章寄到《批評探索》雜誌去之後，孫康宜
有天給他打電話，說德里達那學期正在耶魯教書，於是張隆溪就開車過
去，跟德里達見了一面。他記得很清楚，「我在他上課之前，去他的教
室，說我寫了一篇文章是和他討論的。我把文章交給他，他就說：『好，
你明天到我辦公室，我們談一談。』」第二天我們倆談了一個下午，但基
本上沒什麼好談的，因為他不懂中文，只好聽我講。但他雖然承認自己
不懂中文，依靠美國詩人龐德來理解中文難免有誤，但他最後提了一個
頗有點刁鑽的問題：「你是說道家思想和邏各斯中心主義是一樣的嗎？」
我回答說兩者當然不一樣，但由於德里達影響極大，過分強調兩者的對
立和差異，就會影響到很多人對中國文化的誤解。我說：「如果你或者像
你這樣有影響的人過分強調二者相同，甚至說道與邏各斯完全一致，毫
無差別，那我大概就會採取另一種立場，論述兩者的差異了。」討論學
術問題就像是對話，都會針對一種論述或觀點作出回應，在西方過分強
調各種差異、尤其是東西方之間文化差異的情形下，張隆溪覺得有必要
指出西方一些人對中國傳統的誤解，揭示出文化差異下面帶有普遍意義
的相似或相同之處。他批評德里達的文章先在普林斯頓大學演講，後來
發表在 Critical Inquiry 1985 年 3 月號上。

　　除德里達之外，在西方影響巨大的另一個思想家是米歇爾・福柯
（Michel Foucault, 1926–1984），他提出知識和權力有共謀的關係，建立起
了監視和控制人的現代社會結構。他極有影響的一本書是《言與物：人文
科學的考古學》（Les Mots et les choses: une archéologie des sciences humaine，
英譯 The Order of Things），在這本書一開頭，福柯就提出中國是一個毫無
邏輯、西方人無法理解、無法想像的「異托邦」（heterotopia），並用這個
觀念來襯托具抽象邏輯思維的西方。張隆溪認為，這完全是誤解和歪曲
了中國人和中國文化，於是寫了〈他者的神話：西方人眼裏的中國〉（The
Myth of the Other: China in the Eyes of the West），對福柯把中國視為西方對
立面的荒謬觀念提出尖銳的批評。這篇文章後來也發表在 Critical Inquiry
1988 年秋季號上，引起了西方很多學者的注意。

　　無論是德里達還是福柯，這些西方影響巨大的思想家們都既不懂中文，也不專門研究中國的歷史和文化，可是他們又都喜歡談論中國，把中國作為希臘、歐洲和西方的對立面。張隆溪發現，這種中西對立的思想傳統，尤其在法國，可以追溯到十九世紀末二十世紀初法國著名的人類學家列維－布魯爾（Lucien Lévy-Bruhl），他考察南美洲亞馬遜河流域一些原始部落，寫了《原始思維》（*La mentalité primitive*）等很有影響的書，提出思維模式（*mentalité* 即 mentality）的觀念。他認為原始部落的人沒有抽象思維能力，他們的思維方式是圖畫式的具體意象，他稱之為 primitive，是原始的。與之相對，他認為歐洲或西方人具有抽象思維能力，是用邏輯理性的科學思維模式。這個觀點對後來很多西方人了解非西方文化，產生了相當大的影響。漢學家葛蘭言（Marcel Granet）是列維－布魯爾的朋友，就在影響之下，寫過一本書叫《中國人的思維》（*La pensée chinoise*），討論中國人的思維模式。二十世紀有好幾位法國學者都用這個概念，來討論中國的歷史和思想。例如謝和耐（Jacques Gernet）討論為什麼基督教在明末清初的中國傳教沒有成功，最終就歸結到中國人的語言和思維模式，認為中文沒有語法，中國人缺乏抽象思維能力，沒有真理的概念，所以根本不可能理解基督教超越性的精神觀念。當代的法國學者于連（François Jullien）也是用這種思維模式的觀念，把中國與希臘對比，認為歐洲人看中國就像繞一個道，最終回到自己，可以從一個反面的鏡子反觀自己，認識西方人的自我。在西方學界，張隆溪針對這種中西對立的理論觀念，不斷撰文駁斥，發出中國學者的聲音。

視中國為他者的漢學家們

　　張隆溪笑自己生平寫文章常跟人論爭，而這些對象很多是赫赫有名的學者。例如哈佛的漢學家史蒂芬・歐文教授，他有個中文名字叫宇文所安。他先在耶魯，後來在哈佛任教，有不少著作，又有很多學生，在美

與 Jurij Striedter（左一）、Daniel Aaron（前坐者）和 Donald
Fanger 2003 年 10 月攝於哈佛 Faculty Club。
Jurij Striedter 是張隆溪在哈佛大學的論文指導老師，生在俄
國，成長在德國，是德國康斯坦斯學派開創人物之一，後來受
聘到哈佛任教。他論俄國形式主義和捷克結構主義的著作，在
學術界很有影響。

國漢學界是影響很大的人物。張隆溪在哈佛比較文學系跟尤利・斯屈里
特爾（Jurij Striedter）教授寫比較詩學的論文，由於這位來自德國「康斯
坦斯學派」、研究俄國形式主義和捷克結構主義著名的教授不懂中文，他
請歐文作為張隆溪論文的第二個審讀者（second reader），所以張隆溪有
時會和歐文討論中國古典文學、尤其是詩。然而讀了歐文關於中國詩和
詩學的文章書籍之後，張隆溪卻頗不以為然，對他的觀念有不少批評。
「歐文對中文有根本的誤解。他認為西方的語言是人為的創造，中國的語
言則是自然形成的。西方的詩是想像的虛構，其意義是超越文本自身的
比喻和象徵的意義，而中國的詩則都是現實的實錄，沒有超越的虛構。
這實在是匪夷所思的誤解。」

這些讀中國書、一輩子研究中國文化的漢學家，怎麼可能忘記甚至沒有讀過孔子在《論語》裏説過的話：「禮云，禮云，玉帛云乎哉？樂云，樂云，鐘鼓云乎哉？」中國詩和中國畫裏常常出現的松樹，就像西方文學和繪畫裏常常出現的百合或玫瑰，難道只是植物花卉嗎？松柏常青不也是來自《論語》裏的一句話：「歲寒，然後知松柏之後凋也」？錢鍾書在《管錐編》裏説，把中國詩視為實錄，則《詩經》裏有「誰謂河廣？曾不容刀」，又有「漢之廣矣，不可泳思」之句。如果把詩句當作實錄，「據詩語以考訂方輿，丈量幅面，益舉漢廣於河之證，則癡人耳，不可向之説夢者也。」張隆溪看見把中國和西方絕對對立起來的漢學家這類論述，往往就想起錢鍾書先生這句尖刻、中肯而又風趣幽默的妙語。

另一位被他批評過的漢學家是專門研究先秦、在加州柏克萊任教的吉德煒（David Keightley）教授。在一部專門講古代希臘和古代中國的書裏，Keightley 寫了一篇文章，説希臘有一種認識論的悲觀主義（epistemological pessimism）。他舉的例子是希臘神話裏一個重要人物奧德修斯（Odysseus）。荷馬史詩《伊利亞德》（Illiad）寫希臘人攻打特洛伊十年，都沒有成功。最後是奧德修斯想到一個詭計，設計了特洛伊木馬（Trojan Horse），偽裝撤退，卻把希臘軍隊藏在巨大的木馬裏，半夜出來攻克了特洛伊城。因此奧德修斯以特洛伊木馬這種欺詐術而著名。打完十年的特洛伊戰爭之後，他又過了十年才回到家鄉，第二部荷馬史詩《奧德賽》（Odyssey）就專門寫他回家時，一路上各種的冒險經歷。回到他原來的國家伊薩卡後，他沒有馬上顯露自己的國王身份，而是先看妻子裴涅洛培（Penelope）是不是忠於他。裴涅洛培長得很漂亮，國王不在，不斷有人追求她。於是她就織一塊布，對那些逼迫她的求婚者們説，讓她把這布織完以後，再考慮他們的要求。但她白天織布，晚上就把布割掉，第二天又重新開始，使那塊布永遠織不完。裴涅洛培是愛情忠貞的代表。奧德修斯回來以後打扮成乞丐，幫他洗腳的老太太是他小時候的乳母，發現他腳上的印記，才認出國王回來了。這故事從頭至尾，的確表現出奧德修斯喜歡偽裝而不輕易相信人。吉德煒以奧德修斯做例子，説希臘人懂得欺詐，認為事物表面往往不可靠，於是要透過現象去看本質，不能相信表面。張隆溪認為，「吉德煒以此説明希臘人有一種認識論上的悲觀主義，説他們首先假設看到的東西都是假的，一定要通過分析，通過考察才能得到事物的本質，希臘因此有哲學，注重分析。這些都有一定道理。但他反過來説中國，認為中國人有一種認識論的樂觀主義，基本上看到什麼就相信那是真的，這就毫無道理了。」

　　吉德煒在文中也舉了幾個《左傳》裏的例子，證明中國人的認識論樂觀主義，但那些例子並不具有代表性。張隆溪説，「舉例子是很容易的事情，因為一個豐富的文化傳統裏書多的是，你要找幾個例子來證明你的看法，總是能找到的。但重要的是，能不能舉最經典的、最有影響的書作例子。孔子在《論語》裏説，『有德者必有言，有言者不必有德。』又提出為政首先需要『正名』。孟子也説：『道在邇而求諸遠，事在易而求諸難。』老子講的話最直接：『吾言甚易知，甚易行。天下莫能知，莫能行。』莊子更提倡『得意忘言』，認為『道不可聞，聞而非也。道不可見，見而非也。道不可言，言而非也。』這哪裏有一點認識論樂觀主義的影子呢？孔孟和老莊在中國傳統中，難道不是最有影響、最具代表性的嗎？一個漢學家怎麼能不知道他們講的話，胡説中國人都相信表面，有什麼認識論樂觀主義呢？」

　　歸納這些把希臘或西方與中國對立起來的外國學者，張隆溪説他們都有預設立場，總要強調中西文化絕對不一樣，以偏概全。「明明是研究中國，如果你一個漢學家沒讀過《論語》、《孟子》，沒讀過《老子》、《莊子》，還有什麼資格叫做漢學家？還説是專門研究先秦的？如果讀過這些書，但為了把希臘和中國絕對對立起來而故意忽略或忘記這些大經大典，那就更不可取，那不是做學問應該有的態度。」

尊重事實

在張隆溪的學術路途上，常看到時髦的潮流興起，盲從的人都一湧而上，忙於趕上這班快車。在政治運動中，往往是越激進越會掌握到話語權，在學術潮流中，也往往有同樣的情形，不少理論家把本來有道理的觀念和方法講得言過其實，好像不語出驚人就不足以揚名，但他對這種做法卻很不以為然。他說：「有的人，尤其是急於成名的人，總要一鳴驚人。這種情況下很容易把話說得過頭，站不住腳。我覺得這在學術上是非常需要自覺，需要防止的事。不要把話講得好像別人都沒講過，從而顯得自己好像與眾不同。在學術上應該沉得住氣，尊重事實和材料；尊重事實是很可貴的精神。」

他寫過一篇英文文章 "Out of the Cultural Ghetto"，得罪了一些漢學家。Ghetto 原來指歐洲一些城市裏專門是猶太人住的地區，外面人不能去也不會去，張隆溪把它翻譯成「封閉圈」。可以了解，文章批評的正是漢學家們的閉門造車。「我在美國有很多漢學家朋友，他們使西方人了解中國文化，做出了很大貢獻。但也有一些我不喜歡的漢學家，他們把中國跟西方對立起來，把漢學尤其把中國講得很神秘，基本上就是把漢學變成一個小圈子。尤其在八十年代，文學理論非常熱門，英文系、法文系討論的問題，會影響到其他許多學科，可是漢學家們很少參與討論。這就是我說的 ghetto，封閉圈，所以漢學對西方社會產生的影響也就有限。」張隆溪到香港之後，2000 年出版的中文書《走出文化的封閉圈》，就以 Ghetto 的概念成書。

在美國十多年，參與了很多理論問題的討論，和不少在學界知名和有影響的人物商榷爭論，但為了學術和學理，張隆溪從來不在乎得罪了什麼人。「我覺得學術就是這樣進步的，學者之間大家互相切磋探討。你也可以批評我，如果我錯了，我一定會改，但與此同時，一個人必須堅持自己認識到的真理，不能人云亦云，或像牆頭草那樣見風倒。」這就是他做學問秉持的基本原則。他明確意識到這種學術爭論的必要性，在斯坦福大學出版社出版的一本英文著作裏，他在前言裏就引用了《孟子·滕文公下》的話：「予豈好辯哉？予不得已也。」這很能見出他堅持真理的學術理念和原則，以及不畏權威、有錯必糾的學術立場。

美國大學和學生的印象

　　回顧哈佛的歲月，日子過得充實又愉快。在哈佛比較文學系讀博士，一般要七年。他的博士學位實際讀了五年半，加上沒有上課的頭半年，一共六年。比較文學系的常任秘書告訴他，說他這是 record time。最後那兩年他一面寫博士論文，一面開始在哈佛教課。哈佛比較文學系只有研究生，但本科生也有一個像比較文學那樣研究不同文學的專業，學生們稱為 Literature Concentration，參加這個項目的學生對文學都很有興趣，而且要經過外語考試。英語不算外語，考的一般是法、德、西班牙語。學習中文和日文的學生會在東亞系，所以這個項目是為學習歐洲或南美文學的學生而設立的。張隆溪在哈佛就是在 Literature Concentration 教課，是二年級學生進入專科的必修課，叫做 Sophomore tutorial。記得他第一次到教室，那裏坐着十來個哈佛的本科生，都帶着一點驚詫和懷疑的眼光看着他。怎麼是一個中國人來教他們西方文學的課？他是不是走錯地方了？但是他們很快就發現這個老師教得很好，而且逐漸對他本人產生了興趣，了解他求學的經歷。在最後一堂課時，按哈佛的規矩，張隆溪把學生們請到自己家裏來上課，學生們也集體給他帶來一個非常有意義的禮物。那是一個點蠟燭的燈。因為他們了解到張隆溪曾經在中國的山村裏照着煤油燈讀書，雖然在哈佛所在的康橋（Cambridge）買不到煤油燈，他們就在 Crate and Barrel 買了一個陶瓷底座、上面有玻璃燈罩點蠟燭的燈，希望讓老師記住自己過去自學時的情形。張隆溪非常珍惜這個燈，至今一直放在家裏。

　　在哈佛比較文學系學習，一方面當然有非常好的教授，但另一方面，研究生同學們之間也獲益很多。比較文學系的每個學生研究的內容都不一樣，每個人都有自己的專長，同學互相之間可以學到很多東西。張隆溪 1983 年赴美，去的時候心想讀五六年後會回國，六年後畢業遇上 1989 天安門事件，這時好幾家大學都給他教席，就決定先留下來。「當時先收到紐約州立大學石溪分校（SUNY Stony Brook）的聘請，但在紐約州立大學教書的朋友 Haskell Block 教授，也是哈佛比較文學系畢業的校友，就叫我不要去，因為當時紐約州的財政情況不好。此時加州大學河濱分校（UC Riverside）也邀請我去，而且我去面試時見到學校教務長（Provost）Brian Copenhaver 教授（後來他成為 UCLA 的教務長），他告訴我說，我已經發表了這麼多文章，應該去跟系主任談，可以跳幾級，不必從最初的助理教授做起。我當時完全不懂這些，頗為吃驚。我從來沒想過可以這樣，而且是學校的教務長教我去和他自己管理的學校那個系談判！這使我覺得加州大學對我太好了，於是接受了聘請，到加州大學河濱分校工作。」

　　加州的高等教育系統有三個層次，加州大學（University of California）是研究型大學，然後有加州州立大學（California State University），也做研究，但更要求以教學為主，再後還有各個社區學校（Community Colleges），是專門的職業教育。張隆溪在加大河濱分校教書十年，他說那裏的學生分別很大，最好的學生跟哈佛的學生不相伯仲，但也有很差的學生，差到令他懷疑他們何以會在大學裏。很差的學生有兩個，他記得很清楚。其中一個是白人，個子蠻高的。「他成績不好，有一天到我辦公室，說自己想上法學院，想將來當律師。但是我給他的成績不太好，這樣的成績使他沒辦法上法學院。我就說：『我不懂你的邏輯。因為你想讀法學院，所以我就得給你 A？這是什麼道理？在我這門課上你要得 A，你就得自己努力（you have to earn it）。』，最後他沒辦法，只好走了。」另一個學生是個黑人，是研究生。美國大學研究生一般說來每學期要上四門課，如果發現想修的課那一學期沒有開，就可以申請獨立研習（independent study），也就是不正式上課，而是找某位教授單獨見面討論。這種獨立研習算一門課，但沒有學分，只有及格／不及格。「我那時候負責比較文學 program，研究生選課都要我簽名批准。這個學生來找我簽名，我才發現他完全不上課，每個課都是獨立研習，而且全部有學分。這完全違反學校的規定。我説，『系裏這學期有這麼多課，為什麼你都不能去修？』他説他白天有其他事情，不能來上課。但他明明登記是全日制學生，沒有道理不來上課。他最後説，『明天就是登記的最後一天了，我怎麼辦呢？』我立即告訴他説：『那是你的問題，不是我的問題。你把我當成什麼人了？你以為可以當我是橡皮圖章嗎？』最後那個學生碰到硬釘子，只好再去重新修課。」在美國，一方面有種族歧視，大家都反對種族歧視，但尤其在大學裏，也造成一個現象，大家都怕被説成是種族歧視，有時又出現另一極端的問題。這個黑人學生顯然就利用這種情形，去找教授單獨做獨立研習，而且都要有學分。一般白人教授為了避免麻煩，就只好答應他的要求。張隆溪看不慣這種「政治正確」的現象，對這種學生也絕不遷就容忍。「我不吃那一套。我才不管你是黑人、白人、紅人、綠人。在我這裏，就要按照規矩做事情。我從來都是這樣。在學術問題上，我堅持原則。在待人接物上，也是一樣。」

　　在美國的教學經驗中，好學生他記得的也有兩個。其中一個是他在哈佛教過的學生，是叫 Jaron Bourke 的一個猶太人。按照哈佛的規定，第三年本科生要由一位老師指導寫一篇 junior essay，但指導老師不為自己的學生評分，而相互審讀其他老師指導的學生論文。Jaron 的 essay 恰好由張隆溪審讀，而他給這個學生評了個很低的分，但同時詳細列出他寫得不好的原因，以及他應該參考什麼書籍，這題目該怎樣切入，該怎樣改進。這個學生得到一個低分，不僅沒有氣餒而抱怨，反而來找張隆溪，一定要他指導自己的畢業論文（senior thesis）。Jaron 是 Literature Concentration 很優秀的學生，他在張隆溪指導下，寫了一篇討論俄國文學理論家巴赫金的畢業論文，最後獲得哈佛大學的胡普斯獎（Hoopes Prize），學生得獎金一千美元，指導老師也得到五百美元。Jaron 畢業後還與張隆溪保持聯絡，結婚時還給他發過邀請卡，可惜他未能出席。張隆溪後來到加州大學教書，Jaron 還到過他班上去聽課。張隆溪的學生們都取笑他說，「你還沒有上夠課，畢了業還要來繼續聽課嗎？」Jaron 卻對他的學生們說，「你們不知道你們多幸運！有這麼好的老師。」

　　另一位是加州大學河濱分校的一個女學生，名叫 Helen Lennon，是一位優等生。Helen 對文學很有興趣，可是她上張隆溪的一門課，期末論文卻得了一個 C，覺得很丟臉。她到他的辦公室裏哭了起來，抱怨說，「我很喜歡你教的課，我上你這門課也很用心。我這篇論文在任何別的課上，都會得 A。」可是張隆溪一點沒有同情，反而說：「眼淚在我這兒是沒用的。你在別的課上可以得 A，那就到別的課上去啊。」Helen 沒有灰心，反而在這之後，她盡量選張隆溪教的課，包括研究生課，學業大為長進。她是高年級本科生，但她很努力，論文寫得比一般研究生還好。在 1990 年的畢業典禮上，她被選為全校畢業生代表，發表了畢業告別的演講（valedictory address）。Helen 畢業後，先到美國南方去幫助比較窮困的學生學西班牙語，後來得到耶魯大學一個全職獎學金，讀比較文學博士，後來又去加州大學柏克萊分校學習法律。Jaron 和 Helen 這兩個優秀學生，最先見到張隆溪都是不愉快的經驗，但他們沒有得到好分數，卻反而要跟隨這位老師學習，這就是好學生特別之處。對他們說來，分數不是最重要，他們更看重能夠在大學裏跟老師學到什麼知識，在學識甚至在修養上如何能得到提升。

美國生活點滴

　　光陰如白馬過隙，加州大學十年的生活很快就過去了。南加州陽光充足，氣候溫暖，夏天非常炎熱。內陸氣溫可升至攝氏 43 至 45 度之間，不過氣候乾燥，留在室內開冷氣也不太悶熱。加州位處地震帶，張隆溪在十年內遇過兩次大地震。剛到南加州，他不大喜歡那裏西班牙式風格的房子，地震發生過後才發現，加州的木結構房子抗震力特別強，其中一次震央較接近，震了將近一分鐘，感覺很長，但震後房子連半條裂縫都沒有。「地震經常發生。有一次我在上課，學生突然都跑到桌子下面，只剩我一個人坐着。我說『你們怕什麼？』其實他們從小就有訓練，知道要趕快躲在桌子下面去。」

美國東海岸的城市如紐約、波士頓等，城裏可以走走路，也有地鐵，但西海岸，尤其加州，根本是為汽車設計的，不開車可就哪裏都去不了，什麼事也做不成。張隆溪上班需要開車，他們夫婦跟朋友們聚會，吃個飯，聊聊天，包包餃子之類，也往往要開車半個小時以上。這就是加州生活的慣常情形，不過生活穩定，張隆溪的兩個女兒都在加州出生。這段時間他也不斷用英文寫作，發表了多篇論文，出版了幾部學術著作。

在美國實際生活了十多年，現實裏的美國與當年人人夢想的美國有落差嗎？張隆溪說，「到現在我還是覺得美國是很好的一個國家。美國跟中國一樣都是很大的國家，一個國家很難把它看成是鐵板一塊。美國有很多很優秀的方面，直到現在我也是這樣的看法。但是當你深入了解一個地方以後，也會有更實際的感覺。像種族主義這回事，到底有沒有呢？我在美國可以說沒有受到明顯的種族歧視，沒有人跟我說 Go back to your country，在大學環境裏不大會發生這樣的事。但在別的方面呢？按學術方面來講，我發表的文章、出版的書不少，比起差不多水平的學者，好幾位都到了很好的大學去。雖然這很 subtle，但你會感覺到區別，如果你是白人，機會會更多。」

美國為什麼強大？有什麼值得學習？「美國是開放的社會，吸引全球的人才。尤其在二戰時，因為納粹迫害猶太人，很多猶太移民到了美國，其中包括像愛因斯坦這樣的科學家和像奧爾巴赫這樣的人文學者。」他提到在美國生活一次十分感動的時刻，那時是里根做美國總統，選了第一代移民而對美國做出突出貢獻的十個人，每人都由里根總統授予一個勳章。全世界有那麼多國家，幾乎都有移民到美國，而選出的十個人當中，就有兩個是中國人，這使他特別覺得感動而且自豪。這兩位一個是王安，他創立王安電腦（Wang Laboratories），另一個是貝聿銘，就是在巴黎盧浮宮建玻璃金字塔入口、在香港建中國銀行那位國際知名的建築師。美國大學的研究生教育非常優秀,而研究生當中,有很多都是各國大學培養出來的優秀學生。張隆溪說,在歐洲留學攻讀博士,留在大學工作的機會是比較少的,可是在美國,留學讀博士然後在美國拿到工作的機會大很多。所以美國能吸收全世界最好的人才,也是國家強大的一個重要原因。

張隆溪在加州大學河濱分校任教十年,由助理教授升為副教授,再升為正教授,負責比較文學的工作。1997年某日,他早上起來習慣地打開電腦,檢查電郵,意外地發現有香港城市大學發來的郵件,希望他考慮到香港工作,可以先簽兩年的合約。「當時我說 No kidding,我在這裏已經是拿到 tenure 的正教授,有了工作保證,簽兩年合約,要是合約之後不能續約,那怎麼辦?」當時城市大學中文、翻譯和語言學系的系主任徐烈炯教授代表遴選委員會給他打電話,解釋了一些具體情形,說明兩年合約是常規,一般說來都可以續聘,希望他一定考慮。

第四章
定居香港 走遍世界

張隆溪早在 1982 年就來過香港,但從來沒有想過會來到香港生活,更沒能想像在香港城市大學一教二十多年。他從不掩飾自己對香港教育制度的批評,但同時認為香港這城市太獨特了,舉世無雙。香港地理位置特殊,他以學者身份遊遍世界,也在香港寫英文文章,發表到西方世界推廣中國文學。

香港九七

　　張隆溪在國際比較文學界素有份量,早在八十年代初,他在北京已頗有名聲,對中國當時的學術界影響巨大。他師從錢鍾書、朱光潛,又在哈佛博士畢業,在著名的加州大學任教十年。要他到香港任教城市大學還只是兩年合約,聽起來自然欠了吸引力。但城大誠意滿滿,發了電郵再以電話跟進,說明新聘教員都得先通過兩年合約,基本上沒有問題,可以續約。其實當時張隆溪在加州大學工作愉快,與同事相處得很好,學校也很重視他,沒想過要走。「那時候又是九七年回歸,大家對香港都不了解,很多朋友都說,你這個時候跑香港去幹什麼?因為我自己在毛的時代生活過,經歷過文化大革命,心裏也有點猶豫。」加州大學的同事們極力勸阻他不要去香港,剛好那段日子台灣大學邀請他去演講，他便順道來了香港一趟，參觀了城大，覺得印象不錯。後來經過正式的程序，他接受了香港城市大學的聘請，同時又在加州大學請假兩年，終於在 1998 年 7 月初到了香港。

他還記得初來香港，當時飛機還在啟德機場降落，離城市大學很近。站在校園裏，有飛機起降時，你覺得幾乎可以用手指頭摸到飛機肚子了！但過了幾天（7 月 6 日），機場就搬到赤鱲角去了，學校的環境立即安靜了許多。

此前兩年，張信剛教授在 1996 年 5 月接替鄭耀宗教授任職城大校長，不久就邀請了張隆溪來港任教，又邀了同在美國教學、與張隆溪認識多年的好友鄭培凱教授同一年（1998）來港，成立中國文化中心，替一向強於理工科的城市大學增添了新氣象。遠道禮聘張隆溪來港，城大自然很重視他的到來，安排了他一家四口在學校寬敞的高級教職員宿舍（Senior Staff Quarters）居住。

教學上，加州的同事替他擔憂的是學術自由，這也是張隆溪自己最重視的。「到城大來了以後，我的感覺非常不錯。香港好像跟美國沒什麼區別，用英語授課，很自由。對我說來，最重要的就是學術自由，絕對不能有任何限制。我的課就是我自己教的，只要符合大學的基本規定，任何人都不能干預我教什麼，怎麼教。」

兩年很快就過去，他與張校長關係良好，學校請他留下來繼續任教。加州大學不願放他走，曾提出半年留港，半年在美國的方法，甚至後來願意讓他一年只任教一個月，保留其在加大的教職。但這種安排很不實際，而另一個重要原因，還是因為太太始終不太習慣在加州沒有城市生活，一出門就必須開車的生活。即使在美國，他倆夫妻也總覺得東岸例如紐約、波士頓的城市生活較適合自己，平常出門走走路，搭個地鐵，交通四通八達，十分便利。另一方面，香港地理上位置有優勢，回中國大陸或到台灣、亞洲各國都很方便，而且香港很國際化。他記得在美國的十多年，開會都在美國本土，很少出國，但到了城大他就常到歐洲開會，與歐洲學界的聯繫更緊密，也更廣。在香港要找外文書也方便，而且越到近年，互聯網能做到的事情越多，真的有什麼需要，發個電郵就有國外朋友能幫他解決。既然在香港生活愉快，他就乾脆把加州的教職辭掉了。

大學要重視研究

到香港工作之前，張隆溪只知道港大和中大。「1998 年到香港之後，才知道有新成立的香港科技大學，是香港政府投放了很多錢成立的大學，聘請了很多美國教授來港。科大第一任校長原來就是三藩市州立大學校長。」1998 年到香港以後，大學總共有八所，而他目睹了城市大學的發展變化。「從我到城大到現在已經二十多年，香港的變化非常大，大學基本上是越來越國際化，而城大在國際化方面做得最好。」他記得郭位校長有次跟他聊起，談到城大的做法，說我們學校的教員不是在 700 萬人中去找，而是在全世界去找。「比較起別的學校，我們教員裏邊外籍人士的比例是最高的。其實學術國際化的發展就是對香港最好的貢獻。香港的特點不是比過去，是現在。理想的香港，在中國應該是最先進、最國際化的城市。」對大學說來，更重要的當然是在學術研究、學術水準方面，更接近於國際水準。「以前香港的大學好像沒有太多國際上引人注目的研究，起碼我在美國，沒有聽說過香港某個大學有什麼特殊的成就，也許港大醫學院比較好，但是我不研究醫學，所以不太了解。中大也知道一點點，因為我去過。但是其實在美國，學術圈子裏不會想到有香港的存在。但是近二十多年，很多學者都到香港來工作，香港的學術跟美國、歐洲的學術聯繫密切，水準上面也有很大提昇。」

張隆溪總是忙着，不斷寫作，不斷做研究。他最重視學術研究，他直言近十多年，尤其郭位校長上任後，城大加強研究，在國際上的名聲也越來越好。當然，隨之而來，對尤其年輕教員的壓力也越來越大，要求大家必須要發表文章，要做出成果。在美國也是一樣，博士畢業，如果沒有發表文章，出版過書，尤其是讀人文學科的，就不可能拿到 tenure（終身聘任）。在這個意義上來講，香港的學術環境越來越像美國大學。張隆溪認為，總的說來，有一定壓力，促使人努力上進，對學術的提昇有好處，對大學的發展也有好處。一個大學要真正成功，首要的就要有優質的教員，有高水平的研究和出色的研究成果。天道酬勤，就是要不斷努力才能做出成績，在學術上作出貢獻。

算起來，張隆溪已在城大任教四分之一個世紀了。在這段日子裏，他的研究成果越來越獲得學界的承認，經常被美國和歐洲許多重要學府邀請做講座。2005 年，加拿大多倫多大學邀請他做亞力山大講座（Alexander Lectures），那是北美尤其英國文學研究領域裏一個重要的系列演講，每年邀請一位學者做演講人。這個講座歷來都是歐美重要的學者擔任演講者，張隆溪是唯一一個華人獲此殊榮。2008 年，城大第一屆全校各學科的研究成就獎，張隆溪獲得了最高獎（Grand Award）。由於他的學術成果逐漸獲得國際學界的承認，他在 2009 年獲選為瑞典皇家人文、歷史及考古學院的外籍院士，2013 年再獲選為歐洲科學院外籍院士。2016 年，他當選為國際比較文學學會主席。這個有六十餘年歷史的國際學術組織，一直是歐美的知名學者當選為主席，他是第一個、也是目前唯一一個中國人擔任主席。

他的很多工作都是在城大完成的，他對城大也很有感情。「我覺得城大是很年輕的一個大學，也就有年輕大學的優點：城大在眼光上面是更國際的，因為剛成立的時候，城市理工是英國人做校長，後來成為城市大學，張信剛任校長，他的背景跟現在郭位校長差不多，都是在台灣受教育，大學之後從台灣到美國去，在美國獲得博士學位，做了教授，也做過一定的行政工作；做過院長之後，再到香港來擔任大學校長，所以他們眼光比較開闊。你不出去，尤其是到美國這種比較開放的地方去，眼光就會有局限。在我看來，這一點很重要。譬如研究成果應該具有國際性，有國際影響。如果寫文章老是發表在香港出版的刊物上，在我看來就比較侷限，不會有國際影響。我雖然離開美國二十多年了，但我的學術圈子基本上還是歐美的，我發表文章也主要是在歐洲和美國，寫的學術著作還是以英文為主，因為我堅信在國際學術研究中，應該有中國學者的聲音。」

與女兒睿嬛（Caroline）及羅多弼教授（Torbjörn Lodén）2018 年於斯德哥爾摩參加瑞典皇家人文、歷史及考古學院慶典時攝。
張隆溪在 2009 年 2 月獲選瑞典皇家人文、歷史及考古學院外籍院士，是華人中第三名獲選的學者。此前兩位為 1980 年當選的詩人和文學批評家馮至先生，以及 1983 年獲選的考古學家、社科院副院長夏鼐先生。

香港是文化沙漠？

留港逾二十多年，張隆溪對香港的文化界和學術界不會沒有認識。常有人形容香港是文化沙漠，他不同意。「說香港是文化沙漠當然很不公平。其實在六七十年代的中國，在文革的時候，可能中國才真是沒有文化，因為文革反對封、資、修，全世界的文化都是要不得的。在我的腦袋裏，沒有『文』這個字就不可能有中國，可是文革就把文化都革除掉了。在那個時候，其實香港反而保存了很多中國傳統的文化。當然，中文大學的建立本身，就是為了要保存和發揚中國的傳統文化。」

「所謂香港沒有文化，『文化沙漠』的講法我覺得不太公平的原因，當然有很多方面。香港的歷史當然非常短，英國人佔領了以後也就 150 年的歷史，而中國是近 3,000 年的歷史，比較起來，150 年等於彈指一揮間，文化的積累當然就比較薄弱。

「還有一點，英國殖民政府管治香港，從來沒有從文化的角度去考慮問題。它基本是個中轉地方，所以香港發展最好就是金融、航運、商業，還有就是地產，但是從來就不注重文化。我記得 1982 年來的時候，看到一本書，標題很有趣，叫 *Hong Kong: The Cultured Pearl*，這裏的 cultured 是『人工養殖』，而不是『有文化的』的意思。很多人到這裏來都有一種過客的心態。往往中國大陸發生什麼變化，動亂的時候，很多人會跑到香港來。所以有很多南來的文人，矛盾、巴金都到過香港，魯迅也來過。在這個意義上，其實香港文化很活躍、也很豐富，來往的人很多；但另一方面，確實文化上又沒有立足於香港，以香港為基礎的觀念。香港的電影電視、金庸的武俠小說，可以說是香港文化的代表，有它特別吸引人的地方，所以說香港是文化沙漠有點過分，但是香港缺乏一種深厚的歷史感和傳統文化的意識，又還是有一定道理的。」

在這樣的環境下成長，香港人的確較為實際，物質生活也相對富有。張隆溪不諱言港人不大注重文化、歷史、文學，政府也不太關心。

香港有很多地方具有重要的文化價值和意義，例如魯迅曾經在香港上環
的基督教青年會做過重要的演講，張愛玲在香港曾經居住過很長時間，
這類地方有不少，如果稍加重視，做些推廣和宣傳，完全可以成為重要
的歷史文物，甚至會具有吸引文化旅遊的價值。但目前這些地方都沒有
人重視，甚至沒有人知道，也就顯出政府對文化並不重視。但總的說
來，香港是個具有活力和創造性的地方，張隆溪早已以此為家，他對香
港的未來也充滿了信心。

香港的教育問題

　　半生從事教育，張隆溪對教育有很多看法，也常常直言不諱對香港
的教育提出批評。來港頭幾年，他已在《南華早報》多次發表文章，批
評香港的母語教學。他憶述自己還在加州，準備來香港之時，開始讀關
於香港的新聞。那時讀到香港要推行母語教學，他以為是推行普通話教
學；來到香港，他才發現所謂母語教育原來是廣東話教學，就大失所
望。「普通話的意思，就是它不是哪一個方言，而是不同方言的人都可以
普遍交往使用的。為了能和更多人交往，當然普通話就是最好的工具。
我和我太太是四川人，我兩個女兒在美國出生，我們在家裏都跟他們講
普通話，為什麼？因為我們希望她們以後能夠與更多人溝通聯繫。我做
比較文學，我覺得語言懂得越多越好，從小就應該讓孩子學最能夠廣泛
去交流的語言。」

　　張隆溪認為從香港學生的角度考慮，推行廣東話教學等於妨礙了他
們能夠和更多人普遍交往的能力。「母語」聽起來很親切，但不過是一個
帶強烈感情色彩的比喻。「尼采有另一個比喻，叫做『語言的牢房』。如
果你一輩子只講一種語言，等於是坐在牢房裏面，沒有出去看過外面的
世界一樣。你願意住一輩子牢房嗎？」那一年他才剛到香港，便已經從
香港學生的角度去思考，那時候的香港學生跟中國大陸學生比較起來，

長處在英語比較好，但母語教育把英文去掉，就丟掉了自己的長處，失去競爭力。二十多年過去，現在大陸學生的英文大有改進，香港學生卻英語和中文都不如以前。他堅信「所謂母語教育這個政策害了一代人」。

張隆溪認為，回歸後香港的教育出了很大問題。「香港殖民政府時期的歷史課，大概教到鴉片戰爭，沒有講到鴉片戰爭以後的事情，但起碼還是要讀歷史的。但是回歸以後，香港政府把歷史課從必修課變成選修課。一般學生本來對歷史就沒有特別興趣，作為選修課就等於不修了。於是香港回歸以後成長的年輕人，對中國歷史完全不了解，對中國文化完全沒有認同感，這就是教育的失敗，這是香港政府的大失敗，還講什麼母語教育！」

對於語言和文化，研究了一輩子的張隆溪說，語言是打開不同文化的一扇窗戶，「你多懂一種語言，你就多了解一種文化。所謂懂，起碼能夠讀比較複雜的文字，最好能夠達到研究的水準。語言不光是一個實用的問題，其實這也是文化修養的問題，像錢鍾書懂的語言就很多，英文、法文都講得很漂亮。他寫東西的時候，順手拈來各種語言的很多文本證據，這就是學問。」

學語言應該是從小就要培養的學習興趣，整個氛圍就是要使人有好奇心。本來年輕人都會有好奇心，有所謂 intellectual curiosity，都想去了解新事物，學校就應該培養這麼一個環境，使他們對任何事情都有一種好奇，給他們提供各樣的課程，滿足他們的興趣，也應該給他們一些基本知識，比如中國歷史和世界史，歐洲從古代希臘羅馬到中世紀，從文藝復興到近代的歷史。如果能夠形成一個環境，年輕人能夠滿足他們的好奇心，就會不斷地去追求新的知識。當然，現在有一個很嚴重的傾向，基本上比較重視實用的科學和技術，不重視精神方面，不重視人文教育，這是一個普遍而嚴重的問題，如果不改變，對人類的未來將會產生令人堪憂的後果。

傳播中西文學經典

　　相比起四十年前，初到美國時與一眾學者筆戰，近年的張隆溪也做了一些普及教育的工作，寫書面對的是一般的學生和普通讀者。2010年，他出版了圖文並茂的《靈魂的史詩：失樂園》，以較平易近人的文字，介紹他最喜愛的文學作品之一，約翰‧彌爾頓（John Milton, 1608–1674）的史詩巨作《失樂園》（*Paradise Lost*）。

　　「我去過台灣幾次，認識了台灣出版家協會的會長郝明義。他有個想法是希望專門研究的學者用淺顯的語言，給年輕人，包括中學生和大學生，介紹一些重要的經典，使他們認識經典著作。」張隆溪於是寫了介紹《失樂園》的書，而且翻譯了一些精彩的片段。後來出版社請來插圖畫家，做了很多生動的插圖。這也是他著作之中最多彩圖、最七彩繽紛的一本。

　　進入二十一世紀以來，不僅在美國和歐洲，而且在世界許多地方，都興起了世界文學的研究熱潮。張隆溪認為這個新的研究領域打破以前歐洲中心主義的侷限，為包括中國文學在內的非西方文學和歐洲小語種文學，都提供了絕佳的機會，可以把它們的經典作品介紹給世界上其他國家的讀者，使這些非西方主要文學傳統裏的經典，有機會超出自身語言文化的範圍，成為世界文學新的經典。

　　於是近十多年來，他一直努力參與世界文學研究，和哈佛大學丹姆諾什（David Damrosch）教授、比利時魯汶大學德恩（Theo D'haen）教授和倫敦大學奧希尼（Francesca Orsini）教授，共同擔任 *Journal of World Literature*（《世界文學》）學刊的主編。他又參與一個國際合作計劃，經過長期的努力，終於在 2022 年由 Wiley Blackwell 出版了四卷本的一套書，*Literature: A World History*（《文學的世界史》），其中他撰寫了中國文學史，又負責第三卷的編輯，包括全世界十六世紀至十八世紀的文學。

這套書不同於十九世紀以來西方一些學者編寫的世界文學史，因為這次國際合作計劃的起因，就在於要打破以往世界文學史都由西方人撰寫、偏重西洋文學或由西方人眼光看世界的慣例。這個計劃的一個基本原則，是請不同國家優秀的學者撰寫他們本民族文學的歷史，擺脫歐洲中心主義和任何民族中心主義的偏見。由於這套書用英語寫成，前提當然是能夠直接用英語撰寫的學者，所以那個基本原則未能全部實現，但這套書的確超越了過去許多由西方學者撰寫的世界文學史，突破了從西方人觀點看世界的侷限。

　　由於這部書的內容包括了全世界各主要文學的歷史，篇幅必然有限。在時間劃分上，不是按通常西方的歷史分期，即古代、中世紀、

與哈佛大學丹姆諾什教授（David Damrosch）2010 年 11 月攝於香港城市大學。
近十多年來，張隆溪一直努力參與世界文學研究，和 David Damrosch 教授、比利時魯汶大學德恩（Theo D'haen）教授和倫敦大學奧希尼（Francesca Orsini）教授，共同擔任 *Journal of World Literature*（《世界文學》）學刊的主編。

近代和現代，但也不可能按傳統中國文學史從先秦到漢魏六朝、隋唐五代，再到宋元明清那樣以朝代劃分的歷史。經過長期的討論，這套書時間的劃分可以說是武斷的，不符合任何一個文學傳統的歷史分期，當然也不符合中國傳統的分期。尤其是第二卷，橫跨的年代由公元 200 年至 1500 年，在中國文學即從漢末到明代，裏面包含了最輝煌的唐宋時期。張隆溪寫出來的字數遠超篇幅，到最後還是不能不做許多刪減。

也因為寫這本書，使他想到要以英文單獨寫一部中國文學史。恰好 Routledge 出版社一位編輯 Simon Bates 來找他，問他有什麼寫書的計劃，他說他正在考慮寫兩本書，一本是中國文學史，另一本是討論世界文學。Simon 和他商量，決定先完成一部 *Concise History of Chinese Literature*（《簡明中國文學史》）。所謂 concise，大概字數在英文十萬字以內，但張隆溪希望全面介紹中國文學各時期重要的作家和作品，不同體裁的產生和發展，從先秦到後來歷代的文學，直到當代；他又特別要和那四卷本所寫的內容有所不同，於是書稿在一年之內就完成，但字數卻接近二十萬。編輯和他說，這樣一部書就不能再稱為 concise 了，於是他們乾脆去掉那個字，就題為 *A History of Chinese Literature*（《中國文學史》），雖然版權頁上標明此書是 2023 年出版，實際上在 2022 年 11 月已經得到書，並且在城大舉辦了一個很成功的新書發佈會。

張隆溪在 2022 年 4 月 25 日完成這部書稿時，寫了一首絕句表達自己的心情：「二十萬言嘗作史，三千歷歲述先賢。先賢不識君莫笑，鶴立蛇行域外傳。」他這本近二十萬字述說中國文學三千年歷史的書，內容都是講歷代先賢的經典著作，可是用英文寫成，歷代先賢們都不認識。但他說，這沒有關係，因為這本書是為了把中國文學傳到外國去給外國人讀的。所謂「鶴立蛇行」是來自據說唐玄宗寫的《唵字讚》又名《題梵書》詩：「鶴立蛇行勢未休，五天文字鬼神愁。儒門弟子無人識，穿耳胡僧笑點頭。」佛教傳入中國，中國的讀書人不懂梵文，看起來橫七豎八，像單腿獨立的鶴或貼地爬行的蛇,而帶着耳環的外國和尚卻在那裏得意地點頭微笑。這真是盛唐時代開放、多元社會一幅生動的風俗畫!現在張隆溪也用「鶴立蛇行」的外國文字,把中國先賢們的經典傳播到域外去。這就是他以英文介紹中國文學的目的。他長期研究世界文學,發現目前在全世界流通的文學作品,基本上都是西方的經典。東西方之間不僅存在政治、經濟和軍事力量的不平衡,也有軟實力和知識的不平衡。中國人都知道但丁、莎士比亞,但美國人、歐洲人絕大多數都不知道李白、杜甫。於是張隆溪決心把自己喜愛的中國文學,傳播到世界上去。英語是當今世界最通用的語言,用英文介紹中國文學史,就可以有最多的讀者能了解中國文學悠久的歷史、豐富的傳統,和眾多具有極高審美價值的經典作品。就像他選譯彌爾頓的《失樂園》為中文,寫簡明的導讀,讓中國讀者能夠了解彌爾頓史詩之美,他在英文的《中國文學史》中,大量翻譯了中國詩詞作為例證,也讓更多西方人了解中國古典文學之美。作為中西文化橋樑,作為錢鍾書傳人,他盡力要打通中西,促進不同文化傳統之間的相互理解。

現在已經七十六歲的張隆溪,身體和精神都很好,仍然筆耕不輟。他在 Routledge 出版《中國文學史》,與編輯合作得很愉快,於是也把自己另一本關於世界文學的新書,交由 Routledge 出版。這本新書題為 *World Literature as Discovery: Expanding the World Literary Canon*(《作為發現的世界文學:擴大世界文學的經典》),在 2023 年底或 2024 年初就可面世。這本書論述他長期以來秉持的看法,認為當前在全球流通的世界文學經典,大都是西方主要文學傳統的經典,而非西方文學和甚至歐洲小語種的文學卻只在自身語言文化的範圍內流行。換言之,從世界文學的角度說來,世界上大部分文學尚未為人所知,是仍然需要去發現的文學。他提出一個新的世界文學概念,那就是把目前尚未為人所知的世界文學發掘出來,擴大世界文學的經典。也就是說,在目前流通的西方文學經典之外，還應該有中國文學、印度文學、阿拉伯文學、南美和北歐許多尚不知名但非常重要的經典作品，使這些作品超出本來的語言文化範圍，在世界上流通，這樣也才有真正名副其實的世界文學。

人文雜談

聽張隆溪說他的人生經歷往往令人聽得出神，跟他談文學又是另一種體驗，半生研究中西古典文學，又涉及哲學歷史藝術，只要打開話題，從希臘哲學到詩經宋詞，由世界到教育理念他都有自己的看法，隨時詳細解釋，而且從不掩飾自己的立場。有時為了解釋一些概念，他會突然說兩句拉丁語、德語或俄文，解釋字源。「人文雜談」各章輯錄自 2022 年 9 月至 12 月多次訪談（內容稍經剪裁及編輯），每次都在他周三 Great Works in the Humanities（人文研究經典選讀）課後進行，由中西哲學、文學、歷史，一直談到人生的種種酸甜苦辣。

第五章
蘇格拉底的牛虻

近年來，城大主張請最有經驗的老師為入學的新生開課，於是張隆溪講座教授一直為人文社科學院剛入學的一年級本科生講課，課程內容是中西文化的經典著作，由希臘哲學講到孔孟老莊，由哲學講到文學和宗教。經典叫 Canon，這個字來自希臘文 Kanon，原意是「尺子」、「標桿」，引申為「標準」、「經典」。第一課他一定講蘇格拉底。「蘇格拉底笑世人愚蠢，但他沒有説自己有多聰明，他説我是世界上最愚蠢的人，我什麼都不懂。」

蘇格拉底的偉大

為什麼選《蘇格拉底的申辯》作為大學新生的第一課？

張： 我最先在美國哈佛給大學生上課，選的文章也包括哲學和文學，也是把《蘇格拉底的申辯》（Apology）做第一課。因為大一學生往往會擔心自己問的問題太笨或太膚淺，怕英文講得不好，怕自己好像什麼都不懂似的。但蘇格拉底説：「神説我是希臘最聰明的人，但其實我什麼都不懂！所以要去問」。蘇格拉底就是覺得自己什麼都不知道，所以才偉大！自知其無知，就是哲學最高的智慧。

所以我上課一開始都談 Apology，讓學生知道你什麼都不懂就對了。你不懂，不就和蘇格拉底一樣了嗎？不用怕自己什麼都不懂，因為要是什麼都懂了，就不必來上學了。教育的觀念就是建立在這個基本認識上面，因為不懂，所以才要學習。

在中國文學裏面，韓愈有一篇散文是專門講老師的：「師者，所以傳道、受業、解惑也。」傳道，教給你道理；受業，教你具體的知識；解惑，就是解答你不懂的地方。教育就是老師懂的可能你不懂，所以你要跟老師學。韓愈說：「弟子不必不如師，師不必賢於弟子」，這句話很有名。其實學生不一定不如老師懂的多，所謂青出於藍而勝於藍，或許學生懂得更多，或許學生將來成為一個更有學問的人，超出原來老師的水平。

更深一個層次就是如果你認識到自己不懂，就有動力學習，然後進一步產生一種求知的慾望。知識是積累的，學得越多，就會想得越多，想得越遠。再有知識的人都還有東西是不懂的，學習是一個永無止盡的過程。

課上你提到欣賞文學有三個層次？是哪三個層次？

張：　我在課上講的第一個層次是娛樂，reading for fun，也就是娛樂性的閱讀，讀的都是比較流行的文學。暢銷書（bestseller）不一定就不好，它就是流行（popular），有的文學經典最先就是暢銷書，是大家都喜歡看的，但流行的作品不一定會成為經典。要成為經典其實有一定難度，經典作品也不見得第一次看就會覺得很喜歡。這是第一，也是最淺層次的。

再上一個層次，就是 reading for appreciation，閱讀是為了去欣賞或者鑑賞。暢銷書一般是讀了就丟掉，不會再看的，而真正好的文學作品可能不只看一遍，有時候是看幾遍，甚至看很多遍，尤其是詩。

長篇小說也可能需要看很多遍，例如《紅樓夢》。它一開始是手抄本，然後就慢慢印出來，變得很流行。莎士比亞的作品也是。有些作品雅俗共賞，有不同深度的閱讀層次。你可以根據自己的理解能力、分析能力，按你閱讀的那個層次去鑑賞。鑑賞的意思就是鑑別，就是有評判，知道作品是好還是不好。這是比娛樂性高一層次的閱讀，因為你會思考這個作品為什麼好，好在什麼地方，為什麼它給你帶來那樣的閱讀效果。比如說為什麼大家看了喜劇會笑，笑的道理在哪裏？這是背後理論的問題。

笑是一種放鬆？

張：　這個道理，簡單來說就是跟你的期待很不一樣，你讀到的跟你想的完全不一樣就會笑。舉個例子，侯寶林是很有名的相聲演員，他好笑到什麼程度？他一上台別人就會笑，他一開口大家一定會笑。有一次他說相聲，說他在外國留學，專門學看相。他的老搭檔郭啟儒就說，「那你給我看看。」侯寶林說，「哎呀，我看你這人很特別。耳朵很特別。」郭啟儒問：「怎麼特別？」侯寶林說：「一邊一個。」大家都笑了，誰的耳朵不是一邊一個呢？他先說你耳朵很特別，就使你期待這耳朵跟別人的不一樣。可是他的回答卻完全不是你期待的，耳朵一邊一個很平常，打破你的期待，你就會笑！當然，這是最粗淺的一個例子，但為什麼人們會笑，卻是一個有趣的理論問題。法國哲學家亨利・柏格森（Henri Bergson）就寫過一本書，《論笑》（*Le Rire*），專門討論笑和喜劇性的問題。

所以鑑賞是你對這個問題有興趣，會討論這一類問題。它不光是讀優美的文字，而是會運用修辭的理論去分析和欣賞文字之美，知道他為什麼用那個修辭手法，為什麼這個作品的文字會產生那樣的效果。

莎士比亞的劇本《凱撒大帝》（*Julius Caesar*）裏有兩段演說，就是運用不同的修辭手法產生不同效果很有名的例子。這是歷史上真有的事情，莎士比亞是根據羅馬史改編成戲劇的。凱撒帶兵征戰獲得很大成功，權力也越來越大，他的朋友布魯圖斯（Brutus）是很有名的共和黨人，他不想凱撒權力太大而做暴君，威脅到羅馬的共和體制，所以就加入了刺殺凱撒的行動。凱撒被刺殺時，死前講了很悲痛的一句話：“Et tu, Brute?”（連你，布魯圖斯，也在裏面嗎？）

凱撒遇刺後，群情激奮，眾人要求謀殺者出來解釋。第一個演説的是布魯圖斯，他深信殺死凱撒是為了公眾利益，也就毋須多作解釋。他説自己曾是凱撒的朋友，但因為凱撒有野心，他為了羅馬而刺殺凱撒。他很有名的一句話是：“Not that I loved Caesar less, but that I loved Rome more.”（不是我不愛凱撒，但是我更愛羅馬）。他相信自己所做的事情是公正的，因此他演説的語氣平和、講道理，沒有煽情的成分。整個演説也很短，顯得要以理服人。

接下來第二個演講者，是凱撒的朋友安東尼（Mark Anthony）。他得到布魯圖斯等人的允許，發表他的演説。他一開始就説：“I come to bury Caesar, not to praise him. / The evil that men do lives after them; / The good is oft interred with their bones; / So let it be with Caesar.”（我是來埋葬凱撒，不是來讚揚他的。/ 人作的惡在人死後還會活着，/ 行的善就會隨屍骨埋葬了；/ 所以讓凱撒也這樣吧。）他以人情冷暖、世態炎涼來打動聽眾，接下去就列舉凱撒的豐功偉績，對羅馬的貢獻，又譏諷布魯圖斯和他的同謀者自許為公正誠實。他的演説完全是情緒化的，巧妙運用了反諷和其他各種修辭手法，刺激公眾的情緒，很快就使民眾完全反過來針對布魯圖斯等人，擊敗了羅馬的共和派。

布魯圖斯和安東尼兩個演説形成非常鮮明的對照，細加分析，就可以看出莎士比亞如何巧妙運用修辭手法，達到不同的效果，也認識到詩人語言的魔力。在古希臘和羅馬，公眾演説（oration）是從政者必要的技藝，善於演説的政治家往往刺激和利用民眾的情緒，達到他們的政治目的。莎士比亞這兩個演説也描繪出一般民眾的愚昧和容易受操縱，從一個側面顯示出政治操弄的荒唐。

鑑賞之後，還有更高的層次是研究 — reading for research，那需要你對作品、作家，對整個時代環境，對文學傳統的演變都有很多了解。這第三個層次就是研究文學的學者所做的。文學批評家和理論家所針對的不光是欣賞或鑑賞的問題，更不是娛樂的問題，而是通過分析和論證，能夠告訴別人一個作品為什麼偉大，為什麼了不起，為什麼值得去讀。這當然首先要求研究者深入理解這個作品，懂得它，然後再引導大家去閱讀和理解。

作為老師，你想把大家從第一個層次提升到第三個層次？

張：　哈哈，我希望是這樣，但不是每個人都需要做到文學研究的層次。每個同學之間都有不同，有的人平時就比較喜歡文學，有人可能根本就沒有讀過什麼，但都可以聽懂我的課。我的基本假設是他們什麼都不懂，需要從最基本的講起。每個人的知識面不一樣，對文學歷史和哲學傳統有不同層次的了解，如果能夠比較多引導大家的話，希望他們能夠越到課程後面越了解。有時候學習不見得當時就有很深的想法和體會，但是到往後，甚至是他們畢業了以後，也許在將來的某一天，他們會感覺到自己有收穫。

課上有文科有理科的同學，為什麼這個課程對他們很重要？

張：　在美國，好的大學都希望找比較好的教授去教新生，讓他們一開始就有一個好的基礎。城大大一的學生，其實跟美國的制度是一樣的，剛入學的本科生沒有分專業，就是要打好基礎。像我們這個學院原本就叫「人文社會科學學院」，所以我這個課基本上就是從人文方面給他們一些準備，希望他們學了以後對整個人文學科，或者說對知識，包括科學都會有興趣，從理智上面去思考不同的問題。我最近有很深的體會，我也沒想到自己八十年代初在北大教過的學生王強，會在幾十年以後來找我，他還清楚記得當時上課的情形！我自己完全沒想到，那時我上的課給他有那麼深的印象，對他有那麼大的影響。

民主 vs 民粹・流行 vs 經典

你教蘇格拉底哲理，但課上也有談到蘇格拉底是反民主的？

張：我講課的時候會讓學生聯想到很多東西，也想儘量打開他們的心胸和頭腦。蘇格拉底是老師，注重理性思考和知識。民主制度非常重要的原則，就是國家政治的重大問題由公民投票決定，少數服從多數。但蘇格拉底認為，做任何決定都需要相關的知識為基礎，一般民眾並未受過政治學的教育和訓練，怎麼可能靠誰喊得大聲，或者靠人多來決定國家大事呢？他在《理想國》（*Republic*）第六部裏說，如果在海上航行，你是願意讓隨便什麼人來控制你乘坐的船，還是說寧願一位懂得航海、受過專門訓練、經驗豐富的船長來掌舵呢？他認為知識是最大的善，而無知則是最大的惡。

他害怕的是民粹主義出現？

張：對！他就是這個意思。其實現在美國很多方面，就有這個問題，民粹主義很厲害，政治人物要爭取選票，就得投合選民的意願和要求。另外一方面就是金錢，假如你要競選總統，如果不是百萬富翁根本不可能！因為名聲很重要，想把政治名聲打出去，就要有知名度，上電視都要花錢。所以在美國沒錢根本不可能競選總統，大家根本不會認識你，也不知道你的政治主張。選總統這件事就要花很多錢。

所以我們可以理解他是反民主，還是反民粹？

張：反民主和反民粹，這兩者是緊密聯繫的。十九世紀法國學者托克維爾（Alexis de Tocqueville）關於美國民主的觀察，就特別警告民主可能成為「多數的暴政」。當然，就像邱吉爾所說，民主制度雖然不是什麼好制度，比較起極權和專制，還是更好的政治制度，也是人類未來都會建立的制度。不過民主，就像現代或現代性一樣，在不同國家和文化傳統中，可能呈現出不同的型態，但其基本的概念，即社會開放、

自由，尊重每個人的權利和訴求，由公民通過投票選舉來決定國家的
基本政策，應該是一致的。

因為當時教育水平還比較低？

張：　那當然是，但在任何時代都會有這樣的問題。現代人跟古代人比較起
來，可能識字的人多了，但是就整個社會而言，仍然有高低的分別。
喬叟（Geoffrey Chaucer, 1340–1400）是英國大詩人，他描寫那時候牛
津一個大學生，在床邊放着他喜愛的二十本亞里士多德的著作。但現
在讀二十本書就想從牛津大學畢業，是絕不可能的。知識不斷在增
長，但無論如何，一個社會的文化層次總是有分別的，古代如此，現
代也如此。文化層次和修養高的人，在一個社會裏不可能是大多數，
所以精英主義（elitism）不見得是很壞的事情。因為我的趣味偏向於
傳統，喜歡古典，所以我常說，我不怕承認自己是個 elitist。

可是，近十多年社會就有股反精英的社會氣氛。

張：　對。反精英其實很可能是反智主義（anti-intellectualism）。平等
（equality）的觀念是對的，但是平均主義（egalitarianism）卻是很壞的
事情。平等是對待所有人不能有高低貴賤之分，人都有人的尊嚴和基
本權利，所以我們反對一切歧視，無論是種族、性別或者其他方面的
歧視。但一個社會裏，應該承認人與人有不同，平均主義忽略這種實
際存在的不同，完全是錯誤的。就拿教育這個最基本的觀念來說吧，
老師有知識，學生還沒有那麼多知識，所以需要學習，所以才有老師
教學生，才有從小學到大學這樣各種教育機構。否認老師和學生在知
識上有不同，就不可能有教育這個概念。這不是說老師在任何方面都
高於學生，但老師在某種專業知識方面，應該優於學生，否則這老師
就沒有資格教學生。我們在體育運動方面，很容易承認人與人有差
別，運動員在奧運會獲得冠軍，我們都很佩服，為之高興；但在知識
文化方面，好像就不大願意承認不同的人有高下之別，而以反精英主
義為名，掩飾反智主義的舉動。

老師是否也像蘇格拉底當年擔心民粹主義一樣，對這個年代有點擔憂？

張：　我剛才説了，我覺得精英主義沒什麼不好，而民粹主義往往是造成社會低智、低能和其他許多問題的根源。我們前面談到莎士比亞劇中兩個演説，尤其是安東尼的演説，顯出民粹主義往往容易被政治人物操弄，造成嚴重的後果。這在我們的時代和我們自己的社會裏，也不是沒有見過這種民粹主義的危害，所以絕不是可以掉以輕心的問題。

　　真正的精英主義絕不是居高臨下、鄙視旁人的態度。如果説蘇格拉底算是知識的精英，那麼就像我在講《蘇格拉底的申辯》所説那樣，蘇格拉底説自己無知，並不是假作謙虛，他要説的是人都是無知的，但因為蘇格拉底知道自己無知，所以他比其他人聰明，因為絕大部分人雖然各有專長，但都自認為自己什麼都知道，而認識不到自己的無知。沒有一個人可以懂世界上所有的事情，所以最重要的是要認識到自己的無知，要有謙卑的態度。其實孔子講「知之為知之，不知為不知，是知也」，説的也是同樣的道理。

可惜他刺傷了某些人。

張：　蘇格拉底和各種人交談，證明他們無知，這當然不會討人喜歡，最終就得罪了所有的人，但他認為那是他的責任。《申辯篇》中他説自己是牛虻（gadfly），專門去刺激社會，它認為雅典已經變成一個非常懶惰而又自以為是的社會，而他作為一個哲學家的任務，就是要讓大家認識到自己有問題。

這句話在現在好像也合用？

張：　對，所以民粹主義就有很大的壞處，而且民粹主義往往跟群盲的觀念捆在一起。你看美國，2022 年 1 月 6 日那麼多人去衝擊國會，為什麼？就是因為特朗普認為選舉被偷掉了，支持他的人就去衝擊國會山莊。民粹主義一旦被鼓動起來非常危險。文化大革命也是這樣，香港社會兩年前的動亂也是這樣。

有了社交媒體，每個人的發言權都變得一樣大。

張：　是的，互聯網時代和各種社交媒體對我們都有很大影響，代表着一個「數碼革命」（digital revolution）新時代的來臨。在一方面，有了 Facebook、WhatsApp、Instagram、微信、抖音等等，每個人好像都有發言權，都可以把自己的照片和信息隨時放在網上，在網絡空間留下所謂「數碼腳印」；但另一方面，這種「數碼腳印」就像海灘上留下的印跡，一波剛上去，立即就被新一波的浪潮掩蓋、沖刷和取代。這種轉瞬即逝的數碼浪潮也許最能讓人感覺到生命的短暫和瞬息萬變，所以「每個人都有發言權」不過是一種假象。不要忘記，發明和控制社交媒體的大公司才有真正的權力，在決定這些社交媒體的運作。此外，上傳到網上的意見和訊息是隨意的，沒有人負責，所以有很多不可靠，甚至是虛假或誤導的。總而言之，互聯網是科技上了不起的發明，使交往和通訊變得非常方便，但另一方面，我們也不能忽略它帶來的許多負面影響。

　　網絡時代造成許多「粉絲」，出現不少「網紅」，也造成一種浮躁的心態，甚至影響到學術。在電視和社交媒體上出現的「網絡學者」成為最知名的學者，他們的名聲遠遠超過在學術研究上最優秀的學者。這表現出社會上一般人認識到的學術水平和學界普遍承認的學術水平之間，有相當的距離。這也是在任何時代和任何社會裏，在一般大眾和學界精英之間，必然存在的距離。獻身學術的人應該淡泊名利，能夠沉潛下來坐冷板凳，靜心讀書，認真思考，才可能在學問上有點滴的進步，甚至能作出一點貢獻。

經典不是看一次就能明白。在這年代，大家都要懶人包，閱讀也變得更速食了吧？

張：　的確如此。赫爾岑（Alexander Herzen, 1812–1870）是十九世紀俄國的一個作家。我記得幾十年以前，好像是在高爾基（Maxim Gorky, 1868–1936）的文學回憶錄中，讀到他記載赫爾岑說過的一句話，給我留下了深刻的印象。赫爾岑說:「知識分子是孤獨的,因為他總是走在人民的前面。」這句話很能代表學術上「精英主義」的觀念,因為知識分子、每個領域裏最好的學者都走在前面,他所研究的可能不是當時大家都普遍接受的東西,他的思想是超前的。

知識分子或學者重要的是閱讀和思考,這和現在數碼時代的情形頗不合拍。現在很多人都習慣看手機,不太習慣長時間閱讀和思考,的確是一個快速消費、快餐文化的時代。在這樣的情形下,認真閱讀和仔細思考幾乎是一種奢侈了。但是我覺得現在年輕人如果能夠沉潛下來,在大部分人都不讀書的情況下堅持閱讀和思考,就會「與眾不同」、「脫穎而出」,到將來更成熟之後,尤其到一定年齡之後,會受用無窮。越是難的東西,越是要通過努力才獲得的東西,才越有價值。現在大家都想着一分鐘聽完,但是一兩分鐘以後就丟掉了,對將來也沒有影響。

談到閱讀,老師可不可以推薦一個書目,尤其是比較流行的讀物?

張: 我最不相信推薦書目,因為每個人的閱讀興趣都不一樣,很難找出大家都可以讀得很有收穫的書。我自己研究古典文學和比較文學,讀的書大概不是太專就是太偏,很多是外文書。既然要我推薦幾本書,我也只好勉為其難,列出下面幾本:

《唐詩三百首》、《古文觀止》、錢鍾書《宋詩選注》、錢鍾書《七綴集》、朱光潛《詩論》、朱自清《經典常談》、Francis T. Palgrave, *The Golden Treasury: Selected from the Best Songs and Lyrical Poems in the English Language, The Norton Anthology of English Literature*。

你不看流行作品,是看不上眼?

張: 不是看不上眼,而是我主要的研究興趣在傳統的經典作品,所以很少看現代文學作品,更不用說流行暢銷的書。經典都是經過時間檢驗的,在不同時代,不同政治、文化和社會的環境裏,不同的讀者都覺

得好的作品，具有很高審美價值的作品，才是文學的經典。當代流行
的作品，像前幾年在全世界都很流行的《哈利波特》，每次一出版，
我就得要買兩本，因為我兩個女兒誰都不願意第二個看！那套小說的
確很流行，後來電影拍出來，我也陪她們去看。我認為很有趣，而且
在傳統的魔幻故事的形式裏，體現出一些現代的觀念。但這套書再過
五十年或一百年，將來會不會成為經典，就很難確定。只有時間可以
造就經典。

金庸小說也沒讀過？

張：　我的確沒讀過金庸小說，原因我已經說過，我的研究興趣是傳統的古
　　　典文學，但電視作品我看過，而且很欣賞。我在美國教書時，因為怕
　　　女兒中文不好，我讓她們看中文的電視，看的都是根據金庸小說改編
　　　的香港電視劇，是國語配音的版本。我看了這些電視劇，覺得金庸很
　　　會講故事，而且雖然故事以古代世界為背景，但用了很現代的觀念，
　　　譬如沒有重男輕女的思想，還創造出幾位可愛又可敬的女主角，又往
　　　往打破正邪的偏見，揭示表面上冠冕堂皇的偽君子，其實都是自私自
　　　利的邪惡之徒。這後來被其他人模仿，成為一個套子，不斷出現在很
　　　多武俠小說和電視劇裏。

　　　查先生雖然不在大學裏，但他有非常豐富的人文歷史知識，而且駕馭
　　　語言的能力很強。有一次我帶我的大女兒幼嬛去見查先生，因為她很
　　　喜歡查先生的小說。查先生在我女兒帶去他的一本書上，幾乎不假思
　　　索就立即寫下兩句話：「幼承家學，耶嬛在胸」。足見查先生文思之
　　　敏捷。我有幾位學界朋友都把金庸小說讀得很熟，可以說是金庸迷。
　　　他們告訴我說，金庸的武俠小說比改編後的電視劇要好看得多。這我
　　　完全相信，因為一般說來，好的文學作品改編成電影或電視劇，不能
　　　不有很多變化，很難保持文學閱讀特有的快感。由於他有豐富的歷史
　　　知識和銳利的現代人的思想觀念，所以他的武俠小說往往超越其他同
　　　類型的作品，在歷史、民族和文化各方面，都展現出現代人的思想。

我是在美國第一次見到查良鏞（即金庸）先生，那時劉再復在科羅拉多大學組織了一個討論金庸小說的學術研討會，打電話到加州給我，要我參加這個研討會。我雖然沒有讀過金庸小說，但還是答應去參加會議。那次見到查先生，交談很愉快。到香港之後，我和查先生更成為熟悉的朋友。他常常接待各地來訪的學者，也常通過潘耀明先生（《明報月刊》總編輯）請我去聚會。我們一起喝酒聊天，非常愉快。有一次談話間，提到台灣學者們有一個「酒黨」，曾永義教授是主席。因為我頗能喝酒，查先生開玩笑說，我們香港也應該有一個酒黨，說我就應該是酒黨主席。查先生還把曹操的《短歌行》修改幾句，作為酒黨的黨歌。《短歌行》原文說：「對酒當歌，人生幾何？譬如朝露，去日苦多。慨當以慷，憂思難忘，何以解憂？惟有杜康。」查先生很幽默地改為「人生苦短，婚姻苦長。何以解憂，快入酒黨。」大家聽了這酒黨黨歌，都忍不住哈哈大笑。這顯出查先生輕快幽默的一面。

我很敬佩查先生認真向學的精神。他已經獲得牛津、劍橋的榮譽博士學位，卻到劍橋大學讀研究生，並在 2005 年以 81 歲高齡，獲得劍橋大學歷史學碩士學位，又在 2010 年完成關於唐代皇位繼承制度的論文，獲得劍橋大學博士學位。當年查先生去劍橋深造，我還為他寫過一封推薦信。在我看來，其實他的學識和尤其對中國歷史的了解，恐怕並不下於西方的教授們，而且他已經有榮譽博士的頭銜，碩士和博士學位在他更沒有什麼實際的意義。我相信他只是要挑戰自己，在年事已高的時候，還要通過這樣一個學習過程，來向自己證明他認真向學的精神。

第六章
從悲劇到烏托邦

張隆溪最愛的史詩《失樂園》，與《聖經》有千絲萬縷的聯繫。他沒有宗教信仰，但他研究《聖經》，而且研究得很深。從《聖經》講到原罪，再把烏托邦思想的源起娓娓道來，原來它們都相通。以此理解文學經典、理解反烏托邦流行作品，甚至理解西方社會思想起源，誰說讀文學的人離地？

希臘悲劇的宿命論

老師的課講很多希臘悲劇，有什麼特點？

張： 希臘人有非常強的命運觀念，神說你有怎樣的命運，那就一定會發生。你以為可以盡力去避開它？結果你做的每一件事情都恰好把自己推向那註定的命運結局。希臘悲劇《伊底帕斯王》（*Oedipus Rex*）就是體現這種命運觀念的名作。伊底帕斯是個非常聰明的人，他能夠解開司芬克斯之謎，卻未能解開自己命運之謎。他想盡力逃避自己殺父娶母的悲慘命運，但每一個舉動都恰恰把自己推向那可怕的命運。但他不是一個可憐蟲，而是令人尊敬的悲劇英雄，雖然他最終無力逃脫註定的命運，但他的努力本身表現出他獨立的自由意志和敢於與命運拼博的精神。不過和蘇格拉底比較起來，伊底帕斯有一個致命的弱點，那就是太自信而缺乏自我省視。他有很多優點，但唯一沒有的，就是他從來沒有懷疑自己做的事情是不是對的。他從來沒有想到自己有不認識的東西，這是蘇格拉底跟他不一樣的。他從來沒有懷疑自己，這也是希臘悲劇的反諷！一個可以解開司芬克斯之謎的人，卻未能解開自己命運之謎。

希臘悲劇歷史久遠，東方似乎沒有悲劇傳統？

張：　這個問題很多人討論過。東方跟希臘的觀念有點不一樣，莎士比亞的悲劇又有點不一樣。在莎士比亞悲劇裏，所有悲劇人物最終都會死，但希臘悲劇不一樣，最後不一定都以死亡告終。中國文學裏比較接近的是元雜劇《竇娥冤》。竇娥被迫害，然後被殺，命運很悲慘，但是全劇最後還是有竇娥的父親當了官，為他被冤屈的女兒平反報仇的結尾。西方文學裏也有「詩性正義」（Poetic Justice）的觀念，就是把現實當中沒有實現的正義，透過藝術想像的手段去伸張。中國和東方文學裏基本上都是這樣，為受到冤屈的人報仇雪恨是觀眾非常想看到的結局，所以即便是悲劇性的作品，基本上都有一個大團圓的結尾，和西方的悲劇很不一樣。

大團圓結局總是比較賣座，那為什麼西方一直有推崇悲劇的傳統？莎士比亞的四大悲劇也很受歡迎。

張：　這應該和東西方的文化傳統和集體心理狀態有關係。中國和印度的戲劇雖然也描寫各種悲歡離合，但大多以大團圓為結尾，希臘悲劇和後來的西方悲劇就往往以痛苦甚至死亡為結尾。這當中的原因很複雜，但簡單說來，東方人有強烈的懲惡勸善的觀念，即使在文學藝術的虛構裏，或者說尤其在文學藝術的虛構裏，都要求達到現實中不能實現的詩性正義。

希臘悲劇又稱為命運悲劇（tragedy of destiny），可以以《伊底帕斯王》為代表。在希臘神話裏，連神都怕命運的預言，因為命運是擺脫不掉的。《伊底帕斯王》最後合唱隊有一句說：「在一個人跨過死亡的門檻之前，不要說他是幸福的。」命運是無法預測、無法改變的，轉瞬之間，陽光明媚會變成陰雲密布、風狂雨驟，災難隨時可能降臨。希臘悲劇是命運悲劇，表現希臘人的命運觀念。文藝復興之後的西方戲劇以希臘為楷模，悲劇成為最重要的體裁。加之基督教的原罪和由原罪帶來死亡的觀念，悲劇和死亡就有更緊密的聯繫，於是從文藝復興直到十九世紀，悲劇就形成西方文學中非常重要的傳統。

不過這只是問題的一方面。除悲劇之外，從希臘開始，西方也有喜劇，往往就是大團圓式的結尾。西方人也同樣希望看到善有善報，惡有惡報。一個例子就是莎士比亞悲劇《李爾王》（*King Lear*）。李爾把自己的王國分給他三個女兒，兩個大的女兒為了要分他的國土，都花言巧語地撒謊。說她們如何愛他，真正愛他的第三個女兒柯蒂莉亞眼見兩個姐姐當面撒謊，反而不願言過其實地說過分的話。李爾一怒之下，把國土分給前面兩個女兒，卻什麼也沒有給柯蒂莉亞。法國國王愛柯蒂莉亞，就娶她為王后，把她帶走了。兩個大女兒一旦得到土地和權力，對李爾便越來越冷淡，逼使他最後發了瘋，在荒原上受狂風暴雨的吹打。柯蒂莉亞帶兵來救李爾，卻兵敗被俘，最後李爾抱着她最愛的小女兒的屍體上場，悲痛不已而以死亡告終。

這個劇本似乎太悲哀，英國人也受不了悲劇的結局。從十七世紀到十九世紀，英國有兩百多年時間上演的《李爾王》都不是莎士比亞的劇本，而是泰特（Nahum Tate）改編的本子，主要就是把這個悲劇改編為有個大團圓的幸福結尾（happy ending）：李爾和柯蒂莉亞都沒有死，最後以柯蒂莉亞和艾德加相愛成婚告終。一直到二十世紀初，很有名的導演格蘭威爾─巴克（Harley Granville-Barker, 1877–1946）才恢復了莎士比亞原有的結局。由此可見，不只是中國人，英國人也一樣受不了太慘烈的悲劇。

莎士比亞的悲劇都以死亡為結局，西方很多悲劇後來都是這樣，但古代希臘不是。伊底帕斯因為神諭說，要找出殺死前任國王的兇手，把他驅逐出境，他最終發現殺死老國王的人就是自己，發現他殺死了自己的父親，於是他把自己的眼睛挖掉，把自己放逐了，但卻不是以死結尾。死的觀念與中世紀以來原罪的觀念有關，所以帶有歐洲基督教觀念的印跡。

希臘有三位重要的悲劇家：埃斯庫洛斯（Aeschylus）、索福克勒斯（Sophocles）、歐里庇得斯（Euripides）。埃斯庫洛斯是其中最早的一位，他的劇本現在還有一套《奧瑞斯提亞》（*Oresteia*）三部曲完整地保留下來。特洛伊戰爭時希臘軍隊的首領是邁錫尼國王阿伽門農（Agamemnon），在他離家十年期間，他的妻子克莉騰涅斯特拉（Clytemnestra）與人通姦，並在阿伽門農返回時，與情夫串通殺死了丈夫。奧瑞斯提（Orestes）是阿伽門農和克莉騰涅斯特拉的兒子，阿波羅叫他為父親復仇，於是他殺死了母親和她的情夫。但他立即被三個復仇女神（the Furies）追殺，因為她犯了弒母罪。他逃到阿波羅神殿內，阿波羅也沒法保護她，叫他去雅典，請求雅典的保護神雅典娜幫助。雅典娜讓奧瑞斯提接受雅典最高法庭（Areopagus）審判。這法庭由十二位長老組成，結果六個人判他有罪，六個人判他無罪。於是雅典娜投下關鍵的一票，判他無罪。奧瑞斯提於是擺脫了復仇女神的追殺，成為一個無罪的新人，所以這悲劇三部曲最後是一個好的結局。

為何女神雅典娜沒有站在女人一邊，竟判定弒母的奧瑞斯提無罪呢？這是因為雅典娜從來不知道母親，她是從宙斯的腦袋裏長出來的，是名副其實宙斯頭腦產生的孩子（brainchild），她只知道父親，不知道母親。十九世紀有批評家解釋說，這代表了遠古從母權制轉向父權制的變化。

《聖經》與原罪

上帝為什麼容許惡的存在？

張：　古代希臘是多神教，相信有很多神，各司其職，而從猶太人開始的一神教，包括後來發展出來的基督教和伊斯蘭教，都相信唯一的一個神。《聖經》中的上帝是全知全能而且先知先覺，事情還沒發生，上帝就預先知道了。對法力無邊的上帝這種想像固然描繪出神的偉大，但在西方也造成很大的困惑，那就是全知全能而且愛護人類的上帝和世間到處可見的惡和痛苦，形成一個矛盾或永恆的問題：為什麼上帝容許惡的存在？為什麼世間有這麼多的痛苦呢？

英國十七世紀大詩人彌爾頓的傑作《失樂園》，就是以《聖經・創世紀》中亞當和夏娃違背上帝禁令，偷吃禁果而被逐出伊甸樂園的故事，從一個基督教人文主義者的立場，試圖來討論並回答這個大問題。他的回答基本上是說，上帝雖然有預知（foreknowledge），但他並沒有干預人以自己的自由意志做決定，所以亞當夏娃違背上帝禁令，完全是他們自己的決定，也就必須自己承擔責任。

這種設定上帝為絕對的善，從理性的角度去解釋世間惡之存在，在十七和十八世紀有很大影響，也引起一些爭論。

關於亞當夏娃吃了知識樹的禁果，在彌爾頓那裏也有深刻的討論。彌爾頓自己知識淵博，思想自由，所以他不可能否定知識。有一位英國批評家說得很好：如果讓彌爾頓站在亞當的位置上，他一定會第一個去吃那知識樹的禁果，然後寫一篇文章來為他的行為辯護。彌爾頓有《論出版自由》（Areopagitica）一書，為出版和言論自由大聲疾呼。他認為沒有壞的書，只有壞的讀者；不是書誘惑人去做壞事，是邪惡的人才會做壞事。真正的美德不是純粹的天真無邪，不是沒有受過誘惑，而是受過誘惑卻又能抵禦誘惑，拒絕邪惡，那才是真正的美德。彌爾頓在《失樂園》中強調，人必須通過惡才可以認識善。

從理性為上帝辯護，認為上帝無關乎世間的惡與痛苦，在十八世紀受到更多挑戰。1755 年 11 月 1 日，在歐洲恰好是萬聖節，許多基督徒都在教堂裏聽神父佈道。上午十點左右，葡萄牙首都里斯本突然發生了特大地震，擠滿虔誠信徒的教堂都坍塌下來，壓死了許多人。整個里斯本房屋倒塌，到處起火，海嘯掀起巨浪，淹沒了半個城市，也捲走了無數的居民。里斯本大地震死傷數萬人，在歐洲引起很大震動，更引發了關於上帝公正的思考和討論。最有名的例子是伏爾泰（Voltaire），他在 1756 年發表了《詠里斯本劫難詩》（*Poème sur le désastre de Lisbonne*），大膽質疑上帝的公正。十八世紀是所謂理性的時代，歐洲社會逐漸世俗化，宗教成為精神生活的重要部分，但對社會政治的影響就完全與中世紀的情形不同了。

什麼是人的原罪觀念？

張：　原罪的概念不是來自《聖經》本身，而是奧古斯丁（St. Augustine）創立的。他有一本很重要的書叫《上帝之城》（*City of God*），書裏對亞當夏娃偷吃禁果而被逐出樂園的所謂人之墮落（the fall of man），作了全新的解釋。猶太人最先解釋《聖經》裏人之墮落的意義，說這是關於自由的問題，是人的自由意志和責任的關係問題。上帝創造了人，讓人有自由意志，可以自己做決定，但做決定就要承擔責任。猶太人的解釋說，亞當和夏娃的故事是警告人，不要濫用上帝給你的自由，做了壞的選擇。但亞當夏娃並不是我們，他們違背上帝的禁令受到懲罰，那是對後人的警告。

不過從哲理來仔細分析一下，上帝讓亞當夏娃在伊甸樂園裏快樂地生活，他們做的一切都是上帝允許的，那麼唯一是他們自己決定而不是上帝事先許可的事，就是吃伊甸園裏的禁果。換句話說，除了吃禁果，亞當與夏娃就沒有辦法證明自己有自由意志！這是整個人之墮落的故事當中，一個頗有深刻意味的矛盾。

早期基督教的解釋繼承了猶太拉比的解釋，認為人之墮落是關於人選擇自由的故事。但奧古斯丁的解釋就完全不同，他說亞當夏娃不是個人，而代表了全人類。他們違背上帝所犯的不是一般的罪，而是原罪（the original sin），而原罪就像病毒一樣可以傳染。他講得很清楚，說亞當的精子（semen）裏面就含了原罪，因此他們性交產生的孩子都有罪。人類都是亞當夏娃的後代，所以一代又一代都是罪人。人的靈魂可望得救的唯一途徑，就是聽從教會的教導。這神學理論對教會來說非常重要，所以奧古斯丁成為中世紀教會神學的正統。

原罪自然產生人性惡這一觀念。奧古斯丁認為，人性就像一顆腐爛的根，從那裏不可能生長出善來。所以在奧古斯丁神學影響之下，中世紀不可能產生烏托邦的觀念，因為烏托邦不是人死後靈魂升上去居住的天堂，而是人在現世建立起來的一個理想社會。因此，托馬斯‧摩爾（Thomas More）在十六世紀文藝復興時代，當人文主義擺脫中世紀神學影響，認為人或人性是可以向善的，才可能寫出《烏托邦》（Utopia）這樣關於一個美好社會理想的書。在烏托邦的基本概念裏，人是好的，才可能建立一個好的社會。在根本的意義上，烏托邦是反對原罪觀念的。

你研究《聖經》，基督教對文學、藝術的影響有多大？

張：　猶太人和基督教對於西方文化藝術的影響非常大。希臘的傳統當然也很重要，所以要了解西方文化，對這兩方面都必須要了解。我對《聖經》的興趣，是對西方文化有興趣，而不是對宗教有興趣。

我以前有一堂課，就是從藝術來講西方的文化傳統。一開始討論的主題是 memento mori，那意思是「記住，人是要死的」。死這個觀念是中國人忌諱的，孔子就說過，「未知生，焉知死」，所以避而不談。可是基督教傳統中，死是亞當夏娃違背上帝的禁令，犯了原罪的結果，所以從中世紀開始，就成為文學藝術中一個重要的主題。在莎士比亞悲劇《哈姆萊特》（Hamlet）裏，哈姆萊特拿着一個骷髏頭，對人在死亡面前都是平等的這個觀念，有一段著名的獨白。在很多著名的繪畫作品中，尤其是聖者的肖像，都有一個髑髏，就是 memento mori 的表現。

與此相關的另一個主題，是死之舞蹈（*Dance of Death*），例如德國藝術家霍爾拜因（Hans Holbein the Younger, 1497–1543）就有一系列的木刻，都是畫一個骷髏即死神，把各種各樣的人帶進墳墓裏去，其中包括教皇、國王、貴婦、醫生、匠人，也包括窮人、乞丐、甚至兒童。那些畫帶有一種黑色幽默的意味，表現出社會各階層的人都要面對死亡，在死的面前，人人都是平等的。這個觀念在西方影響很大，在西方藝術中成為一個重要的傳統。

所以西方藝術本來都是宗教藝術？

張： 西方藝術最先都是為宗教服務。繪畫、雕塑、音樂都是如此。古希臘羅馬藝術很多是各種神像。中世紀以後西方藝術就和基督教有密切關係。猶太教跟伊斯蘭教都沒有表現神的藝術品，所以在猶太教會堂（Synagogue）或伊斯蘭教的清真寺（Mosque）裏，都沒有表現神的繪畫作品，因為他們認為，上帝是不可能由人表現出來的，到現在也是這個想法。

而基督教可以推動宗教藝術產生，很重要的一個原因是普羅提諾（Plotinus）提出的新柏拉圖主義（Neo-Platonism）和無上的一（One）這個觀念。一可以有延展性，像是液體一樣流出來，無限延展，可是它流出來的同時，每一部分還是保持原有的性質，不會稀釋掉。上帝就是無上的一，一切是一，最後一切也歸於一。因此上帝的形象表現在藝術作品裏，其本性保持不變。這就為宗教藝術的表現，從哲學和神學的角度，作出了合理性的證明。

在西方，基督教對藝術有很大貢獻，音樂跟繪畫最先都是源自宗教的。像巴哈、莫扎特這些偉大的藝術家，很多作品都是宗教音樂。巴哈很重要的作品是《聖馬太受難曲》（*The St. Matthew Passion*），就是把《聖經》新約的《馬太福音》譜成音樂，一句一句寫出來的。繪畫方面，基督教教堂裏面有很多取材《聖經》的繪畫作品，被稱為「窮人的聖經」，因為中世紀的人大部分不識字，用繪畫、雕塑作品去描述《聖經》故事，就可以讓他們了解《聖經》的內容。《最後的晚餐》是達芬奇很重要的作品，米開朗基羅的《最後審判》，拉斐爾的《聖母》，都是宗教藝術，所以宗教跟藝術有密切的關係。後來才逐漸世俗化，擺脫這些宗教束縛，描寫其他方面的內容。

宗教藝術確實也非常美。我認為最美的一個聲樂作品是十七世紀意大利人格雷戈里奧・阿列格里（Gregorio Allegri, 1582–1652）為《舊約》詩篇第 51 首所譜的合唱曲 *Miserere mei, Deus*（憐憫我吧，神啊）。我曾經在香港的《明報月刊》上寫過一篇文章，叫〈此曲只應天上有〉，專門談論這首樂曲。

從宗教到烏托邦思想

剛才提到烏托邦，原來它跟《聖經》千絲萬縷，那整個歷史脈絡是怎麼樣的？

張：　烏托邦是一個世俗的思想，是人自己建立的理想社會。它在本質上是反宗教的，尤其是反對「原罪」觀念，因為原罪的觀念認為人都是有罪的，一幫罪人在一起，不可能建立一個美好的社會。在這一點上，烏托邦跟原罪的觀念很不一樣。烏托邦肯定人性基本上是好的，因為烏托邦描寫的社會不是伊甸園，烏托邦的關鍵是人可以自己在現世建立一個美好的社會，而不是死後靈魂升上天堂。

《烏托邦》（*Utopia*）在 1515 年由莫爾（Thomas More）發表，1516 年就是馬丁路德開始的宗教改革。可見烏托邦的產生有文藝復興和宗教改革的大背景。十五世紀意大利人文主義者皮科・德拉・米蘭多拉

（Giovanni Pico della Mirandola, 1463–1494）《論人的尊嚴》（*Oration on the Dignity of Man*）是文藝復興早期重要的文獻，其中設想上帝和亞當對話，說上帝創造的人有自由意志，可以決定自己的行動，既可以向下墮落，變得像野獸，也可以向上發展，變得像天使，這就肯定了人性有向善的可能，而不同於奧古斯丁「原罪」的觀念。

思想觀念的變化有政治經濟的背景。英國在亨利八世（Henry VIII 1491–1548）時期，經濟上已經有相當的發展，於是開始脫離羅馬教會的控制。亨利八世要求離婚再娶新人為王后，教皇不允許，於是亨利建立英國國教（Anglican Church），脫離了羅馬教會。馬丁・路德在十六世紀發起宗教改革，後來引發了歐洲的宗教戰爭，形成新教跟舊教的分裂。天主教羅馬教會是一派，新教是另外一派。羅馬教會一派基本上是羅曼斯語語系的國家：意大利、法國、西班牙、葡萄牙等國家；而新教的一派則是德語系的國家，包括德國、英國、荷蘭和北歐的挪威、瑞典、丹麥等。當然，現在這種區別已經不是那麼重要，世俗化的歐洲不會再在基督教不同教派之間，產生嚴重的衝突。

現在德國南部接近法國那一部分，很多人信奉天主教，早已不會與北部有什麼融合問題了，但在宗教改革時情形就很不相同，天主教與新教之間發生了三十年殘酷的宗教戰爭，把德國男性人口殺死差不多三分之一！後來歐洲人認識到宗教不能解決所有問題，於是在 1648 年在德國簽訂了《威斯特伐利亞和平條約》（*The Peace of Westphalia*），才結束了宗教戰爭。大家訂立條約，國際法規定不能夠隨便侵犯一個主權國家，這個思想就是那時候開始的。雖然國際法訂立了，但是後來並沒有很大的約束力，所以才有後來的兩次世界大戰。

所以人類還是要受到很大的教訓，才會學到一點東西。

張：是啊，才只有一點進步！宗教戰爭是很殘酷的。烏托邦思想的出現，還有一個背景是地理大發現。哥倫布「發現」新大陸之後，歐洲人對描述新發現地方的旅行志很有興趣。《烏托邦》在形式上就是這樣的作品，其中主要敍述者希斯羅蒂（Hythloday，意為講大話的人）説，他跟從著名航海家亞美利戈‧維斯普奇（Amerigo Vespucci, 1454–1512）在美洲航行，後來自己乘船獨自前往，發現了「烏托邦」（Utopia，意為不存在的地方）這樣一個比現實更美好的社會。

所以，烏托邦的出現，有當時文藝復興的背景，有宗教改革的背景，有地理大發現的背景。在這個背景上，你看到烏托邦可以產生出來，其中思想跟宗教有關係，跟當時政治也有關係。「烏托邦」本身就是一個關於社會政治的幻想。

烏托邦相信人性本善，可是它有那麼多規矩——你要做什麼，不做什麼，好像有點矛盾？

張：　這個沒什麼矛盾的。人性善的意思，是大家本性向善，跟規定你要做什麼完全不矛盾。

所以他是很浪漫的，覺得大家會齊心去做一件事情？

張：　對。

那聽起來很共產主義，一同建設祖國的感覺。

張：　莫爾在寫《烏托邦》之前，曾經在一個修道院裏生活過幾個月，那種基督教僧侶的生活對他構想烏托邦有一定的影響。原始的基督教的確含有共產主義的一些基本思想，就是社會平均分配，沒有私有財產。烏托邦裏面很重要的一點，就是不能有私人財產，後來的社會主義國家就是這樣，消除私有制。

這是巧合？

張：　不是巧合，這是一個共同的思想觀念，認為私有制和金錢是萬惡之源，私有財產是造成社會貧富懸殊的一個基本原因。理想的社會應該是平均分配財富，大家都一樣。貧富懸殊是一個很重要的社會問題，烏托邦式的解決辦法就是把財產都集中起來，由國家來統一分配，這就是社會主義國家的理想。蘇聯是這樣，中國曾經也是。理想的條件就是管理國家的人都很好，人性也好，所以沒有人會濫用職權。但是現實不是這樣，有了權力以後，官員就會把權力拿來自己利用，所以越有權力，人就越會腐化，最後就變成一個虛偽而貧窮、沒有生產動力的社會。

我們說烏托邦重要的一點是反對奧古斯丁的「原罪」觀念，相信人性善或人性可以向善。關於人性，中國的儒家傳統恰好是講人性善的。孔子只說「性相近，習相遠」，六個字，並沒有說人性是相近於善還是相近於惡。到孟子的時代，就有關於人性善惡的辯論，而孟子說人性本善，這對以後中國傳統的影響很大。中國傳統當中對人性有一種比較高的道德期待，認為人基本上是好的。這個思想對於烏托邦來講很重要，因為烏托邦要建立在一個世俗的、人性本善的思想之上，而這兩個條件在中國都有。在西方，經過了文藝復興和宗教改革，才開始有這樣的思想。而在中國，烏托邦思想在文學中的具體表現，以陶淵明《桃花源記》最有名。十九世紀以來，烏托邦思想主要不是表現在文學作品裏，而是表現在社會運動中。社會主義運動就是烏托邦思想的社會運動表現。

用社會運動去建立這樣一個社會？
張：對，中國從來就有個大同的理想。

西方的烏托邦似乎都隱藏在神秘的地方，你要先把它找到，然後進去？
　　張：那是烏托邦文學作品的一個程式（convention），強調其不同於現實世界，所以一定是經過一個困難的過程，一個極狹窄的通道，才無意間發現。莫爾的烏托邦是這樣，陶淵明的桃花源也是這樣。所有烏托邦文學基本上都有這個特點，就是與外界隔絕。所以桃花源中的人「不知有漢，無論魏晉」。

現在很多反烏托邦流行作品，你覺得這代表什麼？

張：　二十世紀文學中，的確更多的是反烏托邦的作品（Anti-Utopia,
　　　Dystopia）。烏托邦基本上是描述一個集體性的社會，不注重個人。
　　　這是烏托邦尤其在二十世紀轉向自己的否定，即所謂反烏托邦的重要
　　　原因。反烏托邦往往描繪一個高度控制的、限制個人自由的社會，以
　　　及人們的反抗。無論文學還是電影，反烏托邦作品往往都構想一個科
　　　技高度發展的社會，對人控制得十分嚴密，但最終這種控制也必然崩
　　　潰而失敗。

創作反烏托邦文學作品的，大都是西方國家吧？

張：　是的，但是在二十世紀初，俄國作家扎米亞金（Yevgeny Zamyatin）
　　　寫的《我們》影響非常大。那是一部很出色的小說，俄文叫 Мы，就
　　　是「我們」的意思。這個標題就突出了主題，表明他描繪的是一個抹
　　　煞個人、強調集體的社會，在這個社會裏所有的人都沒有名字，都只
　　　是個數字。扎米亞金的《我們》既是反烏托邦文學的重要作品，也是
　　　早期科幻文學的重要作品。它影響了後來很多作品，比較有名的是
　　　喬治・奧威爾（George Orwell）的 *1984*，另外一個是阿爾道斯・赫胥黎
　　　（Aldous Huxley）的《美好新世界》（*Brave New World*）。還有就是布
　　　拉伯雷（Ray Bradbury）的《華氏 350 度》（*Fahrenheit 350*）。另外，
　　　加拿大作家瑪嘉莉特・阿特伍德（Margaret Atward）的《侍女的故事》
　　　（*The Handmaid's Tale*）是當代反烏托邦文學的重要作品。

　　　人是社會的動物，所以人都害怕孤獨而喜歡聚集而形成社會，而社會
　　　就必然要有各種不同職能的管理機構，如政府、軍隊、警察等等。一
　　　個社會沒有任何管制是不可能的，無政府狀態必然造成混亂無序，甚
　　　至弱肉強食的可怕局面。另一方面，如果國家管制到完全沒有個人自
　　　由，那也是非常可怕的。一個是無政府狀態，一個是集權狀態，兩者
　　　都會使人痛苦不堪。怎樣達到平衡，既能夠符合社會集體的利益，有

共同道德的標準，又能夠有充分的個人自由，形成一個寬鬆、讓人有
選擇的社會環境，那是一個重要而困難的問題。可以說從古至今所有
的政治學家和哲學家們，都在尋求答案，也還沒有一個完美的答案，
也許永遠不可能有完美的答案。

一般人也許都沒有常思考人性善惡，那該怎麼去讀這些經典？

張：　經典應該深入理解，在歷史的背景上和在整個作品的關聯中去理解。
譬如孟子講人性善，應該和他整個的政治理念聯繫起來看。孟子說，
「民為貴，社稷次之，君為輕」，他還說，「聞誅一夫紂矣，未聞弒君
者」。這些話表現了一種民本思想，把君主的權力放在民之下，而且
認為暴君是可以被推翻誅殺的。

這根本是民主概念吧？

張：　這的確近於民主概念。「民為貴，社稷次之，君為輕」，那是把人民
的利益放到最上面。這觀念很好，但怎樣把它制度化來具體運作，那
才最重要。單單說人民的利益為重，人性是好的，還不夠，因為更重
要的是政治制度的設計，使社會有法律、道德和其他方面的約束和保
證，使社會現實實現民為貴的理想原則。

孔子常提周禮，其實也是一種理想化的概念，對現實不滿？

張：　孔子說，「周監於二代，郁郁乎文哉！吾從周。」他的確把周視為
理想社會，是一個理想化的概念。很多人說孔子保守，把遠古理想
化，但他說古代好，其實就是說現在不好呀！任何理想都是對現實的
批判。烏托邦也是一樣，要建立一個理想社會，其實就是說現在不
理想，那個理想社會可以是過去，也可以是未來，但都是對現在的
批評。

那麼烏托邦對今日有何意義？

張：　烏托邦是一個比現實更好的社會的理想，而無論什麼時候，也無論什麼社會，人總是希望更美好的生活環境，更理想的社會。在這個意義上說來，烏托邦將永遠存在。過去幻想的烏托邦過分強調集體而忽略了個人，那就是在二十世紀以來，烏托邦已經失去吸引力，文學中出現更多反烏托邦作品的原因。烏托邦忽略個人自由是它失敗的原因，但我覺得在一個物慾橫流的社會，在一個很多人不講公共道德、只管自己利益的時候，其實應該有一種社會責任的觀念、道德的觀念。在這個意義上，其實烏托邦作品就是一個理想社會，還是有它一定的價值。

你認為未來還會出現新形式的烏托邦？

張：　我相信會的。首先人總是希望有更好的社會。哪怕再好的社會，都會希望有更好的，這就是一個烏托邦的願望；雖然現在我們基本上只有反烏托邦，但是你不能說將來永遠也不可能有新的烏托邦。但新的烏托邦一定會跟以前的方式不一樣，會在集體和個人之間，達到一個更好的平衡。

第七章
離不開語言

跟張隆溪訪問聊天，他每每在關鍵時候，強調學習要從小開始，語言學習的重要性。他說因為語言如同牢房，它限制你的視野和想像力，但它同時也是你的天地。張隆溪的工作和人生離不開語言文字，由語言文字開始，才可以進入經典的世界。

語言學習觀

小時候父親都有教你什麼嗎？讓你讀什麼書？

張： 大概在我三、四歲的時候，父親就教我識字，比一般的小孩都開始得早一些。我小學的時候就開始讀《三國演義》，父親就跟我講《聊齋》故事。小時候讀書比較順利，上學都是考前幾名的，後來因為文革沒有上大學，但我一直是比較好的學生。因為很早就獨立生活，我在思想上也比較獨立，這是很早就要自己做決定，獨立生活的結果。

你的英語是自學的，學英文有什麼有效方法？

張： 我總結學英文的經驗，就是你不能一直只看自己看得懂的英文書，也不要看對你說來太高深的、沒法看下去的書，要找剛比現在的水平高一點的書來看，才會學到新的辭彙，看懂了再往上走。我當初看的是四十年代編的教科書，比我們當時的教科書深。

我在中學時就一邊學英文，一邊自學俄文，再通過俄文的教科書去學德文。因為那時候成都有外文書店，裏面蘇聯出版的書很便宜，所以我可以看英文、德文、法文，俄文則忘得差不多了。

在任何一個語言裏面，最美的作品一定是文學作品，其中詩的語言是最難的，也是最美的。詩在語法上往往比較複雜，會打破一些語法的規則，但如果能夠學好，並且能體會詩的語言的妙處，你就可以培養起比較強的語感。第二，詞彙量要大，詞彙量大反應就比較快，如果很多字你不熟悉，沒有聽過，就很難有反應。我自學時大量閱讀，讀詩比較多，那時在成都沒見過任何外國人，但是我們幾個人自己在一起練習對話。在借書給我的歐陽先生家裏面，經常有人來，當時我還給大家教英文。

我那個時候學英文的條件很差，沒有老師，完全靠自己看書，在鄉下聽收音機自學，但通過大量閱讀也可以學得比較好。還記得要到城大來工作時，和我見面的遴選委員會有位教授問我：「香港的學生現在英文都不太好，你有什麼辦法能夠使他們的英文好一點嗎？」我當時就說，香港任何一個學生的學習條件，比我當年自學的時候都要好一千倍。香港到處都可以見到英文，使用英文，也有英語的電台和電視頻道，而當年我什麼都沒有。如果我能夠學得好，香港的學生們一定可以學得更好。

語言有用無用

你提過，很多哲學家都說語言不能充分達意，甚至直說語言無用，那應該怎麼去學習語言？

張：　語言是人唯一的傳達工具，不論你說什麼話，都離不開語言。思想本身就離不開語言。但是確實在東方和西方的傳統裏，尤其是哲學家，宗教家都不認同語言的作用。禪宗主張「不立文字，教外別傳」，就是不要寫下來，明心見性即可。

禪宗還用棒子敲你！

張：這就是禪宗所謂「當頭棒喝」，不用尋常的語言。我在前面提到過道家的老子說「道可道，非常道」，莊子講的故事，輪扁說桓公讀古人書都不過是「古人之糟魄」，這些都是對語言達意能力的懷疑和否定。

莊子說語言無用，與他辯駁的惠子就說：「子言無用。」可是莊子很靈巧地回答說：「知無用而始可與言用矣。」就說出了「用」與「無用」之間辯證的關係。他還說，「言無言，終身言，未嘗言；終身不言，未嘗不言。」那意思是說，如果你知道語言無用而只是不得不用的工具，不會死在言下，即死板地理解言和意的關係，那麼你就可以用語言，而且講一輩子的話，都像沒有說什麼話；如果你不懂這個道理，哪怕一輩子都沒有講話，你還是說太多了。莊子很有智慧，他的書文學性極強，比喻層出不窮，我非常喜歡莊子。

所以學習語言，也要先去了解語言的限制？

張：對，哲學家的意思是說，語言有它的局限性。自然語言，一般日常使用的語言，都有很多含混的地方，也就有很多誤解的可能性。所以在西方，培根（Francis Bacon, 1561–1626）在十六世紀就講過，科學思想要能發展，有很多偶像（Idols）必須打破，其一就有「市場的偶像」即語言。語言的含混妨礙科學的精確和發展，所以很多科學家要發明符號來代表事物。例如水在不同語言裏有不同的詞，甚至有不同意涵，用科學符號 H_2O，就沒有歧義而很準確。

然而文學語言可以利用甚至需要含混，文學的豐富和美，就是因為語言本身可以有很多不同的可能解釋。像詩，反而會很豐富、很深刻，所以哲學和文學看重或要求的東西不一樣。從科學／數學來講，越精確越好，沒有誤解的可能是最好的，但是自然語言都有可能產生誤解。所以科學家會有自己的符號，用自己的一套數學的計算公式等等，這是在使用另外一種語言，不是自然語言。

你贊成讀書要背書嗎？

背誦當然重要。中國的教育歷來比較注重背誦，有一定道理。很多人說死背不行，死背當然不行，但是不背也不行，不背就什麼都不懂。背下來當然是好的，總比完全什麼都不記得好。其實西方人也同樣講究記憶和背誦。明末傳教士利瑪竇到中國，就曾講過這方面的技巧，耶魯大學著名的漢學家史景遷（Jonathan Spence, 1936–2021）就有一本書，題為《利瑪竇的記憶宮殿》。據說抗戰時期，英國著名的學者燕卜蓀（William Empson, 1906–1984）在西南聯大教英國文學，當時書籍不夠，他憑記憶背誦莎士比亞和其他一些英國文學名著來教學生。

不過現在一些美國人不注重背誦。有一次在哈佛，余國藩教授來做演講。我和他是很好的朋友，所以不僅參加他的演講，而且參加之後的聚餐。那天有史華慈（Benjamin Schwartz）、韓南（Patrick Hanan）等，都是很有名的哈佛教授。我們聊天當中談到中國詩的翻譯問題。我提起英國漢學家葛瑞漢（A. C. Graham）有本《晚唐詩》（*Poems of the Late T'ang*），前面一篇序言專門討論中國詩的翻譯。葛瑞漢說中國詩很少用明喻，像「如」「似」這類字。我認為他說的有一定道理。中國詩當然不是絕對沒有這樣的字，但確實很少。這時候突然有一個在哈佛教中文的助理教授說，「完全不對，中國詩裏有很多用比喻的呀」。我說：「不會很多吧？中國的律詩一句只有五個字，最多七字，要用最精煉的語言，表現最豐富的內容。『如』、『似』這樣的虛字當然就少用。」可是那位年輕的美國漢學家特別想在幾位大教授面前，顯示自己專門研究中國文學，比一個不在東亞系學習的中國人更了解中國文學，就一定要跟我爭。他說：「哪裏很少？我今天才教了唐詩的課。」我看他如此好強，也就不客氣。我說，「杜甫詩裏有一聯：

『春水船如天上坐，老年花似霧中看。』你能再舉一個例嗎？再背一句，只要一句就行。他舉不出例來，卻氣急敗壞地說：『你們中國人就是靠背，我們美國的教育不是這樣。』我覺得他實在無理還要好強，就反問他說：「那麼，你認為這是你的優點，還是你的缺點呢？」他當時弄得很難堪，對我當然懷恨在心，但我也不在乎，在學問上是就是是，非就是非，更不用怕在美國得罪了美國的漢學家。

中文詩作，美在那裏？

張：　中文詩，尤其是唐代成熟的律詩和絕句，講究所謂平仄格律，這種韻律和中國語言本身的音樂性有關。中國語言的四聲是它音樂性的基礎，所以中國舊體詩講平仄對仗，用平聲和仄聲交錯對應，形成詩句抑揚頓挫的效果，讀起來有音樂性的美感。

外語完全沒有這個概念？

張：　外國詩是不一樣的，外國詩以輕重音為基礎。以英語來講，英文詩最常用的格律是五音步抑揚格（iambic pentameter），就是一行詩裏有五個重音節，即音步，前面有一個輕音節，一輕一重，也形成其獨特的效果。每一種語言都有它特別的音樂性。西方語言的主要區別在於輕重音，沒有音調的問題。以我所知道平仄跟音調幾乎是中國獨有的，據說瑞典語也是要講音調的，但是我不懂瑞典語，只知道他們的音調沒有中文講究、那麼複雜。

聽說你不怎麼喜歡新詩，都覺得它們實驗失敗？

張：　這句話說得不完全對。白話新詩歷史很短，二十世紀以後才開始認真創作。胡適寫的《嘗試集》就並不怎麼樣，但它的重要性在於它是第一個集子用白話來寫的詩。胡適的新詩受到宋詞影響，因為有一些宋詞比較口語化。

新詩也有寫得比較好的，像徐志摩、朱湘有些寫得不錯。但總的來說，新詩的歷史太短，好東西太少，能夠背誦流傳的不多。

東西差異

你寫過很多文章，批評西方人筆下對中國的不了解，譬如黑格爾甚至說過中國沒有哲學。

張：　我在美國發表的第一篇文章批評德里達，其中也批評了黑格爾，因為他說德文是哲學思辯最好的語言，中文則不宜於思辯。黑格爾肯定不懂，他的母語（Muttersprache），俄國人叫 nemmetsky yazik，就是啞巴的語言。其實這完全不奇怪，中國古代有華夷之辨，夷人講的是鳥語，跟鳥獸講一樣的話。在《周禮・春官》裏，夷人做管理馬匹的官，因為他們懂馬的語言，可以跟馬溝通。古代人認為不會講自己語言的人一定是野蠻人，或者是啞巴。

我們每天看到的爭論，也是你覺得是這樣，他覺得是那樣，這世界沒有什麼絕對，真理是相對的？

張：　真理（Truth）要看說的是什麼。有些最簡單的，像 2+2=4，是很簡單的真理，這一般來講沒有誤解的可能性。但是說到複雜的問題，講哲學講社會關係很多方面的事情，什麼是正確的東西？什麼是真理？有時候不是這麼簡單，不是只有一個答案，有各種不同的角度，不同的立場，在不同的情況之下，可能都會不一樣。換句話說，沒有一個絕對真理，沒有一個唯一真理，尤其是沒有這樣一個東西是你懂了之後就什麼都懂了，再沒有你想要了解的東西了，這是不存在的，在這個意義上，真理不是絕對的。

　　凡是比較複雜的事情，人與人之間的關係，甚至國與國之間，裏面都很難說只有一個絕對真理。但雖然沒有絕對的真理，真理還是要追求，盡量去接近真理。另外有一種態度，就是非此即彼，因為沒有絕對真理，於是就完全沒有真理，那是完全錯誤的。

第八章
通人

城大中文及歷史系副教授張万民從前是張隆溪的學生，他形容張隆溪博覽中西文學，所學的知識是博學而通達的。的確，張隆溪教蘇格拉底，可以引導同學理解教育的基本，做人的原則，民粹的壞處；講語言，也就自然談到東西文化差異。今天學術界的研究越鑽越深，但同時越鑽越窄，「通人」已變得相當罕有。

見月忽指

從學外語讀西方經典開始，你後來怎麼會涉獵文史哲其他方面？

張： 我一直對於歷史跟哲學都有興趣，從來沒有只讀詩或者讀文學作品。我非常喜歡看文學作品，但是我對文學的理解從來不只是看語言的美，真正重要的文學作品，都是代表當時一些很深刻的思想，有深刻的歷史的背景。從西方作品來講，它一定有宗教的、政治的、歷史的背景，中國也是如此，只是沒有那種宗教性。所以一個大作品，無論討論杜甫也好，蘇東坡也好，往往都會聯繫到當時的社會。講杜甫，肯定要講到唐代安史之亂，當時社會的民間疾苦。但是杜甫也寫很多悠閒的詩，他曾住在成都幾年，大概是他一生中最好的幾年，那時的詩就寫得比較輕鬆。

蘇東坡一輩子流放，從黃州開始，後來又貶到別的地方，最後到了海南島，都是很糟糕的生活環境，但是他的心態非常了不起！他在任何地方心態都非常好，所以從人格的魅力來講，蘇東坡非常有吸引力。你看他的詩的時候，文字漂亮，文字之外還有很多當時的社會、歷史和思想的背景。像歐陽修寫的《秋聲賦》是非常漂亮的文章，但細讀就知道他的學問很大，他把秋天為什麼會有悲傷的聲音寫出來了。從文學的傳統來講，這從古代屈原跟宋玉那個時候就開始了，尤其宋玉說：「悲哉，秋之為氣也。」秋天的氣息是悲哀和悲涼的。從那以後，中國人就把秋天看成是悲哀的，這很獨特。其他國家的文學作品裏，秋天不一定是悲的。但是中國的作品絕大部分是都是悲秋。秋，方位上在西，屬金。金是什麼？金就是金屬，金屬就是刀、兵器。所以秋是「春華秋實」，「物盛當殺」，穀物成熟了，應該是收割的季節，也是處決犯人的季節——「秋後問斬」。

從學語文開始，為什麼你後來對中西文化（比較文學、文化研究）有興趣？有什麼吸引到你嗎？

張：　知識本身是通的，尤其是人的思想、傳統、文學、藝術、哲學都是通的。它們當然不一樣，語言不一樣，在不同環境和時代傳統等方面都有很多差別。我們每個人都不一樣。文化和語言之間的差別是很容易看到的，但是能夠再更深層地認識他們相同的方面，反而是需要去思考，需要去閱讀的。能夠讀兩種不同傳統的東西，然後再看到他們當中的不同和相同的方面，這是很大的樂趣。

過程之中是享受樂趣，還是有使命感？

張：　兩方面都有，一方面你看到一些本來是非常不一樣的東西，突然發現上面有驚人的相同，就會覺得非常有趣，是一種快樂。舉個例子，中國傳統尤其是佛教經常講「見月忽指」，意思是不要只看表面，要深入理解。佛在說法的時候，下面有很多弟子不太懂他講的道理，佛就對弟子阿南説，我是以手指月，你要看月亮，不要老看我的手指。「手指」是個工具，是引導你去看月亮的。所以見月忽指，意思就是你看到月亮時，就是把我的指頭忽略了。這是很有名的一句話。

西方傳統裏面，奧古斯丁（Augustinus Hipponensis）寫過《懺悔錄》（*Confessions*），他還有一本書《基督教教義》（*On Christian Doctrine*），教一般人怎麼去閱讀《聖經》。前言裏面有一段話説，有些人我怎麼教，他都不可能了解那個意思；有人可能了解一部分，但是不可能真正了解，他就像我用手指來看天上的星星月亮，有人只看見我的手指看不到月亮，有人連我的手指都看不到，這兩個説法完全一樣！奧斯丁跟佛教完全沒有關係，他是基督教裏很重要的人，但他的這個思想跟佛教講的很像！發現這種相似就是一種樂趣。再深入思考一下，兩者雖然不同，但都是宗教文本，強調超出字面意義對精神意義的理解，所以不約而同都用手指指月來打比方。這真所謂東海西海，心理悠同。

Renaissance Man

學術界裏，在你讀書的年代很多文史哲都讀的通才，你們研究方向都是相關的。可是現在研究越來越窄，越來越只鑽一個範疇？

張：　隨着人類文明的發展，知識領域也越來越擴展。在十五十六世紀的歐洲，像達芬奇那樣的通才，不僅是偉大的藝術家，而且也是建築師、發明家、工程師、數學家，當時所能有的知識，他都廣泛涉獵，幾乎無所不知，無所不能。所以有所謂「文藝復興式巨人」（Renaissance man）的稱呼。到了現代，這就變得越來越困難，幾乎不可能。隨着知識的大爆炸，到了二十世紀，一個人不可能什麼都懂，哪怕是一門學科，如物理學，也會再細分為核物理、生物物理等等更專的學科。

寫博士論文，往往都是研究非常細小的問題，把問題鑽得越深越好。你必須讀很多前人的研究，在那個基礎上再去建立一點新的東西，所以很困難。這是一個知識發展的必然現象，也有它的好處，就是研究必須有深度，沒有深度不行。但是深度跟廣度永遠是個矛盾，深鑽的人往往不很廣博，廣泛涉獵的人又往往不夠深入。一個真正的大學者，就是既有深度又有廣度，當然也很難做到。

說到這個，我覺得做比較文學的人，如果做得不好，往往就會失之於淺。尤其中西比較文學，既要懂中國的古文和經典，又要懂英文、法文或德文和西方的文化和文學。「比較」就是要求兩方面的東西都要有點了解，但跟只研究一個方面的專家討論，往往就會受到他們的挑剔，說「你談中國，實際上很多細節你不知道」；或者「你談西方，可是比起專門研究的行家，你又了解得不夠」。這可能是比較學者容易受到的攻擊，自己也確實容易出現這個問題。兩方面都是膚淺的了解，只能一點點開始做比較，所以很多比較是不成功的。尤其東西方比較其實是非常難的事情。像錢鍾書這樣的人，中國有多少？既對中國的傳統非常了解，又對西方的傳統非常了解，實在很不容易。我認為兩方面專家的挑剔，對我們都是一種鞭策，促使我們更自覺意識到要了解起碼兩種不同的語言、文學和文化的傳統。一個好的比較學者，應該是起碼兩個專家加在一起，既可以跟中文系的教授去討論唐詩宋詞，又可以跟英文系的教授去討論莎士比亞、彌爾頓。

你會對現在學術研究，專攻一科學問，結果知識都比較窄有意見嗎？

張：　說不上有意見，這是一個現象，學術發展到最後肯定是越分越細。錢鍾書先生有一段話說得非常漂亮。他說：「由於人類生命和智力的嚴峻局限，我們為方便起見，只能把研究領域圈得越來越窄，把專門學科分得越來越細，此外沒有辦法。所以，成為某一門學問的專家，雖在主觀上是得意的事，而在客觀上是不得已的事。」

所以做一個專家，並不一定值得驕傲。而做一個真正能夠跨越東西方語言文化的鴻溝，能夠對知識有全面了解的人，就是錢先生說的「通人」，而「通人」在這個意義上要高於專家，是很難做到的。

文化身份

在課上，你提到過古代中國人的身份是用文化來區分？好像只要是確認中國人的（文化）身份，你是哪裏的人都沒關係？這聽起很開放。

張：　這很多人都講過。錢穆講到中國文化歷史的時候，就說過中國古代這種開放的文化身份認同的觀念。余英時也講過這個觀念。最有趣是孟子講過的話，說舜是「東夷之人」，文王是「西夷之人」，但他們到了「中國」，卻成為中國的聖人。所以中國古代有一種開放的文化觀念。在唐代很多人韓國和日本的學者來中國學習，甚至在中國做官。著名的是日本人阿倍仲麻呂，中文名叫朝衡，他跟李白、王維都是朋友，他們都叫他朝卿。他在日本也很有名，他來中國考試後，就在中國做官，然後朝廷派他去安南（今越南河內）做總督。全唐詩收錄很多外國人寫的詩，包括韓國人、日本人。元蒙時代到晚明都有中東來的人。

那應該怎樣去理解「中國文化」呢？它本身是很包容的？

張：　所謂中國、文化，這兩個觀念應該合在一起，一是地域的觀念，中國是哪裏；一個是文化的觀念，這兩個不能夠把它們完全分開。中國在古代其實就是講黃河流域那一帶，就是北方，所以楚（南）是蠻嘛，像湖南湖北在古代都是南蠻！古代的「中國」這觀念比較小，所以行於中國，就是孔孟之道這一套理論，就說君君臣臣父父子子這套等級觀念，國家要服從君王，家庭要服從父親，這是基本倫理觀念，也是政治的關係。但中國的疆域是大致固定的，所以中國文化和中國這片土地是不能分開的。

向西方介紹中國文學

老師去年你出版英文著作《中國文學史》，寫了二十萬字向西方世界介紹中國文學。寫這本書，你會覺得中國文學哪一段最輝煌？

張：　我覺得每個時代都有它的特點。一般來講，唐宋非常偉大，但其實在唐以前，尤其是魏晉時期就非常了不起。早期的《詩經》當然也很重要。每一個時代都有一個時代的文學，所以我不會說那一段最輝煌。譬如《詩經》最古老，很多是民歌一樣自然流露的表現，不如後來詩歌的精緻，但有些詩的確很好，成為後代詩人的典範。舉個例子，像《采薇》裏說，「昔我往矣，楊柳依依。今我來思，雨雪霏霏。行道遲遲，載渴載飢。我心傷悲，莫知我哀！」尤其是「昔我往矣」，昔是過去，過去我離開的時候，楊柳依依，有依依不捨之態。所以漢代以後就有折柳送行的禮節。

魏晉時代也非常了不起，是中國真正第一次有了文學的觀念。以前孔子講「文」的時候，他說行有餘力才去學「文」，「文」在他的範圍比較廣，不是現在講的文學。但是到了六朝，蕭統編《文選》的時候，「文」就是我們現在所謂文學的觀念，就是美的語言。曹操的詩就寫得非常好，很多人都知道《短歌行》：「對酒當歌，人生幾何。」

唐代是文學一個高峰，尤其是李白、杜甫。李杜二人雖然是同時代的，但李白比杜甫大一點，他們中間隔了一個非常重要的事件，就是安史之亂。李白是天才，他出口就像莫扎特的音樂一樣，毫不費力，寫出來就很漂亮。李白的詩有一種氣度，所以賀知章看到他驚為天人，說他這麼開放與有個性的人，一定是在天上犯了天條，被貶下來到人間來的「謫仙人」。

比較輝煌的時代，它們有沒有什麼特色？

張：　文學跟社會的發展的關係比較複雜。第一，如果社會幾乎沒有發展，生活很困苦，經濟很差的時候，不可能有很好的文學，但是只有富裕的社會，也不見得就有好的文學。財富跟思想跟精神的東西不是完全一個直接的關係，不是說有錢就一定寫出好的詩來。更重要的是一個寬鬆自由的環境。在秦統一中國之前，先秦的思想是很活躍的，百家爭鳴、百花齊放。《詩經》當然只是一種，到後來魏晉時代，又是一個非常開放的時候，也非常輝煌。唐代總的來說是比較開放的，宋代好幾個皇帝，都非常有文采；梁朝（南朝）幾個皇帝也一樣非常有文采，而且鼓勵文學創作。元代當然是比較差一點，因為元代是蒙古人統治的時代。但由於元朝把文人上進的路取消了，不能考試做官，所以元代的通俗文學變得非常重要，不是正統的文學。《三國演義》就是元代的作品。

古代中國其實是開放的，佛教在漢代傳入到中國，也知道南亞的文化。唐代的音樂也都是從胡傳來，我們說「最中國」的音樂、最好的樂器就是胡琴，胡琴就是外國琴。

到了明代開始那一百年是非常黑暗的，明初幾乎沒有文學。但是明代後來非常了不起，越來越開放，產生很多重要的作品，像《牡丹亭》就是那個時候寫的，像袁宏道三兄弟都是非常了不起的，思想非常開放，那時候思想很重要的一個代表是李贄，寫了《焚書》、《續焚書》。陸九淵是宋代儒者，他講心學，到了王陽明就提出屬於「童心」的觀念，他說人應該很真誠，像兒童一樣，心裏沒有雜念，這對於明代思想開放自由非常重要。

再到清朝，它的特點就是滿族，但在入關之前，皇太極就開始想要漢化。他們非常明顯地感覺到，要統治這麼大的中國，不能靠一個簡單的馬背上打天下，清朝幾個皇帝，尤其像乾隆、康熙，都很有學問。他們學習的傳統文化非常多，而且要故意比你還懂，對你說「我是滿人，我比你漢人還厲害」。到了現在，滿族已不會講自己滿族語了。

出版了《中國文學史》之後，未來的研究方向是什麼？

張：　大概會討論文學批評方面。我寫文學史是討論文學本身，但中國還有
　　　文學批評。《詩經》裏的《詩大序》，在中國文學史上是很重要的文
　　　件，講為什麼人要寫詩，「詩以言志」是很早的說法。《詩大序》還講
　　　到中國人的一些基本觀念。中國人認為人生下來性子是近的，感悟而
　　　動，動了就有慾念，有了想法就想說話，發現語言都不夠時，就手舞
　　　足蹈，自然產生藝術和文學。這是中國人對詩的起源的看法。

　　　這看法跟西方人不一樣，西方人認為詩是一種模仿。因為阿里士多
　　　德在《詩學》裏講，詩句強調的是 Narration，是一個完整的行動，
　　　它有開頭有中間有結尾，模仿出來就是詩句，它主要不是從內心出
　　　發，而是模仿外界的東西。這種看法由古代到十九世紀，都產生很大
　　　的影響。西方文學評論家 M. H. Abrams 很有名的一本書叫《鏡與燈》
　　　(*Mirror and the Lamp*)，鏡子是模仿的意思，燈是向外表現出光由自
　　　己向外射，這本書就是講西方文學由十九世紀從古典主義到浪漫主義
　　　的轉化，而中國也很早就有燈和鏡子的比喻，我以後可能會寫文章或
　　　書，討論中國古代文論裏的一些基本觀念。

他們眼中的張隆溪

聽張隆溪說自己的故事，他前半生峰迴路轉，令人感觸又欣慰。說他命苦，不完全是；說他幸運，又絕對不是。眼下的事實是：他學識淵博、才藝超群；今日的他，是過去的他在困境中不放棄自己的成果。原來在他不同時期的好友眼中，也可看到張隆溪的個性，他的愛惡，他如何影響着其他人的生命。當中有遠道邀請他來港任教，後來一起工作、一起行山的城大前校長張信剛教授；有他剛到美國就已很投契，後來在同年同月同日來到香港，同在城大工作的鄭培凱教授；有二十多年前因為仰慕他而從北京跟他來港讀博士，由學生變成同事的張万民教授；以及同為行山團成員，從古詩詞去認識他個性的張宏生教授。

第九章
把張隆溪由加州請到香港的人

張信剛 1940 年在台灣出生，台灣大學木土工程系畢業後赴美國斯坦福大學修讀碩士，1964 年畢業，1969 年獲得美國西北大學生物醫學博士學位。他先後任教於布法羅紐約州立大學、加拿大麥吉爾大學、洛杉磯南加州大學，1990 年出任香港科技大學工學院創院院長，1996 年出任香港城市大學校長及大學講座教授，2007 年退休。

　　把張隆溪由美國西岸加州請到來香港的，正是這位香港城市大學榮休校長張信剛教授。張信剛本科修讀的是土木工程，後來轉而研究生物醫學工程，以上的科學背景，怎麼看都與讀莎士比亞，最愛彌爾頓史詩的張隆溪相距甚遠，但二人不但在大學共事十多年，而且加上鄭培凱，三人都是要好的朋友。他們在城市大學辦文化沙龍，搞行山團，遊遍香港山頭，在山上誦詩作詞。

三個人提到張隆溪

　　「我在 1998 年認識張隆溪，他和鄭培凱都是我請回來教書的。」今年 82 歲的城大榮休校長回憶起來。「鄭培凱是鄭愁予介紹給我的，他也在美國教書。而張隆溪，我記得是我在找教職員時，有三個人提起過他的名字，一個是我之前的室友 David Jordan（焦大偉），他會中文，研究中國民俗的，在美國加利福尼亞大學聖地亞哥分校（UC San Diego）教書。他說雖然不熟悉張隆溪，但聽說他很有才氣。另一位是教比較文學的楊牧，第三個應該就是鄭培凱，當年他在美國東北部教書。」

　　張信剛來港三十年，廣東話相當流利。1990 年剛來港，他擔任剛成立的香港科技大學工程學院院長，到了 1996 年任香港城市大學校長，其實參與了香港重要的教育改革。香港城市大學原名香港城市理工學院，創立於 1984 年。1991 年學院向政府申請評審資格及正名為大學，1994 年通過「升格」成為大學，與原本完全以理工、應用為方向的理工學院辦學理念自然不同。他上任後花了六個月時間，接觸北美華人和其他華人的學術圈子，目的是找兩個人，一是中文系的講座教授，另一個是準備要成立的中國文化中心主任。「我是 1996 年 5 月到任，那個時候，城大的結構還是一個理工學院，不注重人文科系，當年中文系叫『中文與語言系』，沒有幾個真正的教員，其中有教普通話的，但其實一般並不算是大學中文系教員。」

　　雖然一直讀的是工程及科學，但張信剛從小喜愛文藝，對中文系的改革很有看法。「中文和語言系很重要的一點，是普及中文及普通話。但真正大學的中文系，不會只教中文，當時這個系真正從事研究的教員比較少，只有一位在美國聖地亞哥拿到了博士學位，做語言研究的。之前城市理工重視的是理工，甚至不是理工，只是應用！其實，當時嶺南大學的中文系就比城大的好。」他把鄭培凱由紐約請到了香港，任城大中國文化中心主任，同時在加州找到了張隆溪，要把本來的「中文和語言系」進行大改革。

像樣的中文系

第一次與張隆溪見面前，張信剛已聽過他的一些傳奇故事，例如他在鄉間自己讀莎士比亞，沒讀過大學就入讀北大研究生。雙方在香港見了面，校內聘任有投票機制，當時見過張隆溪的投票人都一致同意要邀請他來港任教。「當年張隆溪的孩子還小，一個 4 歲，一個 8 歲，來香港適應很快，如果已經十幾歲，他的選擇可能就不一樣了。」張信剛認為大學不同於理工學院，大學生理應對中文有一定的認識，他剛到科大時，曾會見該校學生，問及學生是否懂得背唐詩，發現幾乎每個人都只會背「床前明月光，疑是地上霜」。「香港的中學生讀歷史只念到辛亥革命，有念過一些文言文、白話文，幾乎沒讀過古典文學，對整個中國文學發展也沒有概念。」他說：「我們決定要把中文系變成像樣的中文系！」

他知道張隆溪中英文都好，但其實他最擅長的不是任教中文系。「張隆溪其實不是中文系出身，但他足以做中文系教授，也可以做英文系教授。他跟隨了錢鍾書的腳步，真正的能力是在跨文化的方面，所以我決定要做跨文化中心。因為香港的特色及長處，就是可以做跨文化研究。我看了一下，當年沒有大學有跨文化中心。」當年教資會（UGC）有一個配對基金，城大透過這個基金，替跨文化中心籌集了一些資金，由張隆溪在外國學術界邀請著名的學者來港，城大提供住宿。學者們有些來任教半年，有些來教一年。即使城大強於理工學，張信剛自己也是這方面的專家，他卻十分重視通識教育，尤其對香港青年人要讀好語文，很有抱負，「英國人在海外辦的教育本來就着重英語，學好英文日後雖然可以當警察，可以教書，但沒有 Liberal Education（人文教育）的概念。Liberal Education 的概念其實來自英倫三島，創立的那個英國教育家是紐曼（John Henry Newman），做過紅衣主教，他認為能夠思考的人，都有一套教育能啟發他的好奇心及想像力。十九世紀，美國就把這套方法搬去了，整個美國，不管你念理科商科文科，都要有 Liberal Education，美國的中學生一定會念英詩。」

氣味相投

　　張信剛和張隆溪、鄭培凱份屬好友，他笑說三人堪稱「氣味相投」。「鄭培凱會寫詩，當年倒沒想到他如今變成書法家了！張隆溪是奇才，他在四川鄉下，竟然了解這麼多英國文學。我也是不一般的土木工程師，父親是外科醫生，喜歡歷史文化，我從小就對人文學科有興趣；到了斯坦福後念生物工程學，也跟人類學系的教授一直有來往。來香港之前，二十多年學心臟、肺導管這些知識，休息時間沒有炒股票買房產，只是看文化歷史，跟同校文化歷史系的教授交朋友。」他笑說城大找上他當校長，不謙虛的說是找了很適當的一個人，「因為城大要從英國式的理工科學院，變成美國式做學術研究的大學，便要辦好社會科學及人文科學。」他憶述早在當工學院院長之時最好的朋友，一個是會滿語的日本

與鄭培凱、張信剛 2001 年 11 月攝於荷蘭萊頓。
邀請張隆溪來城大任教時，張信剛並不認識張隆溪；三人都愛人文學科，成為好友，是文化沙龍的核心成員，後來又一起行山，他笑說三人堪稱「氣味相投」。

朋友，另一個則是研究清史的學者，因為這些友誼和興趣，他到任城大之前，對人文學科已有相當的認識。

1998 年，鄭培凱到城大創立中國文化中心後，全校學生都必須修中文學分。張隆溪則擔任跨文化中心負責人，改革中文系。他們還把張隆溪從前在哈佛參與的文化沙龍搬到了香港。「從 1998 年開始，我們辦城市文化沙龍，廣邀社會文化人士出席，講題主要由我們三人構想，一個月舉辦一次。七八月太熱時休息，每年大概辦十次，一共辦了 70 次。」每次沙龍有不同嘉賓主講，也曾請來崑曲、粵曲、中樂演奏家表演。他記憶最深一次，是 2003 年 2 月沙士來襲，大家都戴了口罩出席，由李歐梵教授談「瘟疫與文學」。「他說到文藝復興的時候，恰好就遇上了歐洲流行黑死病。不僅談到意大利文藝復興時期作家波伽邱（Giovanni Boccaccio）的《十日談》（*The Decameron*），也談到法國現代作家卡謬（Albert Camus）的《瘟疫》（*La peste*）。文化沙龍是我們在城大很開心又自傲的一件事。」三人在公在私都見面，除了在校內工作，2004 年起張信剛發起行山團，邀請同年來港的學者走遍香港山巒，每星期行山，在山上念詩寫詩。

結識二十多年，張隆溪在他心中是怎樣的一個人？「他是很有自尊心、有自信心的知識分子。他精通文學史，中文詩寫得非常好，媲美古人，也會寫英文詩。他有知識分子的清高和個性，很有才氣，著重美感，畫畫也很好，能詩、能畫、能寫、能講。還有一點，他對朋友很忠誠，我跟他去過一次成都，他跟數十年前認識的朋友仍然保持關係，這些朋友有開酒店，有收藏古物的，各行各業的。」張信剛說，傳統中國知識分子都喜歡和上層社會來往，喜歡做官，喜歡功名，但張隆溪對金錢興趣不大，對名和權力也很淡泊，志不在此，「他讀書、畫畫只是為了滿足自己對美的追求。他對大學的行政工作興趣也不大。」

當年他們「城大三子」，加上城大傳播系主任李金銓教授四人是最好的朋友。如今李教授退休已回台灣定居，張信剛退休十多年，鄭培凱半退休後投身書法，只餘張隆溪還在專注做研究、教學和寫作。二十多年前，三人懷着教育理想來到城大，試圖令香港的文化有一點點改變。今天回看，如今的大學生跟三十年前相比起來怎麼樣？「我 1990 年來港，三十年了，香港人教育、知識一定是提升了。香港的家長或學生一直覺得英文最重要，『唔識英文搵唔到食』，可是在生活中，現在英文使用越來越少。那時候科大學生都可以用英語交談，可是現在的年輕人能順利用英語對談的不多。我不知道發生了什麼事情，悖論是香港人都認為英文重要，但英文水平差了。25 年下來，大學生水平不如 1997 年的大學生，英文沒好，中文知識也沒增加，這是什麼回事？」香港的語文教育，是他跟張隆溪之心頭之痛。

他心中的教育理念，還是跟當初一樣，「香港要重視通識教育，還是技術教育？教育的目的是培養什麼人？我還是覺得通識教育比較重要。學文的人要懂一點科學，你就會知道牛頓是天才；學理的人要懂一點唐詩，認識 Shelley（詩人雪萊）、莎士比亞。」

他鼓勵年輕人，在今天的網絡年代，一定要把英文學好，「語言是工具，在印度有 29 種官方語言，唯一能讓印度人互相溝通的就是英文。通識教育也很重要，香港作為國際城市，通識讓人能夠互相了解，因而能包容，啟發好奇心及想像力，才能創新，產生創意！」

第十章
同一天來港的四十載朋友

鄭培凱，城市大學退休教授，台灣大學外文系畢業，耶魯大學歷史學博士，哈佛大學費正清研究中心博士後。曾任教於紐約州立大學、耶魯大學、佩斯大學、台灣大學、新竹清華等校，1998 年到香港城市大學創立中國文化中心，任中心主任。

相識四十年，鄭培凱與張隆溪早於八十年代初就在美國認識。後來張隆溪到加州大學任教，鄭培凱到了東岸。誰又想到，1998 年二人在同一天來到香港，同時在城市大學任教。二人對中國文化、教育、文學等都各有想法，有太多聊不完的話題。

相識於 1983 年

一眾居於香港的朋友之中，鄭培凱與張隆溪相識最久了。鄭培凱七十年代由台灣遠赴美國留學，「1980 年代初張隆溪到哈佛讀博士時，我在哈佛做 Postdoctoral Fellow（博士後研究員）。當時我在美國已經十年了，所以我先教書，做 Postdoctoral Fellow，之後又到了紐約教書。可是我在哈佛留了一個位置繼續做 Research Associate，之後有七年的時間都在康橋（Cambridge）。哈哈，所以我看着他讀書，看着他的小孩成長，大家來往很密切。」二人關係像大師兄和師弟，後來鄭培凱到了東部教書，張隆溪到了加州大學，二人見面較少，「大家還是有聯繫，但見面較少，後來又變得比較親密，是我們來香港城市大學以後，而且很有趣的是，我們同一天到香港！那是 1998 年 7 月 1 日。他在城市大學負責中西比較文學，我就負責中國文化和歷史。」

鄭培凱記得當年到美國的三個中國學生都很優秀，中英文都好，他尤其對張隆溪印象深刻，因為他的故事很傳奇，沒有讀過大學，直接入北大讀研究生。「我沒想到，文革中他完全沒有耽誤時間，這很了不起。我記得他那時候念比較文學，西方文學研究。其實認識他之前，我已經讀過他在大陸的時候寫的西方文論述評的文章，後來印成一本比較薄的書──《二十世紀西方文論述評》。」而鄭培凱雖然在美國讀歷史教歷史，但他在台灣讀的本科，其實是外文系，所以對西方文學的興趣也很大。「我後來改讀歷史，發現我們兩個人有很多相通的地方。我是從歷史的角度探索文化，特別是藝術、文學在歷史文化一些影響跟意義，他是從文學的角度探索文化的意義。」

文化沙龍搬到香港

張隆溪到了哈佛不久，就下筆批評解構大師德里達，這段日子，鄭培凱也目睹了，「因為在七十年代末期，非常流行解構主義。我們對西方討論的東西都覺得很有意思，可是裏頭有一些問題，最大的問題是以批評的方式來解構整個文化傳統，顯示個人的叛逆性。其實從古以來，文化傳統裏頭問題就非常多。」他和張隆溪意見差不多。可能是因為自己研究歷史，「就算你批判文化傳統，針對文化傳統，你只是提出個人的意見，沒有高到你可以把它整個推掉。特別是我覺得他心中可能有一個想法，就是中國大陸有一些人在討論所謂解構主義的時候，他們是動不動就說甚麼東西都給我解構掉了！甚麼叫做解構掉了？文化傳統就給你隨便批判兩下子，就能解構掉了嗎？」

鄭培凱在大陸出生，1949 年後在台灣成長，張隆溪在內地出身。而張隆溪認識的許多人，都是鄭培凱很景仰的人。「有的我接觸過，像錢鍾書，有的沒接觸過，像楊周翰。他的老師其實都是早一輩中西貫通的人，這些人給他的影響我覺得還蠻重要。他們奠定了一個基礎，就是中西當中文化同中有異，異中有同。這也是他後來整個的研究方向。」

鄭培凱說，文化傳統可以有現代性的一些反思，在這個意義上來講，它是相關的，同時它有兩面性——批判跟傳承，「中西文化不可能是截然不同，它們大體的脈絡是接近的，你不可能說中國的、西方的完全不一樣。在這一點上我覺得我們的想法比較接近，討論也比較多。」

已差不多是四十年前的事了，但鄭培凱說來，對整個爭論的來龍去脈仍然相當熟悉，可見二人曾有深入討論，而鄭對好友的思路和看法，也十分的了解，「張隆溪開始當學生的時候，就有這個態度。所以他對於解構、對德里達的不滿，有一點像中國在五四以後的反傳統，很激烈的，你把傳統整個顛覆，難道它沒有意義嗎？我覺得他對於西方的認識，是他對於民主的追求。還有他不太贊成中國有一些比較封閉的文化觀念，其實他批評的東西是為了更開放的理解。」

他笑說，二人能成為好友，對這些事情看法相似，大概因為自己的學術背景也相似。「我做的一些東西跟這個比較像，可是我做的主要是文化史，他的是文學，它們有相通的地方。那時候我們都還年輕，我剛開始教書，有許多的想法。」

他們一班朋友，也時常見面。「最早有幾個朋友，有一位是陸惠風。當時趙元任的女兒卞趙如蘭在哈佛教中國語文跟音樂，是東亞系的教授，我們經常在這兩個人家裏開沙龍。」他記得四十年前在哈佛的一些名字，聽起來都響噹噹，如張光直、杜維明，都常來參加康橋的文化沙

鄭培凱說與張隆溪在美國生活時，與朋友經常在家裏開文化沙龍，就一個議題提出各種各樣的想法，暢談甚歡。相中正是張隆溪與好友作家劉年玲（左一）、阿城（右二）、陸惠風（右一）於美國張的住處相聚時攝。

龍。「有一段時間余英時不在，他跑到中文大學去了。楊聯陞還在，他那時候精神狀況不是太好，大家經常在文化沙龍就一個議題，提出各種各樣的想法，各種各樣的意見。」

這樣美式的文化沙龍，因為二人來到香港，也把它在這裏複製了。當時張信剛是城大校長，也愛好人文歷史。有好長一段日子，文化沙龍有兩個版本，大的在張信剛的校長官邸，可容納 70–80 人。除了校長官邸的沙龍，他們幾個好友另外又辦了一個小型的沙龍，剛開始時在張隆溪的家裏辦，當時他住在學校提供的宿舍裏。後來張隆溪搬了，小沙龍就在學校裏舉行。

剛到香港那段日子，令他想起了自己還年輕時大家在哈佛，上面都有老前輩在主持沙龍，但經歷差不多二十年後，來到香港，他和張隆溪變成了主持。人大了，大家都背負了文化傳承的責任，「八十年代初，那些大學者有比我們年長一倍的或者長兩倍，像趙元任，其實趙元任不發言的，他通常坐在一個角落笑。那氣氛很讓人懷念！」

相識四十載，在鄭培凱眼中，張隆溪是怎樣的一個人呢？「張隆溪基本上還是個性比較隨和的人，但他也很嚴肅，他是一種 combination，一方面他有自己的一些想法，所以他對那個想法是很堅持的。」你說是學術上的？「不只是學術，他對一些人際的東西，也有他的堅持。他儘量隨和，但在學術上，他不贊成的東西就不贊成。尤其是到了香港以後，他對自己做的事情很有自信，覺得他講這些東西背後有中西過去的傳統跟學者支撐，這一點蠻好的。」鄭培凱說，有人會覺得張隆溪講的東西比較平穩，沒有偏鋒，但在他眼裏，張隆溪的學術功底累積了很久，他身上繼承的知識，如果要顯示偏鋒就沒有太大意義。

對時髦的潮流，張隆溪更是冷眼旁觀，甚或不加理會，「他（對時髦的）沒有甚麼興趣！因為時髦的東西經常為了提一個東西而提一個東西，走的是偏鋒。在這個意義上來講，對於學術發展，作為一個 Balancing Authority，蠻有意思。」

到香港開闢新天地

在美國的日子，二人都有了終身聘任制，都有了穩定生活，後來要決定來港任教，背後多少是有點文化理想，想為香港做一點貢獻。「那時候校長正在網羅人，找到我們，大家一起去了，很高興！我們 1996–1997 年受到邀請，1998 年來港的。1997 年 5 月的時候我先來了一次，因為城市大學在當時主要以理工科為主，我要看看，到底城市大學想要搞文化發展是甚麼想法？」他記得跟張隆溪討論過這個問題，二人覺得香港在文化、人文的探索跟教育方面比較欠缺，可能這是他們覺得可以到香港來做的事情。

「在美國非常舒服，我們都有終身聘任，都有房子。到香港去開闢新天地？或者也有它的意義，因為香港的年輕人，對於文化傳統，不管是中國或者西方的，其實了解不太深入。我以為香港在 97–98 的時候，至少是一個國際都市，對中西文化的了解應該比我們在大陸或者是在台灣要深刻，後來發現不是這麼回事。我時常講，香港這個地方很了不起，臥虎藏龍都不知道藏在哪裏，但有時候你又碰到了不起的人，哈哈哈！可是一般的學生，不太敢恭維，中文不好不說了，英文也不夠好。而且最讓我吃驚的是，有很多年輕朋友還很神氣，說『我是讀番書』的，好像讀番書就不用了解中文。」

說是讀番書，但英文也沒有很好吧？「講得不錯，所以我們兩個都有感慨。因為我成立中國文化中心，是要全校的學生都要學中國文化課程，這麼多學生，我們怎麼處理？後來開始有 Chinese Computing，我們是最早上網教課的。有學生說我不懂得 Chinese Computing，只懂英文輸入。我說沒問題，你用英文寫一樣嘛！結果寫來了英文，真是亂七八糟！我了解後發現，他們一般的 Spoken English，日常處理沒問題。可是碰到比較深刻、學術的、認真的探討，問題就來了，不能夠非常順暢地以書面英文表達比較深刻的想法。」

二人有同樣觀察，覺得這些學生一定要好好的教。「文化底蘊很重要，我們堅持過，到現在已經 25 年了。香港這地方的學生，一方面可能是因為考試文化，對於閱讀文化、文學藝術的接觸沒有興趣，或者有興趣，社會或家庭也不准許你，把對生活的思考能力壓縮到只有課本。」他憶述自己決定來城大的一個原因，是張信剛來當校長之前，先在科大工學院當院長，那時已經認識。他到城大做校長之後，約了二十個城大學生跟他見面。張信剛問學生：「你對唐詩有沒有興趣？你知不知道唐詩是甚麼？」學生說，「我知道」。張信剛說：「那你背給我聽。」第一個學生背誦：「床前明月光，疑似地上霜」。第二個：「床前明月光」，十之八九個都只會背「床前明月光」！張信剛說這不行。換句話說，學生只知道最粗淺的一些東西。後來他就成立委員會，對整個文化課程做一個討論。後來他覺得，學生比較欠缺中國文化教育，所以要加強，但因為大學有它具體的限制，不可能所有文化傳統都教，當時就規定，所有學生在畢業以前，一定要修滿六個學分的中國文化課程。我來城大主持項目之後，又規定學生一定要做一次香港本地的實地文化考察，否則視作未完成學分要求。」

替城大圖書館買書

來到城大，鄭培凱擔任中國文化中心主任，忙得不可開交，有時講座會請張隆溪演講。談到那段日子，他記起了另外一個工作，「那時候香港城市大學的圖書資料很少，當時的想法是理工的東西五年就比較落後了，可是人文的東西不是這樣。」他們決定要從圖書館藏書開始改革，約了張信剛校長，跟他說這個圖書館不行，一定要購入藏書，「校長也很聽我們意見，因為他想要發展人文教育，就撥款給我們。1998 年到 2000 年左右，各撥中文、英文 100 萬去買書，在那個時候還不少錢！」結果張隆溪跑到英國去買書，鄭培凱就到中國大陸去買書。

「我們的任務就是去找一些可以買的、重要的、基礎的書，其實蠻簡單，英美都有所謂的 Basic Library 書目。這個東西先給圖書館員，列一列。」因為很多書市面上已絕版，買不到了，出版社也沒有，他們就跟各大學聯絡，問他們可有副本嗎？「因為中國大陸的學生以前很窮，圖書館配置的同一本書都有 10 本 20 本，學生可以借。隆溪買了一批很有意思的書，是有關西方法律的書，它是一個私人收藏。因為我們有法學院。」回想起來，他覺得這些工作雖然累人，可是蠻有意思。

還有的事，就是在校內出學術期刊，鄭培凱這邊出了一個中文的學術刊物《九州學林》，是從前二人在哈佛的時候，構想出一本在美國的研究中國文化，集合中國學者跟西方的漢學家參與的刊物，「後來因經費停辦了。來到香港，學校支持就復刊了。」同時，張隆溪辦了一個英文的學術刊物，叫 *ExChange*，性質上屬於小型學術雜誌。他們會舉辦學術研討會，也請了一些人文學者來港交流。來港的學者，也被大家拉了參加每周的行山團，「來訪的學者也就跟着我們行山了。一些人很驚訝，香港除了這些高樓大廈之外，原來這麼漂亮。」大家每行一段時間，就會坐下來吃點水果，念首詩，講解一下，「很有趣的是，我們這些學者是從不同的地方來。你是河南人，你用河南話念給我聽聽；你是四川的，你用四川話念念。」

當年張隆溪的兩個女兒都還小，鄭培凱記得自己是看着二人長大的，「現在兩個女兒都完全成人了，都很優秀。我記得在香港行山，有一次去嘉道理農場，老二跑跑跑，砰一聲摔了一跤，擦破皮就想哭。時間過得好快，那個時候是沙士過後，2004 年，當時她才 9 歲。」時光飛逝，鄭教授幾年前在城大退了休，現在大部份時間都在寫寫書法，舉辦展覽，寫點文章，偶而教書。「我跟他認識，一晃眼已經四十年了，還不錯啦，我們都還在繼續做自己喜歡的事情！」

第十一章
由北京到香港的師徒同事

張万民，香港城市大學中文及歷史學系副教授，安徽人，1998 年在北京師範大學讀書時，遇上張隆溪教授，遂決定來港跟隨他讀博士，畢業後留在香港，並回到城大教中國文學。由師生成了同事，但張万民説：「他（張隆溪）永遠是我老師。」

　　1998 年，張隆溪離開中國已經十五年了，在美國的日子他鮮有寫作中文的機會，但他早期的中文著作，卻一直在中國土地上影響無數學子。香港城市大學中文及歷史學系副教授張万民，當年就是這群學子之一。從閱讀張隆溪的著作，到遇上張隆溪本人，這改變了他的一生。

相識於北京

　　認識張隆溪老師之前，張万民早就讀過他的書，久仰他的大名。「他在八十年代出了那本《二十世紀西方文論述評》，影響了八十至九十年代很多文學研究者，不僅僅是研究西方文學、西方文論的學者，甚至研究中國文學的很多學者都受他影響。」他解釋説，因為八十年代中國開始改革開放，中國的文學研究者對新知識十分渴求，「大家都想看看外面的世界，看看西方在文學研究上有什麼新觀念，而張教授那本書正是介紹西方這些新觀念。」張萬民讀大學時讀過那本書，形容那書非常經典。《二十世紀西方文論述評》不僅介紹最新的西方文學理論，還引用大量中國文學觀念，中西相互發闡發。這種中西比較的視野，打開了很多中國學者的眼界。九十年代的學子張萬民，也深深為這本書著迷。

　　1998 年底，張隆溪由香港回北京，在清華大學訪問。當時，他剛由美國加州大學，被請到香港城市大學任講座教授。北京師範大學研究比較文學的劉象愚教授和張隆溪相熟，他知道張教授到北京，就邀請了他到北京師範大學做講座。此時的張萬民，正在北京師範大學中文系讀碩士，研究方向是中西比較詩學，「非常有緣，因為這樣的研究方向和這次講座，我認識了張老師，並和他有深入的交談。『比較詩學』這概念，在中國學界可能是錢鍾書先生第一次提出，正式發表於張隆溪老師的一篇文章〈錢鍾書先生談比較文學和文學的比較〉，這是他和錢先生談話的一個記錄。」

　　張隆溪長期致力於中西比較詩學的研究，以中國豐富的文學批評、文學理論傳統，和西方的文學理論傳統互相比較。「它較比較文學更深一層，因為比較文學只是作品和作品的比較，但是為什麼中國會有這樣的作品？西方為什麼會有那樣的作品？這背後有不同的文學觀念，如果從文學理論的層次去進行比較，就可能會探討得更深、更有趣。」

不要太追逐時髦理論

　　98 年的那次見面，直接觸發了張萬民來港跟張隆溪讀博士的念頭。他在 2000 年成功申請到城大讀博士的機會，指導老師就是張隆溪。「剛入學，張老師就要我通讀西方文學理論的一個英語選本，大概有 1,000 多頁，很厚的一本書。他一方面讓我加強西方文學理論的修養；另外一方面，他也希望我千萬不要丟掉自己本來擅長的領域，那就是中國古典文學與古代文論。」

　　張万民形容，那幾年的學習對自己影響很大，最重要的不是知識上的增進，而是視野的開拓與批判能力的培養。他在中國求學的過程中，發現學界很關心外國的學術潮流，會去追那些最新潮的西方理論。「但是，我跟張教授讀書的幾年，他卻建議我不要太追隨這些最時髦的理論，這對我是一個很大的觸動。」很多中國學者最早都是通過《二十世紀西方文論述評》了解西方文學理論，因此，張万民以為，跟隨張隆溪讀書，就可深入了解更多西方新潮理論，但張隆溪竟反過來勸他不需要追趕時髦。「跟張老師讀書之前，我以為他對西方理論了解得這麼精深，又在美國教了這麼多年書，可能會帶我進一步去學習最新的西方理論。讓我意外的是，他給我的建議卻是不要太追逐特別時髦、特別潮流的那些理論，因為那些理論有很多偏頗之處。」跟隨張隆溪讀書，讓張万民學會了怎麼用批判的眼光來審視西方理論：「不要被時髦的理論牽着鼻子走，而是要用批判的眼光去看所有的理論。」

　　張万民讀完博士後，先任教於嶺南大學，後來又回到城大，一直任教至今。雖然從師生變成了同事，但張万民仍恭恭敬敬地說：「他永遠是我老師。」

逆潮流而行

　　認識二十多載，張万民覺得可以用張隆溪 2000 年出版《走出文化的封閉圈》一書的書名，來形容他的一個根本理念。書中提到西方一些學者，以西方文化或西方理論為中心去了解中國，結果隔靴搔癢，甚至南轅北轍。「根據我有限的認識，張老師的思想是多方面的，但是其中一個很主要的方面，就是他非常強調不同文化，尤其是東西不同文化之間的相互尊重、相互理解、相互對話。所以他經常批評那些想要把自己封閉起來，以自己的文化為中心去看待另外一個文化的態度。」張萬民說：「張老師寫過很多文章研究中西文化交流史，也寫過很多文章討論中西不同觀念之間，尤其是文學觀念之間的對話。他對歐美漢學界那些用封閉態度來研究中國文化的著作，有批評的看法，他尤其批評那些把中國文化和西方文化決然對立的看法。」

有些西方漢學家的著作，不是在批評中國文化，反而是讚賞中國傳統的獨特性，但在張隆溪看來，他們的中西對立觀念非常片面。「他們想突出中國文化和西方文化完全不同的地方，但是，張老師覺得，這種中西二元對立，恰恰讓中西文化不能夠正常地、深入地對話。」

張萬民提到，張隆溪的看法影響了一些重要學者，比如美國芝加哥大學教授 Haun Saussy（蘇源熙）。「他在美國寫博士論文的時候就請教過張老師，受了張老師很大的影響。這篇博士論文在美國出版之後，獲得1996 年 René Wellek Prize（韋勒克獎）。蘇源熙教授一方面從理論去分析中西對立觀念的局限，另外一方面又從歷史的角度梳理了這種觀念的來源，它源自耶穌會士禮儀之爭以來一直存在的一個問題，就是中西文化如何對話和相互理解的問題。」

2022 年，張隆溪用英文出版了《中國文學史》（*A History of Chinese Literature*）一書，介紹中國的經典著作，想多一些人能讀懂李白、杜甫等中國大詩人的詩作。張萬民表示，張隆溪撰寫此書的一個基本背景，就是他很不滿西方文學研究「去經典化」的潮流。在新書發佈會上，張萬民形容，張隆溪對「去經典化」的批評、對經典作品的推崇，可謂是逆潮流而行。「他經常批評西方最流行的文學研究觀念，這種觀念覺得那些經典作品都是『精英的、男性的、白人的』，因此轉而研究『邊緣的、女性的、黑人的（作品）』。這種觀念有一定的道理，但是後來走向極端，不再關注經典作家和作品，不再關注作品的審美價值。受這種觀念的影響，美國近期出版的幾本中國文學史，只用很少的篇幅談李白、杜甫等大作家的作品，這不能不說是一個遺憾。」

張万民指出，敢如此逆潮流而行的學者不多。「張老師敢於堅守自己的信念：文學作品應該有自己的審美價值。所謂經典作家、經典作品，它們是經過歷史的選擇、歷史的積澱，有着內在的審美價值，能夠超越時間和地域的局限，所以才會成為經典。」

張万民認為，張隆溪教授最顯著的學術風格，就是敢於堅持自己的批判精神、堅守自己的學術立場。「有時候你跟着潮流走，會走得比較順利一點，這就是所謂的『政治正確』。但是，在滾滾大潮下，能夠堅持自己的想法，堅持自己的判斷，其實更加難得！張老師就是這樣的學者！孟子說：『雖千萬人，吾往矣。』這就是張老師的境界！」

第十二章
寫詩行山成就的友誼

張宏生教授，江蘇徐州人。1985 年開始在南京大學任教。1989 年獲得博士學位。曾任美國哈佛大學、耶魯大學訪問學人。兼任中國明代文學學會、中國詞學研究會副會長。現任香港浸會大學講座教授。

2003 年沙士襲港，那一年在香港的山頭出現了一個文人行山團，由城市大學校長張信剛發起，張隆溪夫婦是固定隊員，另外多家大學院校教授也有參與。浸大中國語言文學系榮休教授張宏生從 2010 年起參與，和張隆溪一起多年行山。由於行山的諸位對中國文化都有興趣，張隆溪和張宏生就建議大家每次選一首古詩在山上念念，後來更從念詩演變成寫詩。在山上寫詩，聽起來像是古人的活動，也成了他與張隆溪友誼的開始。

八十年代初已很有聲望

張宏生教授在 2009 年與張隆溪相識，算起來也有十多年了。二人一見如故，原因之一是大家都喜愛中國古典文學。「我很早就知道張隆溪了，他在八十年代初已在學術界有了相當的聲望，他比較早地介紹西方文學理論，寫了若干篇有關比較文學的論文。」他憶述，張隆溪早在八十年代初寫下的著作，當時影響着中國研究文學的不少學子，當年的張隆溪對於大家來說，等於是先鋒。「那個時代，中國剛結束文革不久，大家對外面世界很好奇。他的書在年輕學人、研究生中影響尤其大，因為大家剛從封閉的狀態中出來，思想也較為活躍，正好他把這些東西介紹進來。」

　　當時張隆溪在《讀書》雜誌上連載文章，後來結集出書。他還在北大出版社編輯出版比較文學叢書，其中一本是翻譯相關的文學理論，另一本是收集國內前輩學者的研究。「那兩本書在年輕學人中影響很大。我當時二十多歲，剛讀研究生，也興致勃勃地讀過這兩本書。事實上，當時在中國，念文學的年輕人可能差不多都聽過他的名字。」他形容，張

與張万民（左一）、張宏生（左二）、香港中文大學中國語言及文學系教授張健（右一）2021 年 12 月攝於香港城市大學中文及歷史系辦公室。
張万民的學術之路，深受張隆溪的影響，直言張隆溪永遠是他的老師。至於張宏生，也是未認識張隆溪其人，已讀過他的著作，兩人對中國古詩的熱愛，成就一段友誼。

隆溪是文革後國門剛打開時，在文化建構中，其中一個較早把海外視野帶進來的人。「其影響不是讓大家直接使用他所談到的理論，而是告訴大家，外面有什麼其他東西。」他說因為有之前這一段，所以二人在 2009 年認識的時候，並沒有陌生感。

二人相識後，不少時光都在山上。「2003 年沙士襲港，由張信剛校長夫婦發起行山。最早有張隆溪夫婦、鄭培凱、傳播學系的李金銓夫婦等等，大概有七到九個人左右。後來相當長一段時間，主要由鄭培凱主持召集，他不僅多才多藝，而且地理知識非常豐富，方向感極強。行山活動由 2003 年一直持續到 2019 年，有了疫情才暫停。」

驟聽起來像純粹的戶外活動，但在一班人文學者這裏，也加入了學術元素。「那些年，張信剛、鄭培凱、張隆溪、李金銓等教授每有學術界的朋友訪港，都會邀請他們來一起行山。特別是鄭培凱教授，當時是城大中國文化中心的主任，來來往往的訪問學人不少，都會一起參加。這些訪問學人的參與，帶來了各自的學術背景。」大概由 2010 年開始，張宏生提議一方面欣賞大自然，另一方面每次念一首古人山水詩。詩作一般都是由張宏生和張隆溪輪流選取。行山團每次走兩小時左右，就休息一會兒，喝點水，吃點點心，然後念詩。算起來，大概也念了幾百首，涵蓋了中國古代山水詩的精華。後來有一次念完詩，張隆溪說我們不妨自己也嘗試寫寫，得到張宏生的響應。就這樣日積月累，也寫了二百多首。2023 年 2 月，張隆溪將他們創作多年的這些作品編成《香江行山雅咏》一書，由香港中華書局出版，引起了較大的反響。

最喜歡辛棄疾《賀新郎》

張隆溪最初讀的是英國文學，主要研究的是比較文學，但在張宏生的眼中，他是個較為全面的人。「張隆溪的領域比較開闊，他做比較文學，對西方了解很深，同時也對中國古代文學有較深的造詣。」他說很少人能同時對中國傳統和西方傳統都有這樣的了解程度。他覺得張隆溪有幾個特點，「一是好奇，他對知識有渴望，好奇是一個有成就的學者必須具備的重要質素，因為你得真正喜歡，才能全身心投入，想把它搞清楚。」二是他的知識較為全面，「比如在城市大學，當年有各種學術活動，張隆溪都很有興趣參與，而且往往都能說出自己的看法。文革中，年輕人插隊到農村，看不到任何希望，前途茫然不可知，但他還是堅持讀古詩，讀外語，這在那個年代是毫無意義的，因為將來不知道有何用，可見這是他真心的喜歡。」張宏生說，現在學術界專業人士居多，大家研究得可能比較深，但也往往比較窄，這也不一定不好，但是視野若是能夠更為開闊，無疑更好。在這個意義上，他很稱讚張隆溪的「通」，認為這樣的知識結構的人，現在太少了。「張隆溪曾受到錢鍾書的賞識，錢鍾書懂中國文化，也懂西方，能寫詩詞。在這方面，他似乎也是沿着錢鍾書開創的道路在走。」

二人見面常常談文學，張宏生說張隆溪非常喜歡南宋辛棄疾的《賀新郎》一詞。《賀新郎》中有這樣幾句：『我見青山多嫵媚，料青山見我應如是。』說我看到青山就覺得非常美好，料想青山見了我也是同樣的感覺。還有這樣幾句：『不恨古人吾不見，恨古人不見吾狂耳。』說不遺憾自己見不到古人，遺憾的是古人見不到自己的狂態。張隆溪喜歡辛棄疾的這首詞，也一定程度上能夠看出他本人的性格、精神和氣度，他在學術上是很有氣魄的。」

張宏生比較傳統，他主張既然要寫舊體詩，還是要遵守舊體詩的格律，在平仄、韻律等方面都應該有一定的要求。「張隆溪在這方面也是講究的，我知道他喜歡古典詩，但似乎不怎麼喜歡新詩，在他看來，新詩都不那麼成功。」

　　他形容張隆溪的脾性，屬於比較簡單的，喜歡直來直去。「尤其涉及學問，他不會隱瞞自己的想法，也不會考慮到是否得罪人。但是他比較純粹，往往對事不對人。看他平時和人相處還比較隨和，但一談到學術，就很認真，有時甚至像孟子說的『好辯』。他對於文學，經常會強調文學的『本體論』，認為還是要從文學本身的歷史和美學去談，而不要涉及太多其他的東西。」

理工課學中國文化

　　除了寫詩行山，他和張隆溪也有其他的交往。張信剛在任校長時曾在校長官邸辦城市文化沙龍；2015 年 11 月，張隆溪聯合其他學人再辦了一個文化沙龍。沙龍開始前，大家先吃頓飯，聊點輕鬆話題，每次主講人都不同，話題也不同，講完後，大家一起討論。「張隆溪在美國讀書和教書時就喜歡沙龍這種形式，因此在香港也念念於此。大家聚在一起談學問，在沒有功利考量下，很放鬆的交流。沙龍內容主要是講中國文化，參與者的陣容不斷壯大，香港共有八間公立大學，其中七間都有人參加。香港人很忙，生活節奏很快，一個月能有一天聚在一起並不容易做到，而這個沙龍一直堅持到 2020 年初，直到新冠肺炎肆虐才暫停。有一次，我跟他提起這件事，就說，沙龍之所以能堅持下來和你個人的因素密切相關！」

　　因為二人都從事文化教育，在這重理輕文的時代，自然會有感嘆。「城市大學成立了中國文化中心，非常強調對於中國文化的教育和研究，在香港各大學中別具一格。從張隆溪、鄭培凱、張信剛校長他們身上，我看到城大的實驗，也看到中國文化所體現的人文精神。城大要求每個學生都學中國文化，這是必修課，我也去講過。」他笑說，聽課者基本上都是理科生，上課時留意到有些學生沒什麼精神，看得出來並不情願。「但堅持下去有沒有用呢？有時候不是馬上有用。像諾貝爾物理獎獲得者楊振寧，曾經用物理學的原理闡釋中國文化中的一些現象，可能三四十年後，城大也會有這樣的人出現！最偉大的科學家像愛因斯坦、楊振寧，晚年都在講文化！」

後 話

往回看至今的人生，你最滿足的是哪一段日子？

張： 對生活，我一直都很滿足，在某種程度上也自認為很幸運。在個人生活方面，我和妻子薇林一直互相關愛，互相支持，白頭偕老，在生活上從來不需要我操心，可以專注於我的學術研究。我們兩個女兒在加州出生，在香港讀中小學。大學則去了國外。大女兒幼嬛去愛丁堡大學，小女兒睿嬛去美國讀一個女子大學 Bryn Mawr College，畢業後去北京大學燕京學堂讀了碩士，又去哈佛大學法學院讀書，畢業後在紐約工作。

我在生活中在很關鍵的時刻，都碰到有人來幫助我，所以我有一種感恩的心態。基本上文革是最困難的時候，但文革以後，離開成都到了北京以後，基本上生活就一直向上發展。

從北大到哈佛，都是全世界最好的大學，然後在美國教書，後來再到香港來，一直都很好。我是瑞典皇家人文、歷史及考古學院的外籍院士中唯一的中國人。瑞典皇家學院是十八世紀成立的，當年瑞典女王深受啟蒙思想影響，學院成立時第一個邀請的外籍院士就是伏爾泰。在學問上，我自問也一直很努力，寫了不少書。我的研究在國際上也得到承認。

課堂上你提到讀大學是讓人怎樣認識自己，怎樣有 Good Life。那怎樣是 Good Life？

張：　我覺得有幾個方面，蘇格拉底講過，要對生活的意義有認識，生活才會有意思。他是從知識和理性的角度來講的，人要有智慧，要認識事情，不應該朦朦朧朧地過一輩子。作為人，作為知識分子，要有知識，不光是了解某一個學科，還要對問題有思考能力、批判能力。

　　另外，人都是社會動物，生活的環境跟家庭、社會、跟人的關係，包括學生、同事，有上級有下級，各方面的人都有關。所以我覺得人跟人的關係，不要自私；一方面人要有自己的尊嚴，不能屈辱，但是也不能自傲，自以為了不起；對人要好，要和善，要以同情心對待別人，這是 Good Life 的基本。物質生活沒有太大的關係。當然你必須要有一定的基本生活，但並不是一定需要吃很好，穿的很好，或者要有很多錢，那是次要的。精神生活的健全和豐富，那才是人生有意義的重要因素。

附 錄

The *Tao* and the *Logos*:
Notes on Derrida's Critique of Logocentrism

Zhang Longxi

"It is an advantage when a language possesses an abundance of logical expressions, that is, specific and separate expressions for the thought determinations themselves; many prepositions and articles denote relationships based on thought." So Hegel declares ex cathedra in his preface to the second edition of *Science of Logic*. "The Chinese language," the philosopher continues with unjustified assurance, "is supposed not to have developed to this stage or only to an inadequate extent"; he then exalts German for having "many advantages over other modern languages; some of its words even possess the further peculiarity of having not only different but opposite meanings"[1] It seems that a tradition exists in the West that readily recognizes the superiority of German as a medium for philosophy. Martin Heidegger, for instance, maintains that German, along with Greek, "is (in regard to its possibilities for thought) at once the most powerful and most spiritual of all languages."[2] For Hegel, the advantage of a logical language is shown by its prepositions and articles; so he can ignore the Chinese language precisely because Chinese has few prepositions, as compared with German, and no articles at all. Logical and grammatical relations are indicated in Chinese mainly by word order, without recourse to any change of sound or form in the words themselves. It is interesting to note that while Hegel considers this lack of inflection in Chinese to be a defect, Ernst Cassirer regards it as "the only truly adequate means of expressing grammatical relations. For it would seem possible to designate them more clearly and

---

* This article first appeared in *Critical Inquiry*, Vol. 11, No. 3 (Mar., 1985), pp. 385–398.

specifically *as* relations pure and simple, possessing no perceptual base of their own, through the pure *relation* of words expressed in their order, than by special words and affixes."[3]

Hegel takes pride in the German language for still another reason, however; certain German words embody the Hegelian dialectics by possessing not only different but opposite meanings. The classic example which demonstrates this claim for the philosophical superiority of German is, of course, the protean word *Aufhebung*, which means both "preserving" and "putting an end to," or "coming-to-be" and "ceasing-to-be," the wonderful "one and the same word for two opposite meanings."[4] One may perhaps add another example by quoting Heinrich Heine's story of a French lady who, looking at him with wide-open eyes, incredulously and in anxious fear, said, "I know you Germans use the same word for pardoning and poisoning." In fact she is right (Und in der Tat sie hat Recht), as Heine assures us, "for the word *Vergeben* means both."[5] Nonetheless, words with opposite meanings are not exclusively under German monopoly. Stephen Ullmann, for instance, mentions "a special case of bisemy" where we find "*antonymous senses* attached to the same name," and the examples he gives include the Latin *sacer* and the French *sacré*, meaning both "sacred" and "accursed."[6]

But what about Chinese, the ideographic language supposedly underdeveloped and inadequate for the purpose of metaphysical meditation? In the first few pages of the first volume of *Guan Zhui Bian* [Pipe-awl chapters], Qian Zhongshu takes issue with Hegel and demonstrates with formidable erudition and a wealth of examples how some of the Chinese characters may simultaneously possess three, four, or even five different and contradictory meanings.[7] The Chinese character *yi*, for instance, could mean "conciseness" or "change" or "constancy"; therefore the famous *Yi Jing*, or *I Ching*, may as readily be translated as "Concise Book of Constancy" instead of as its better-known title, the *Book of Changes*, since it is essentially a book about changeless presence in a world of always changing configuration. It is true that the dialectic reciprocity of opposite terms is a theme overly reiterated in ancient Chinese writing, but Hegel discredits it as a primitive dialectics, abstract, superficial, always going round in a circle of immobilism, exteriority, and naturality.[8] For Hegel, the ideal possession of knowledge, logic, or truth is attained when truth or *logos* is consciously grasped not as unreflective emotional knowledge but as articulated logical knowledge, as self-presence of self-consciousness. He is too much of a rationalist to celebrate the sort of intuitive presence of oriental philosophy, which seems to him passive and futile, mere force without actual expression. "The force of mind is only as great as its expression; its depth only as deep as its power to expand and lose itself when spending and giving out its substance."[9] When self-consciousness seeks expression in language, however, it suffers from the necessary process of alienation, for language as a means of expression conceals as much as it reveals, always threatening to dilute or distort the inner in the process of externalization:

> Language and labour are outer expressions in which the individual no longer retains possession of himself *per se*, but lets the inner get right outside him, and surrenders it to something else. For that reason we might just as truly say that these outer expressions express the inner too much as that they do so too little.[10]

At this stage of the development of self-consciousness, language and labor are alienated from the mouth that speaks, the hand that works, and the other operative organs of the individual, and they are what Hegel terms "physiognomy and phrenology." Nevertheless, Hegel does not so much devalue language per se as he rejects its outer form, which is writing. In living speech, the inner self acquires the form of reality and becomes immediately present,

> the form in which *qua* language it exists to be its content, and possesses authority, *qua* spoken word.... Ego *qua* this particular pure ego is non-existent otherwise; in every other mode of expression it is absorbed in some concrete actuality, and appears in a shape from which it can withdraw; it

turns reflectively back into itself, away from its act, as well as from its physiognomic expression, and leaves such an incomplete existence (in which there is always at once too much as well as too little), lying soulless behind. Speech, however, contains this ego in its purity; it alone expresses I, I itself.[11]

In contradistinction to the spoken word, the written form of language seems to provide a concrete, finite, and dispensable shape in which the self is not immediately present and the personal voice is not heard. For Hegel, an ideographic language like Chinese is exemplary of such concrete actuality with little or no potential for metaphysical thinking, whereas German and Western alphabetic writing at large exist, as it were, merely for the purpose of registering the sound, the voice, the phone, and so are by far the better form of writing. He considers the Chinese written language inferior because it "does not express, as ours does, individual sounds—does not present the spoken words to the eye, but represents (*Vorstellen*) the ideas themselves by signs."[12]

In a wholesale destructive or deconstructive critique of Western philosophical tradition, it is precisely this ethnocentric-phonocentric view of language that Jacques Derrida has chosen for his target. In Derrida's critique, Hegel appears as one of the powerful enactors of that tradition yet peculiarly on the verge of turning away from it as "the last philosopher of the book and the first thinker of writing."[13] As Derrida sees it, phonocentrism in its philosophical dimension is also "*logocentrism*: the metaphysics of phonetic writing" (p. 3). Derrida makes it quite clear that such logocentrism is related to Western thinking and to Western thinking alone. Gayatri Chakravorty Spivak points this out in the translator's preface to *Of Grammatology*: "Almost by a reverse ethnocentrism, Derrida insists that logocentrism is a property of the *West*.... Although something of the Chinese prejudice of the West is discussed in Part I, the *East* is never seriously studied or deconstructed in the Derridean text" (p. lxxxii). As a matter of fact, not only is the East never seriously deconstructed but Derrida even sees in the nonphonetic Chinese writing "the testimony of a powerful movement of civilization developing outside of all logocentrism" (p. 90). When he looks within the Western tradition for a breakthrough, he finds it in nothing other than the poetics of Ezra Pound and his mentor, Ernest Fenollosa, who built a graphic poetics on what is certainly a peculiar reading of Chinese ideograms:

> This is the meaning of the work of Fenellosa [*sic*] whose influence upon Ezra Pound and his poetics is well-known: this irreducibly graphic poetics was, with that of Mallarmé, the first break in the most entrenched Western tradition. The fascination that the Chinese ideogram exercised on Pound's writing may thus be given all its historical significance. [P. 92]

Since Chinese is a living language with a system of nonphonetic script that functions very differently from that of any Western language, it naturally holds a fascination for those in the West who, weary of the Western tradition, try to find an alternative model on the other side of the world, in the Orient. This is how the so-called Chinese prejudice came into being at the end of the seventeenth and during the eighteenth centuries, when some philosophers in the West, notably Gottfried Wilhelm Leibniz, saw "in the recently discovered Chinese script a model of the philosophical language thus removed from history" and believed that "what liberates Chinese script from the voice is also that which, arbitrarily and by the artifice of invention, wrenches it from history and gives it to philosophy" (p. 76). In other words, what Leibniz and others saw in the Chinese language was what they desired and projected there, "a sort of European hallucination," as Derrida rightly terms it. "And the hallucination translated less an ignorance than a misunderstanding. It was not disturbed by the knowledge of Chinese script, limited but real, which was then available" (p. 80).

Now the question that may be put to the contemporary effort to deconstruct the metaphysics of phonetic writing is whether such an effort has safely guarded itself against the same prejudice or hallucination that annulled the Leibnizian project and finally trapped it in the old snare of logocentrism. A more fundamental question that necessarily follows is whether or not logocentrism is symptomatic only of Western metaphysics, that is, whether the metaphysics of Western thinking is really different from that of Eastern thinking and is not simply the way thinking is constituted and works. If, as Spivak suggests, "this phonocentrism-logocentrism relates to centrism itself—the human desire to posit a 'central' presence at beginning and end," then how can such a desire ever be successfully suppressed or totally choked off, however much the deconstructionists try (p. lxviii)? In other words, if logocentrism is found present in the East as well as in the West, in nonphonetic as well as in phonetic writing, how is it possible for us to break away from, or through, its enclosure?

Since Derrida has given credit to Fenollosa and Pound for accomplishing "the first break in the most entrenched Western tradition," looking into this break ought to be a convenient way of understanding the deconstructive enterprise. Fenollosa's influence upon Pound and his poetics is well known indeed; but among people who know Chinese and therefore can judge the matter, it is well known to be a misleading influence insofar as it concerns sinology. Under that influence, Pound's understanding of the Chinese script is notoriously shaky and whimsical. A note in the Derridean text leads us to the statement that "Fenollosa recalled that Chinese poetry was essentially a script" (p. 334 n.44). Fenollosa's idea is that Chinese poetry, written in ideograms that he believed to be "shorthand pictures of actions and processes," explores the pictorial values of the characters to the utmost.[14] Each line becomes a string of thought-pictures or images that bring the independent visual aspect of the sign into prominence. Following this concept, Pound dissected the Chinese script into its pictographic components and was fascinated by the images he discovered there. For example, the Chinese character *xi* 〔習〕 is composed of two elements, a "feather" on top of "white." It does not mean "white feather," however, but "to practice." This character appears in the first sentence of the *Confucian Analects*, which could be translated as: "The Master says: to learn and to practice from time to time---is this not a joy?" In his fervent anatomy of Chinese script, however, Pound seized upon the feather image and rendered the line as: "Study with the seasons winging past, is not this pleasant?"[15] In Chinese the word *xi*, or "practice," is often preceded by the word *xue*, or "learn," and as the sinologist George Kennedy wittily comments,

> The repeated idea is that learning is fruitless unless one puts it into practice. Pound sacrifices this rather important precept for the sake of a pastoral where the seasons go winging by. Undoubtedly this is fine poetry. Undoubtedly it is bad translation. Pound has the practice, but not the learning. He is to be saluted as a poet, but not as a translator.[16]

In a totally different context and with different intention, T. S. Eliot also denied Pound the title of translator. He predicted that Pound's *Cathay* "will be called (and justly) a 'magnificent specimen of XXth Century poetry' rather than a 'translation.'"[17] With his notion of tradition as the corpus of all the canonical works simultaneously shaping and being shaped by the new work of art, Eliot tried to place Pound in the tradition of European literature, identifying Robert Browning, William Butler Yeats, and many others as predecessors who had exercised strong influence on Pound's work. As for Chinese, Eliot insisted that what appeared in Pound's work was not so much Chinese per se as a version or vision of Chinese from the Poundian perspective. The well-known and pretty little aphorism that "Pound is the inventor of Chinese poetry for our time" catches more insight than perhaps Eliot himself was aware of.[18] The point is that neither Pound nor Fenollosa should be regarded as free from the sort of Chinese prejudice that Derrida has detected in Leibniz, because for them, as for Leibniz more than two centuries earlier, "what liberates Chinese script from the voice is also that which, arbitrarily and by the artifice of invention, wrenches it from history and gives it to [poetry]."

Curiously enough, just as Hegel alleged that "the reading of hieroglyphs is for itself a deaf reading and a mute writing," so Fenollosa believed that "in reading Chinese we do not seem to be juggling mental counters, but to be *watching things* work out their own fate."[19] The pros and cons here are equally misconceived: reading Chinese is, like reading any other language, a linguistic act of comprehending the meaning of a succession of signs, either with silent understanding or with utterance of the sounds; it is not an archaeological act of digging up some obscure etymological roots from underneath a thick layer of distancing abstraction. Derrida reminds us with Ernest Renan that "in the most ancient languages, the words used to designate foreign peoples are drawn from two sources: either words that signify 'to stammer,' 'to mumble,' or words that signify 'mute.'"[20] This practice, however, seems by no means solely ancient, for did not Hegel in the nineteenth century and Fenollosa in the twentieth take Chinese for a mute language? The irony in Hegel's case is that he probably did not know that his favorite German *Muttersprache* is called in Russian *nemetskij jazyk*, which literally means "language of the dumb." As for Fenollosa, it is almost unnecessary to point out that Chinese poetry is essentially *not* a script to be deciphered but a song to be chanted, depending for its effect on a highly complicated tonal pattern. In discussing Fenollosa and Pound with special reference to Derrida's statement in *Of Grammatology*, Joseph Riddel recognizes Fenollosa's "incoherence or blindness that permits him… to forget that his own reading of the ideogram is a purely western idealization."[21] This seems to call Derrida's statement into question and put "the first break" in the Western tradition back into that tradition.

Putting aside the whole problem of Chinese prejudice, "European hallucination," or "western idealization," we may try to understand some fundamental Chinese philosophical notions on their own ground. The first and foremost of these is undoubtedly the concept of the *tao*, which dominates Chinese thinking in many aspects and is sometimes translated into English as "way."[22] Now the Chinese character *tao* (or *dao*) is a polyseme of which "way" is only one possible meaning. It is very important and especially relevant to our purpose here to note that the word *tao* as used in the *Lao Tzu* has two other meanings: "thinking" (reason) and "speaking" (speech). Thus the first sentence of the *Lao Tzu* is punning upon these two meanings:

> The *tao* that can be *tao*-ed ["spoken of"]
> Is not the constant *tao*;
> The name that can be named
> Is not the constant name.
>   [Chap. 1][23]

As puns are usually untranslatable, the two meanings of the *tao* are hardly discernible in English translation, even though the neatly parallel structure of the next sentence may give one some idea. According to Lao Tzu the philosopher, the *tao* is both immanent and transcendent; it is the begetter of all things, therefore it is not and cannot be named after any of these things. In other words, the *tao* is the ineffable, the "mystery upon mystery" beyond the power of language (chap. 1). Even the name *tao* is not a name in itself: "I know not its name / So I style it 'the *tao*'"; "The *tao* is for ever nameless" (chaps. 25, 32). The totality of the *tao* is kept intact only in knowing silence; hence the famous paradox that "One who knows does not speak; one who speaks does not know" (chap. 56). One might protest that the *Lao Tzu*, despite its extreme conciseness, is after all a "book of five thousand characters."

The paradox, however, as though anticipated, may be partly reconciled by the legendary genesis of the book, as recorded by the great historian Sima Qian (145?–90? B.C.) in the biography of Lao Tzu:

Lao Tzu cultivated the *tao* and virtue, and his teachings aimed at self-effacement. He lived in Chou for a long time, but seeing its decline he departed; when he reached the Pass, the Keeper there was pleased and said to him, "As you are about to leave the world behind, could you write a book for my sake?" As a result, Lao Tzu wrote a work in two books, setting out the meaning of the *tao* and virtue in some five thousand characters, and then departed. None knew where he went to in the end.[24]

We learn from the story that the *Lao Tzu* was written at the request and for the benefit of the Pass Keeper, who was apparently not a philosopher capable of intuitive knowledge of the mysterious *tao*. In order to enlighten him and the world, Lao Tzu was confronted with the difficult task of speaking the unspeakable and describing the indescribable. As one of the commentators, Wei Yuan (1794–1856), explains,

> The *tao* cannot be manifested through language, nor be found by following its trace in name. At the coercive request of the Pass Keeper, he was obliged to write the book, so he earnestly emphasized, at the very moment he began to speak, the extreme difficulty of speaking of the *tao*. For if it could be defined and given a name, it would then have a specific meaning, but not the omnipresent true constancy. [25]

That is to say, at the very beginning of his writing, Lao Tzu emphasizes the inadequacy and even futility of writing, and he does so by playing on the meanings of the *tao*: that the *tao* as thinking denies the *tao* as speaking, and yet the two are interlocked in the same word. It is very interesting to note the coincidence—perhaps more than mere coincidence—that *logos* in Greek has exactly the same two meanings of thinking (*Denken*) and speaking (*Sprechen*).[26]

Of course, suspicion about the inadequacy of linguistic expression has always inhabited the Western philosophical tradition. In discussing the relation of language and reality, Cassirer describes the view traditional since Plato, using terms very similar to those Hegel used to condemn language as outer expression for expressing the inner both too much and too little:

> For all mental processes fail to grasp reality itself, and in order to represent it, to hold it at all, they are driven to the use of symbols. But all symbolism harbors the curse of mediacy; it is bound to obscure what it seeks to reveal. Thus the sound of *speech* strives to "express" subjective and objective happening, the "inner" and the "outer" world; but what of this it can retain is not the life and individual fullness of existence, but only a dead abbreviation of it. All that "denotation" to which the spoken word lays claim is really nothing more than mere suggestion; a "suggestion" which, in face of the concrete variegation and totality of actual experience, must always appear a poor and empty shell. That is true of the external as well as the inner world: "When *speaks* the soul, alas, the *soul* no longer speaks!"[27]

The last sentence is a quotation from Friedrich Schiller; poets, indeed, are concerned as much as philosophers about the problem of verbal communication. This concern is certainly not limited to either the East or the West alone—we find conceptual oppositions like inner/outer, thought/speech, signified/signifier, and so forth, not only in the *logos* but also in the *tao*. In spite of his intention to emphasize the discrepancy between thinking and speaking, Lao Tzu's punning on the word *tao* reminds us rather of the very close relationship between the two. In his essay "Man and Language," Hans-Georg Gadamer also reminds us that the Greek word *logos*, though often rendered as "reason" or "thinking," originally and chiefly means "language," and that man as *animal rationale (das vernünftige Lebewesen)* is actually "animal that has language" (*das Lebewesen, das Sprache hat*).[28] The many examples Qian Zhongshu has culled from authors in the Chinese and the Western traditions powerfully argue for the universality of the logical structure of thinking, even though its specific formulation may vary in degree at different times and places; in his comment on the pun in the *Lao Tzu*, Qian explicitly points out the comparability of the *tao* with the *logos*. If we shake off Hegelian prejudice and Leibnizian hallucination and think of language in terms of verbal communication, we shall be able to understand better the common and basic principles that underlie the two great civilizations of the world. We shall be able to help bridge the gulf that seems to be so insurmountable between the East and the West. Indeed, there is no reason why Plato should not be considered as in harmonious company with Lao Tzu in the contemplation of the *logos* or the *tao*. In one of his philosophical epistles, Plato maintains that "no intelligent man will ever be so bold as to put into language those things which his reason has contemplated, especially into a form that is unalterable. Names, I maintain, are in no case stable." "This passage," says Qian after quoting it, "may almost be translated to annotate the *Lao Tzu.*"[29]

According to Derrida, metaphysical conceptualization always proceeds by hierarchies: "In a classical philosophical opposition we are not dealing with the peaceful coexistence of a *vis-à-vis*, but rather with a violent hierarchy. One of the two terms governs the other (axiologically, logically, etc.), or has the upper hand."[30] In the case of language, the metaphysical hierarchy is formed when meaning dominates speech and speech dominates writing. Derrida finds this hierarchy in the Western tradition since the time of Plato and Aristotle, especially in the notion of phonetic writing as the first and primary signifier:

> If, for Aristotle, for example, "spoken words... are the symbols of mental experience... and written words are the symbols of spoken words" *(De interpretatione,* I, 16a 3) it is because the voice, producer of *the first symbols*, has a relationship of essential and immediate proximity with the mind. [P. 11]

This Aristotelian hierarchy seems to apply, however, not only to phonetic writing but to nonphonetic as well. When we look at the oldest Chinese dictionary, the *Suowen Jiezi* (second century A.D.), we find the same hierarchy in the very definition of *ci* ("word"), which is described as "meaning inside and speech outside." This hierarchy emerges even more explicitly in a much earlier work, the appendixes to the *Book of Changes*, where a wellknown passage reads: "Writing cannot fully convey the speech, and speech cannot fully convey the meaning."[31] Here the debasement of writing is based on the same considerations as in the West: written words are secondary signifiers; they are further removed than speech from what is conceived in the interiority of the mind, and they constitute a dead and empty shell from which the living voice is absent. "The epoch of the logos thus debases writing considered as mediation of mediation and as a fall into the exteriority of meaning" (pp. 12-13). Exactly! That is precisely why the wheelwright in the *Zhuangzi (Chuang Tzu)* told the Duke of Huan that "what you are reading, my lord, is nothing but the dregs of the ancients."[32] For Zhuangzi as for Aristotle, words are external and dispensable; they should be cast aside once their meaning, content, or signified has been extracted.

> It is for the fish that the trap exists; once you've got the fish, you forget the trap. It is for the hare that the snare exists; once you've got the hare, you forget the snare. It is for the meaning that the word exists; once you've got the meaning, you forget the word. Where can I find the man who will forget words so that I can have a word with him?[33]

Compare this with Heraclitus' fragment 36, "listening not to me but to the logos," and with Ludwig Wittgenstein's metaphor at the end of his *Tractatus Logico-Philosophicus*, that the reader who has comprehended his propositions should throw them away as he should, so to speak, "throw away the ladder after he has climbed up it."[34] The dichotomy of meaning and word, content and form, intention and expression, and so forth, is deeply rooted in the thinking of both the East and the West. Derrida would call it the logocentric logic of the supplement because words can be cast aside and forgotten as supplement, as simple exteriority, pure addition or pure absence. *"What is added is nothing because it is added to a full presence to which it is exterior.* Speech comes to be added to intuitive presence (of the entity, of *essence*, of the *eidos*, of *ousia*, and so forth); writing comes to be added to living self-present speech; masturbation comes to be added to so-called normal sexual experience; culture to nature, evil to innocence, history to origin, and so on" (p. 167). It is noticeable that "intuitive presence" is mentioned here as the metaphysical origin. In his book on deconstruction, Jonathan Culler also includes "spontaneous or unmediated intuition" in an enumeration of "familiar concepts that depend on the value of presence."[35] Since intuition is what Taoism emphasizes, since the oriental way of thinking is supposedly more intuitive than analytical and keeps the totality of the world untouched by the process of logical abstraction, this contrast between intuition and expression already includes the East in the tradition of the metaphysics of presence. Logocentrism, therefore, does not inhabit just the Western way of thinking; it constitutes the very way of thinking itself.

If that is the case, is there then any other way that thinking may operate beyond or outside the enclosure of logocentrism? Derrida himself seems to doubt the possibility when he says that, operating necessarily from the inside and unable to isolate the elements and atoms of the old structure, "deconstruction always in a certain way falls prey to its own work" (p. 24). Th e elements and atoms are so much constituent of the whole structure of thinking, every bit of it, that it becomes impossible for the deconstructionist to single out one element or atom of thinking and purge the rest of logocentrism. Derrida takes great pains to coin new words which might, one hopes, take on meanings yet uncontaminated by the old structure of metaphysical thinking—words like *trace*, *archiécriture* and, most notably, *différance*. He then hastens to insist that *différance*, like the other Derridean terms, "is literally neither a word nor a concept"; meanwhile his vocabulary keeps moving on to some newer coinage.[36] Nevertheless, such painstaking effort seems to be of little avail, and the terminology of deconstruction simply becomes another set of terminology in due time, that is, both words and concepts. The only way out of such a circle seems to lie in giving up the feat of naming altogether, and leaving all those nonconceptual terms unnamed. Yet even that would hardly be the solution, since it would be going to the other end of logocentrism, indeed the oldest form of it, that is, the unnamed and unnamable *tao* or *logos* itself.

On the other hand, the terms of deconstruction become interesting and useful when they begin to function as words and concepts. Difference, for example, plays a very vital part in the strategy of deconstructing the metaphysical hierarchy in language. By pushing further Ferdinand de Saussure's proposition that "in the linguistic system there are only differences *without positive terms*,"[37] Derrida proves that the meaning or the signified is never a transcendental, self-contained presence, never an entity that becomes visible in the form of a signifier but, like the signifier, is always already a trace, a mark of the absence of a presence, and therefore a trace always "under erasure." Language as sign system is but a system of different and mutually defining terms, and this is true in speaking as well as in writing. Therefore there is no ground on which the superiority of speech to writing, of the phonetic to the nonphonetic, could be established. The Chinese script, by being nonphonetic, does tend to overturn the hierarchy, and there is something in it that does appeal to the Derridean grammatology. In the legendary account of its origin, Chinese writing is never conceived as a mere recording of oral speech but as originating independently of speech; writing imitates the pattern of the traces left by birds and animals on the ground or by natural phenomena in general. A widespread tradition has it that when the creator of the script, Cangjie, invented writing by observing such patterns, "millet grains rained down from heaven and the ghosts wailed at night." A commentator explains that the invention of writing marked the loss of innocence and the beginning of guile and that "heaven foreknew that people were to starve, so it let millet grain rain down; and the ghosts were afraid to be condemned by written verdict, so they wailed at night."[38] On the one hand, the commentator here conceives of writing as the loss of innocence that incurs great disasters, and, on the other hand, he recognizes that man has gained power in writing to such an extent that even the ghosts are afraid of him. It is interesting to note that the same passage has recently been reinterpreted in the light of modern archaeology and anthropology by K. C. Chang, who understands the raining of millet grain and the wailing of the ghosts as one of the "very few happy incidents" described in ancient Chinese mythology and considers Chinese writing "the path to authority."[39]

The power of Chinese writing is certainly substantiated by the large amount of inscriptions on pottery or bronze utensils, on tortoise shells or oracle bones, on bamboo slips or stone tablets. There is further evidence in the importance and high prestige which the Chinese accord calligraphy as a traditional form of art and in the predominant influence of ancient writing as canonical classics. Anyone who has visited a Chinese palace, temple, or garden can hardly fail to notice the manifold inscribed characters on the gates, pillars, and walls. Anyone who has seen a Chinese painting knows that writing and the seal-stamp form an integral part of the finished picture. Indeed, as it is created by observing the pattern of traces, Chinese writing tends to project the nature or quality of trace in writing better than any phonetic writing does and thus reveals language as a system of differential terms. Nothing abides but writing; even the debasement of writing has to survive in writing; even philosophical writing turns out to be no less (if not more) ironic or rhetorical than poetic writing. In spite of Zhuangzi's advice to forget the word, it is his words that have made him best remembered, and his advice functions against itself as irony, as a poetic trope or metaphor. Many people read Zhuangzi as one of the greatest prose writers in classical Chinese literature; they admire the grandeur of his imagination and the beauty of his language, even though they do not care about his Taoist ideology. That is to say, people tend to remember his words while forgetting his meaning. The rhetorical question Zhuangzi asked himself—"Where can I find the man who will forget words so that I can have a word with him?"—seems to indicate that he knew he was never to find such a man. His philosophy of self-effacement, like that of Lao Tzu, is overturned by his own writing. The convention in ancient China of naming a book after its author and the settled practice of ancient writers quoting earlier writings almost transform the writings of philosophers like Lao Tzu and Zhuangzi into something like sourcebooks, origins of authority, ultimate texts of reference in the intertextuality of Chinese writing. It is quite true that almost every ancient Chinese text is an intertext, but an intertext significantly different from that understood in deconstructive criticism. While a deconstructive *intertexte* is a trace without origin, a Chinese intertext is always a trace leading back to the origin, to the fountainhead of tradition, the great thinkers of Taoism and Confucianism. In this sense, the power of Chinese writing transforms the author into authoritative text, and when quoting from ancient writings, there is no difference between quoting, for example, Lao Tzu the author or *Lao Tzu* the book. In the Chinese tradition, therefore, the power of writing as such avenged itself the very moment it was debased; the metaphysical hierarchy was thus already undermined when it was established. Perhaps this is precisely where the *tao* differs from the *logos*: it hardly needed to wait till the twentieth century for the dismantling of phonetic writing, for the Derridean sleight of hand, the strategy of deconstruction.

Endnotes

1. G. W. F. Hegel, *Science of Logic*, trans. A. V. Miller (New York, 1976), p. 32.

2. Martin Heidegger, *An Introduction to Metaphysics*, trans. Ralph Manheim (New Haven, Conn., 1959), p. 57.

3. Ernst Cassirer, *The Philosophy of Symbolic Forms*, vol. 1, *Language*, trans. Manheim (New Haven, Conn., 1953), p. 305.

4. Hegel, *Science of Logic*, p. 107.

5. Heinrich Heine, *Zur Geschichte der Religion und Philosophie in Deutschland*, ed. Wolfgang Harich (Berlin, 1965), p. 133; my translation.

6. Stephen Ullmann, *The Principles of Semantics* (Oxford, 1963), p. 120.

7. See Qian Zhongshu, *Guan Zhui Bian* [Pipe-awl chapters], 4 vols. (Beijing, 1979), 1:1–8. The four volumes of *Guan Zhui Bian*, written in graceful classical Chinese interspersed with quotations in English, French, German, Italian, Spanish, and Latin, form an immense work of commentaries on ten of the classic works of the Chinese tradition. It is a monumental work of modern scholarship that evinces the author's great learning and his effort to bring the ancient and the modern, Chinese and Western, into mutual illumination. Although this is the magnum opus of Qian's career, it is too recent to be included in Theodore Huters' book, *Qian Zhongshu*, Twayne's World Authors Series (Boston, 1982).

8. See Jacques Derrida, "The Pit and the Pyramid: Introduction to Hegel's Semiology," *Margins of Philosophy*, trans. Alan Bass (Chicago, 1982), esp. p. 100.

9. Hegel, *The Phenomenology of Mind*, trans. J. B. Baillie, 2d ed. rev. (London, 1949), p. 74.

10. Ibid., p. 340.

11. Ibid., p. 530.

12. Hegel, The Philosophy of History (trans. J. Sibree [New York, 1900], p. 135), quoted in Derrida, Margins of Philosophy, p. 103.

13. Derrida, *Of Grammatology*, trans. Gayatri Chakravorty Spivak (Baltimore, 1976), p. 26; all further references to this work will be included in the text.

14. Ernest Fenollosa, *The Chinese Written Character as a Medium for Poetry*, ed. Ezra Pound, Square Dollar Series (Washington, D.C., 1951), p. 59.

15. Pound, *Confucian Analects* (London, 1956), p. 9.

16. George A. Kennedy, "Fenollosa, Pound, and the Chinese Character," *Selected Works of George A. Kennedy*, ed. Tien-yi Li (New Haven, Conn., 1964), p. 462.

17. T. S. Eliot, intro. to Pound, *Selected Poems* (London, 1928), p. xvii.

18. Ibid., p. xvi.

19. Hegel, *Enzyklopädie der philosophischen Wissenschaften im Grundrisse* ([Hamburg, 1969], par. 459, p. 373), quoted in Derrida, *Of Grammatology*, p. 25; Fenollosa, The Chinese Written Character, p. 59; my italics.

20. Ernest Renan, *Oeuvres complètes* (vol. 8, *De l'origine du langage* [Paris, 1848], p. 90), quoted in Derrida, *Of Grammatology*, p. 123.

21. Joseph N. Riddel, "'Neo-Nietzschean Clatter'"—Speculation and/on Pound's Poetic Image," in *Ezra Pound: Tactics for Reading*, ed. Ian F. A. Bell (London, 1982), p. 211.

22. There are well over forty English translations of the *Lao Tzu*, and the key term *tao* is translated as "way" in many of them. See, e.g., the otherwise excellent translations by Wing-tsit Chan (*The Way of Lao Tzu* [Indianapolis, 1963]) and D. C. Lau (*Tao Te Ching* [Harmondsworth, 1963]; all further references to this work will be to chapter number and will be included in the text).

23. For quotations from the *Lao Tzu*, I generally follow Lau's translation but here have changed the word "way" to *tao*.

24. Sima Qian, quoted in Lau, intro. to *Tao Te Ching*, p. 9.

25. Wei Yuan, *Laozi Ben Yi* [The original meaning of the *Lao Tzu*] (Shanghai, 1955), p. 1; my translation.

26. See Joachim Ritter and Karlfried Gründer, eds., *Historisches Wörterbuch der Philosophie*, vol. 5 (Basel and Stuttgart, 1980), s.v. "Logos."

27. Cassirer, *Language and Myth*, trans. Susanne K. Langer (New York, 1946), p. 7.

28. Hans-Georg Gadamer, *Kleine Schriften I: Philosophie Hermeneutik*, 2d ed. (Tübingen, 1967), p. 93; my translation.

29. Plato, quoted in Qian, *Guan Zhui Bian*, 2:410; Qian, *Guan Zhui Bian*, 2:410; my translation.

30. Derrida, *Positions*, trans. Bass (Chicago, 1981), p. 41.

31. Li Dingzuo, ed., *Zhou Yi Jijie* [Variorum edition of the *Book of Changes*], 2 vols (Shanghai, 1937), 2:353; my translation.

32. Zhuangzi, "Tian Dao" [The *tao* of heaven], *Zhuangzi Jijie* [Variorum edition of the *Chuang Tzu*], ed. Wang Xianqian (Shanghai, 1933), p. 79; my translation. See Chuang Tzu, *The Complete Works of Chuang Tzu*, trans. Burton Watson (New York, 1968), p. 152.

33. Zhuangzi, "Wai Wu" [External things], *Zhuangzi Jijie*, p. 66; my translation. See Chuang Tzu, *The Complete Works*, p. 302.

34. Heraclitus, *The Art and Thought of Heraclitus: An Edition of the Fragments with Translation and Commentary*, ed. and trans. Charles H. Kahn (Cambridge, 1979), p. 45; Ludwig Wittgenstein, *Tractatus Logico-Philosophicus*, trans. D. F. Pears and B. F. McGuinness (London, 1961), p. 74.

35. Jonathan Culler, *On Deconstruction: Theory and Criticism after Structuralism* (Ithaca, New York, 1982), pp. 94, 93.

36. Derrida, *Margins of Philosophy*, p. 3.

37. Ferdinand de Saussure, *Cours de linguistique générale*, 4th ed. (Paris, 1949), p. 166; my translation.

38. Liu An, *Huai Nan Tzu*, ed. and annotated by Gao You (fl. 205?–212 A.D.), in *Zhuzi Jicheng* [Collection of classics], 8 vols. (Shanghai, 1954), 7:117; my translation.

39. K. C. Chang, *Art, Myth, and Ritual: The Path to Political Authority in Ancient China* (Cambridge, Mass., 1983), p. 81.

Utopia and Anti-Utopia in the Literary World

Zhang Longxi

Utopia is a truly global and world-literary genre because the pursuit of happiness and the idea of a good society are ubiquitous, perennial, and universal, as there is no one in any society who would not wish to live in a better condition than what is available in reality at the present. Utopia is the quintessential idealist construct; it is "the one country at which Humanity is always landing," as Oscar Wilde put it (1996, 28). Having landed there, humanity sets sail again toward a yet better one with optimistic anticipations. "Progress is the realisation of Utopias." The desire for a better life in a better place, for a land of happiness, is one of the most basic human desires that has found expressions in various forms—a paradise, a Golden Age, an Arcadia, a Shangri-la—or, generically speaking, a utopia. It is a desire that has manifested itself in many literary traditions, and utopian fiction certainly constitutes a global genre in literary traditions of the world. "The essential element in utopia is not hope, but desire—the desire for a better way of being," as Ruth Levitas argues (1990, 191) in concluding her study of various definitions and forms of utopias. That broad definition of utopia in terms of a desire for a better way of being would admit many expressions of the search for good living, including religious and nonreligious ones; thus a simple poem dating back to more than two thousand years ago in Chinese antiquity may serve as an example that gives expression to such a

* Longxi, Z. (2022). Utopia and Anti-Utopia in the Literary World. In D. Damrosch, G. Lindberg-Wada, & L. Zhang (Eds.), *Literature: A World History* (Vol. 3: 1500–1800, pp. 1016–1027). John Wiley & Sons. https://doi.org/10.1002/9781119775737.ch30

utopian desire, the desire for a "land of happiness." This is a poem from the Confucian classic, *Shi jing* or the *Book of Poetry*, and the first stanza of this poem reads:

碩鼠碩鼠，	Big rat, big rat,
無食我黍。	Don't eat my grains.
三歲貫女，	I've fed you three years,
莫我肯顧。	And nothing I've gained.
逝將去汝，	I'll leave you and go
適彼樂土。	To a land of happiness,
樂土樂土，	Oh that happy, happy land
爰得我所。	Is where I long to rest. (Maoshi Zhengyi 1986, 1:359)[1]

The big rat is a metaphor for the oppressive officials, and any utopian desire for a different and better place is inherently a social critique of the present condition. The land of happiness, however, is always elusive and difficult to locate. It was with good reason that for his imaginary ideal society, Thomas More coined the term *Utopia*, literally "no-place." Like Uqbar, Jorge Luis Borges's (1983) fantasy land of ideal objects, utopia has only a textual existence, and it tends to change—to deteriorate really—when it gets outside the text (Utopia turns into dystopia when a social engineering program becomes repressive political reality, and much of dystopian or anti-utopian writings, beginning with Yevgeny Zamyatin's *We*, arose in the twentieth century as a response to Soviet socialism as such repressive realities.) The first part of More's *Utopia* describes the terrible conditions in England in the sixteenth century when poor peasants were driven out of their land in the so-called enclosure movement for turning agricultural land into pastures: "your sheep," as More's narrator says, "that commonly are so meek and eat so little, now, as I hear, they become so greedy and fierce that they devour human beings themselves" (More 1995, 63). Against those horrible social conditions at the start of the development of the English textile industry and capitalism, More's imagined utopian society must have looked better than reality at the time, though the collective and highly regulated lifestyle he imagined for that Utopian community already contained the seed of its negation, namely, the lack of individual choice and freedom.

The significance of utopia lies in its value as a social vision. It is surely a fantasy beyond reality, but it has the tendency to project itself onto social reality and therefore, as Dominic Baker-Smith (1991, 75) remarks, it is a "political fantasy." Considering Thomas More in the context of Renaissance humanism, Krishan Kumar (1987) eloquently argues that utopia was possible to imagine because the secularizing tendency had already started to develop in Europe. That was also the time when Martin Luther was kindling the fire of Reformation, while More owed the literary form of *Utopia* as a traveler's tale to Columbus's "discovery" of the New World and the subsequent popularity of travelogue literature. Such a historical contextualization makes utopia a quintessentially modern concept, for the idea of a good society built by human beings themselves without divine grace or intervention is fundamentally antireligious, particularly opposed to the Augustinian concept of original sin. Different from earlier interpretations of the fall of man in the Bible, Augustine saw Adam's disobedience to God not as one individual's transgression, but symbolically as the sin of all humanity. "In the first man," says Augustine, "there existed the whole human nature, which was to be transmitted by the woman to posterity, when that conjugal union received the divine sentence of its own condemnation; and what man was made, not when created, but when he sinned and was punished, this he propagated, so far as the origin of sin and death are concerned" (Augustine 1993, xiii.3, 414). This is Augustine's powerfully influential concept of original sin that casts a dark shadow on human nature as "a corrupt root" (Augustine 1993, xiii.14, 423). Human nature was thought to have been contaminated by the original sin, and the only way to salvation was through repentance guided by the Christian Church. The centrality of the Church in Augustine's theology not only proved "politically expedient," as Elaine Pagels (1989, xxvi) puts it, "but also offered an analysis of human nature that became, for better and worse, the heritage of all subsequent generations of western Christians and the major influence on their psychological and political thinking." That is to say, according to Augustine, all human beings had committed the original sin, and it became impossible to imagine that a group of sinners could build a good society like utopia. "Certainly that seems to have been the general attitude towards utopianism during the Christian Middle Ages, when Augustine's influence was paramount in orthodox theological circles," as Kumar remarks. "The *contemptus mundi* was profoundly discouraging to utopian speculation; as a result, the Middle Ages are a conspicuously barren period in the history of utopian thought" (Kumar 1987, 11). The relationship between religion and the secular utopian vision is thus a crucial issue that needs further exploration.

The birth of utopia in the European tradition can thus be best understood in the historical circumstances of the Renaissance and the Reformation, and its literary form relates to the travelogue literature made popular at the time by the discovery of the New World. Because of such a detailed and persuasive historical contextualization, many scholars regard utopia as uniquely European. For example, Kumar argues that "utopia is *not* universal. It appears only in societies with the classical and Christian heritage, that is, only in the West" (1987, 19). "In the strictest sense of the word, utopia came into being at the beginning of the sixteenth century," Roland Schaer (2000, 3) also argues, and he declares that "the history of utopia necessarily begins with Thomas More." Kumar puts it clearly when he says, "Utopia is a secular variety of social thought. It is a creation of Renaissance humanism" (Kumar 1991, 35). Such arguments are powerful, and the emphasis on secularism has indeed captured the essence of all utopias.

Secularism, however, is neither necessarily modern nor uniquely Western. Under the influence of Confucianism, the Chinese cultural tradition can be said to be largely secular from the very beginning, especially when placed in comparison with religious traditions like Christianity and Islam, and the Confucian tradition is also deeply ethical in its belief in an innately good human nature. In fact, in the seventeenth and the eighteenth centuries, it was this largely secular tradition with no dominant church in the Chinese society, as reported by many Jesuit missionaries in China, that had inspired philosophers like Leibniz and Voltaire to think of China as a model for Europe, a country built on reason and perfect morality rather than religious doctrines. In ancient China, Confucius always put emphasis on moral and political issues in the cultivation of a gentleman (*junzi*) to serve society with knowledge and virtue, while he was utterly dismissive of any questions about gods and spirits, death and afterlife, or the superhuman and supernatural world. In the Confucian *Analects*, we are told that "the Master did not talk about uncanny things, violence, disorder, or deities" (Liu Baonan 1986, xi.12, 243). When his student asked about how to serve gods and the spirits, Confucius did not answer the question, but posed a counter-question and asked: "How can you serve the spirits, when you are not even able to serve human beings?" The student went on to ask about death, but Confucius again asked: "How can you know anything about death, when you don't even understand life?" (Liu Baonan 1986, xvii.2, 367). It was not that Confucius had no understanding of such questions and religious issues, but his chief concerns were questions about life in this world, real moral and political issues directly relevant to people's lives here and now, rather than the afterlife in the world beyond.

About human nature, Confucius was reticent and only said that "people are close to one another in nature, but their customs and habits set them apart." He did not specify whether human nature is good or bad, but this became a hotly debated issue more than a hundred years later, and it was Mencius, the second most important thinker in the Confucian tradition, who made the idea of an inherently good human nature predominant in China. In a debate, his rival Gaozi held that human nature is neither good nor bad, just like water that can flow in any direction depending on the terrain. Mencius ingeniously took over the water metaphor and argued that the nature of water is such that it always runs downward. "Human nature is as necessarily good as water necessarily comes down," says Mencius. "There is no man who is not good, just as there is no water that does not run downward" (Jiao Xun 1986, vi.a.2, 433–434). He argued that all human beings have "four beginnings" or four innate potentialities to be compassionate, to feel shame, to behave in modesty and courtesy, and to know what is right and what is wrong (Jiao Xun 1986, ii.a.6, 139). Men do bad things and their nature could be distorted because of harsh environment and unfortunate circumstances, and the point of education is to cultivate their innate good potential and bring it out to full fruition. Mencius is convinced of the perfectibility of man when he declares that "all men can become sages like Yao and Shun" (Jiao Xun 1986, vi.b.2, 477). When we compare this with the Augustinian view of human nature as "a corrupt root," nothing can be more strikingly different. "Whatever else the classical utopias might say or fail to say," as Kumar observes, "all were attacks on the radical theory of the original sin. Utopia is always a measure of the moral heights man can attain using only his natural powers 'purely by the natural light.'" (Kumar 1987, 28). This concept of utopia fits very well with the Confucian ideal of man and society, because such an ideal depends on man's natural powers only, on his moral strength and perfectibility, without the divine intervention of gods or the spiritual guidance of a church as a religious institution.

Given the secular orientation of Chinese culture and the belief in an inherently good human nature, it would not be surprising that a utopian work *avant la lettre* appeared in China more than a thousand years before Thomas More's *Utopia*. There is a famous piece, *The Peach Blossom Spring*, written by Tao Yuanming (365–427), one of China's greatest poets, in which a fisherman discovered a secluded community of peace and harmony quite different from the world of war and suffering to which he belonged. The passage to this utopian community is typically difficult and totally unintentional, for the fisherman "found a mountain with a small cave in front, from which some light seemed to come through. So he abandoned his boat and entered the opening. At first, the cave was so narrow that it allowed only one person to get through." Moving forward a few dozen more steps, however, the fisherman suddenly saw

> an expanse of level land with rows and rows of houses. There were fertile farm fields, clear ponds, mulberry trees, bamboo groves and the like. Roads and thoroughfares crossed one another, and one could hear cocks crowing and dogs barking in the neighborhood. Men and women moving around or working in the fields all dressed the same way as people outside. The elderly and the young enjoyed themselves alike in leisure and contentment.

People in the Peach Blossom Spring lived a peaceful life totally in isolation from the outside world, and their community seemed to be frozen in time, for they asked the fisherman "what dynasty it was now, and had no idea that there had been Han, let alone Wei and Jin" (Yuan Xingpei 2013, 479). That is to say, history and dynastic change did not affect this secluded society, for the sense of timelessness is an important indication of utopia's perfect condition that admits neither decline nor improvement. As an outsider, the fisherman represents a connection with the real world of change and finitude in sharp contrast to this perfect and timeless utopia. Indeed, that may explain why, when the fisherman took leave after a couple of days, his hosts told him not to mention the place to anyone outside. When he got out and found his boat, however, he marked the route carefully and reported his discovery to the local magistrate. This breach of trust constitutes an intrusion of reality into utopia and also a threat, but when the local official sent some men to go with him to find the place, "he looked for the marks he had left, but was lost and could not find the way" (Yuan Xingpei 2013, 480). The mysterious Peach Blossom Spring simply vanished without a trace and was never to be found again.

Compared with Thomas More's *Utopia* and Western utopian fiction in general, Tao Yuanming's piece is much shorter and simpler, without elaborate narrative details. Of course, Tao's work is more than a thousand years earlier than More's, and works of classical Chinese literature in general tend to be terse and concise, but as Douwe Fokkema (2011, 24) argues in his study of utopian fiction in China and the West, this may also show a lack of detail in political theory in the Chinese tradition:

> Since Confucianism did not show much interest in political and economic details, it is not surprising that Chinese utopian fiction lacked that interest as well and restricted itself to the representation of pastoral, virtuous, or mystical bliss. The continuous predominance of Confucianism restrained any deviation from the *Peach Blossom Spring* model. If More's *Utopia* is the prototype of European utopian fiction, "The Story of Peach Blossom Spring" is that of the Chinese utopian narratives.

After Tao Yuanming, some later poets composed several variations on the theme of the Peach Blossom Spring, but most of them turned Tao's utopian community into a fairyland for immortals rather than a community with human inhabitants. In fact, there is no consistent literary tradition of utopian narratives in classical Chinese literature. Not until the late nineteenth century and the early twentieth did utopian fiction in a recognizably modern form started to appear in Chinese literature. As "political fantasy," however, utopia has particular relevance to social reality, and therefore the utopian vision is to be found not just in literature, but in moral and political philosophies. As Roland Schaer (2000, 5) argues, utopia brings literature and politics together in an especially close relationship: "On the one hand, utopia is an imaginary projection onto a fictitious space created by the text of the narrative; on the other hand, the project it sets forth assumes implementation and as such it veers toward the side of history while simultaneously drawing its sustenance from fiction." The significance of Western utopian works by Thomas More, Francis Bacon, Tommaso Campanella, and many others lies, after all, much more in the social and political ideas they give expression to than the literary values and artistic ingenuities they display. For Kumar, it was not literature but political movement that constituted the main stream of utopianism in the nineteenth century, for he acknowledges that "socialism was the nineteenth-century utopia, the truly modern utopia, *par excellence*" (1987, 49). Likewise, in the Chinese tradition, it is not just in literary works like the *Peach Blossom Spring* but also in the many political ideas and imaginary constructs of a perfect society that we should look for manifestations of utopian desires. In non-Western traditions, utopia may exist not only in fictional narratives, but also in other kinds of expressions of the utopian desire for an ideal place, a land of happiness beyond reality.

The utopian desire and vision may not be incompatible with a religious outlook, either. That seems to be the case with what Aziz Al-Azmeh describes as utopia in Islamic culture, because it is not so much in literature as in legal and religious discourses that we may find something similar to utopia in a broad sense. Al-Azmeh acknowledges that it is difficult to identify utopian elements in the Islamic tradition, for there is no coherent and consistent tradition of utopian literature, not even a "coherent, deliberate and disciplined body of investigation and inquiry" that can be called political theory as such. What can be found is "rather an assembly of statements on topics political, statements dispersed in various discursive locations" (Al-

Azmeh 2009, 143). In the Islamic culture, Al-Azmeh argues, utopian ideas manifest themselves primarily in legal discourse, particularly in terms of *sharī'a* as a legal and conceptual model, because "*sharī'a* in this context is a remote ideal, unrealizable and therefore, in the banal sense, utopian" (ibid., 146). Like the Confucian idealization of the rule of ancient sage kings in the remote past, the ideal of *sharī'a* becomes a measurement against which the present is to be judged and found lacking, thus playing the political role of social critique. Like King Wen and Duke of Zhou in ancient China, the idealized Medinan regime set up a standard and offers a rich resource for legal discourse concerning public affairs. "The Medinan regime is the true Golden Age which should be approximated in so far as this is possible in an imperfect world," says Al-Azmeh. It is "a moral, didactic utopia," "a utopia in terms of the here and now: an elsewhere, some examples from which can be made into legal statutes for the here and now" (ibid., 150–151). Among Muslims, as Jacqueline Dutton (2010) also explains, the Golden Age or Medinan regime of the seventh century "is remembered as the period of 'pure Islam', when Muslims were blessed with military, economic, and cultural dominance," but when that dominance and the influence of the Muslim community gradually became eroded, "the Medinan regime became more intimately associated with the ideal of return to a primordial state of harmony and grace through conservative religious practice of the Qur'an" (Dutton 2010, 234). It is thus the idea of a Golden Age that can be seen as utopian in the Islamic culture, an idea with a deeply humanizing tendency in its understanding of Islam, a tendency Al-Azmeh elegantly describes as "divine accommodation to human reality" (Al-Azmeh 2007, 121). Religion is interpreted in terms of human desires, "the Koran and the prophetic example are woven together into a systematic and integralist utopia. This utopia constitutes the type of which the desired future will, by political voluntarism, become a figure" (ibid., 127).

Imagination of Islamic paradise offers an extraordinary example. By the ninth century, there was already a tradition (*hadīth*) on paradise that portrayed various pleasures the blessed one could hope to have in heaven, and such portrayal tended to connect religious discourse on desires with strong secular implications. If Augustine considered mortality and sexual desire the curse brought upon the human race by the fall of man, and if Christian asceticism condemns bodily pleasures, Islamic culture has a very different attitude toward legitimate desires and pleasures, including sexual ones. "The repudiation of pleasure characteristic of Christian traditions in general is almost entirely absent," says Al-Azmeh, "and monastic life with its various forms of physical self-immolation was frequently the object of derision by Muslim authors, who often regarded it as something contrary to what God intended for, and by, nature" (ibid., 165). The carnal and the spiritual are here connected:

> sexual pleasure in this world, within the confines of a legitimate union (marriage or concubinage), no matter how intense, is merely a pale foretaste of pleasure to come in Heaven, so that earthly sexual pleasure becomes a two-fold enjoyment: the actual sense of gratification, and the pleasure accruing to the imagination from the promise of indescribable sexual intensity to come, of which actual worldly gratification is merely an act of anticipation. (Ibid., 165–166)

This may be called a proportionate imagination of the joy of religion in the Muslim world, that is, the anticipation that gratification of earthly pleasure will be multiplied numerous times when the blessed one comes to enjoy the pleasures promised in heaven. "Paradise is thus a grand utopian spectacle in which impeccability is articulated in terms of scale," says Al-Azmeh. "It is in keeping with this fundamental nature of things paradisiacal that every man in Paradise be optimally conceived: he will have the height of Adam (60 cubits), the age of Jesus (33 years), the beauty of Joseph, and he will speak

Muhammad's language, for each of these descriptions is in itself consummate" (ibid., 172). If the Garden of Eden in Christian or Augustinian understanding is a lost possibility, the Islamic paradise is very much a future attraction to be hoped for and enjoyed. In the Islamic paradise, however, the most intense pleasure is that of beholding the face of Allah, which is, as Al-Azmeh puts it, "also a spectacle, that of the vision of God's Face which, it has been rightly pointed out, is in continuity with the sexual pleasures of Paradise in which the sexual and the sacred are integrated" (ibid., 175). Such an Islamic paradise is so closely intertwined with religious imagination that it is, strictly speaking, not secular; but neither is it sharply opposed to the secular, and therefore one may understand it as essentially utopian as the site of human desire, including sexual desire and pleasure, and its constant gratification.

About any discourse on pleasure or happiness, a fundamental question needs to be asked: whose happiness? Is it that of each individual in an ideal society, or that of the society as a whole? The question is central to all social ideals and has much to do with the degree of success—or failure—of particular utopias. "There is a kind of permanent dialogue among writers of utopian fiction about whether individual or collective happiness is to be preferred," as Fokkema notes (2011, 27). Plato, More, Bacon, and some other modern writers put emphasis on the latter, but in modern times, Fokkema continues to say, "the emphasis shifts to individual happiness with Huxley's *Island* and Houellebecq's *Possibility of an Island*. H.G. Wells, in his various novels, tried to steer a middle course. The political organization of collective happiness under Communist rule called for a dystopian reaction motivated by a search for individual freedom." Chinese utopias seem to present a somewhat different model, in which, says Fokkema, "the distinction between the collective and the individual appears to be expressed in less sharp tones" (ibid., 27–28). Generally speaking, however, utopia as a social imaginary tends to put more weight on the collective, and that is the fundamental reason why utopian imagination becomes increasingly difficult and replaced by its nemesis in modern times. In More's *Utopia*, individual rights and freedom are already curtailed to facilitate the collective way of life and social engineering. For example, the Utopians are not allowed to travel individually, but they "travel in groups, taking a letter from the governor granting leave to travel and fixing a day of return ... Anyone who takes upon himself to leave his district without permission, and is caught without the governor's letter, is treated with contempt, brought back as a runaway, and severely punished. If he is bold enough to try it a second time, he is made a slave" (More 1995, 145). As literary fiction, such curtailment of individual freedom remains a dark cloud in the blue sky of a utopian imagination, but when utopianism becomes an ideology and political theory in the modern world, not just as literary fiction but materialized as social movement and political reality, utopia's tendency to favor social order at the expense of individual freedom turns out to be unbearably repressive.

Writing in Soviet Russia in 1920, Yevgeny Zamyatin gave us not only one of the earliest and most influential antiutopian or dystopian novels, but revealed the major problem with all utopias—"the problem uppermost" as he put it, "of the individual personality versus the collective"—and he claims that his novel *We* "was the first to expose this problem" (1993, xxvii). The title of the novel, *We*, is significant as it exposes the erasure of the identity of each individual person; all characters in this novel remain nameless, identified only as numbers, mere statistics in a totalitarian "OneState." The substitution of personal names by numbers not only expresses Zamyatin's presentiment of the Stalinist dictatorship soon to come, but his profound insight into the very logic of totalitarianism. *We* is also an early work of science fiction, in which the OneState has the means of technology to control all the numbers in the name of the collective. The narrator is D-503, a technician trained to believe in the superiority of science, of mathematical calculations and equations, which dictate each and every move of all the numbers with a regulatory "Table of Hours," which he calls "a system of scientific ethics — that is, one based on subtraction, addition, and multiplication" (ibid., 14). In an ironic mode, mathematics, science, regulation, certainty, and clarity all align with the dystopian OneState, while anything unregulated, unpredictable, natural, and free is condemned as unscientific, irrational, primitive, even criminal. In a pseudo-scientific way, freedom is linked with criminality as the movement of an aero is linked with its velocity. "When the velocity of an aero is reduced to 0, it is not in motion," D-503 writes in his diary; "when a man's freedom is reduced to zero, he commits no crimes. That's clear. The only means to rid man of crime is to rid him of freedom" (ibid., 36). The twisted logic here seems mathematically impeccable, according to which the individual "I" has no weight against the collective "We," because "to assert that 'I' has certain 'rights' with respect to the State is exactly the same as asserting that a gram weighs the same as a ton," says D-503. "That explains the way things are divided up: To the ton go the rights, to the grams the duties. And the natural path from nullity to greatness is this: Forget that you're a gram and feel yourself a millionth part of a ton" (ibid., 111). That is indeed how indoctrination works in the world of dystopias. By giving up one's rights and freedom to become part of a nebulous collectivity, as Renata Galtseva and Irina Rodnyanskaya comment, "the individual prepares for the namelessness—for becoming identical with a numbered place in a collective formation" (1993, 80). As the consciousness of individuality and inalienable human rights become more and more prominent in people's minds everywhere in the world in modern times, the emphasis on collectivity at the expense of individual freedom in More and other earlier writers of utopian fiction is revealed to be the dark side of many political fantasies in the utopian literary fiction, and as a result, the dystopian imagination gains ground to launch a critique not only of reality, but of the utopian imagination of a good society beyond reality.

From Zamyatin's *We*, Aldous Huxley's *Brave New World*, and George Orwell's *Nineteen Eighty-Four* to Ray Bradbury's *Fahrenheit 451* and Margaret Atwood's *The Handmaid's Tale*, all great works of anti-utopian literature in the twentieth century issue a warning to alert readers of the horror of the loss of freedom, the danger of corruption of social ideals into nightmarish realities. "We are faced here with societies in the throes of a collective nightmare," says Erika Gottlieb (2001). "As in a nightmare, the individual has become a victim, experiencing loss of control of his or her destiny in the face of a monstrous, superhuman force that can no longer be overcome or, in many cases, even comprehended by reason" (2001, 11). But how could utopia that gives expression to the desire for a land of happiness deteriorate into a nightmarish bondage of a dystopia? Gottlieb offers an answer by pointing to the betrayal of utopian expectations in the twentieth century:

> Throughout the nineteenth century the world awaited a secular Messiah to redress the ills created by the Industrial Revolution in a double incarnation: first as science, which was to create the means to end all poverty, and second as socialism, which was to end all injustice. By eagerly awaiting the fulfillment of these promises, the twentieth century allowed the rise of a false Messiah: state dictatorship. (Ibid., 5)

It is interesting to note here the combination of religious concepts— incarnation, awaiting the fulfillment of promises or the coming of a Messiah—with the secular concepts of utopia and its degeneration into dictatorship through the failure of either the Industrial Revolution or socialism to save the world. This explains the rise of dystopia in the twentieth century not so much in terms of the problem of individuality versus collectivity, but the bitter disappointment of waiting for a secular Messiah that never came, or worse, a false Messiah that came instead. If that is the case, then, perhaps the false hope is to blame, that humanity should not entertain the false expectation in the first place that someday a Messiah would come and solve all our problems. Why should human beings just wait for a Savior? Where is human agency and, more importantly, human responsibility? This reminds us again of the complicated relationship between utopia as a secular notion and religion as a belief system predicated on the superhuman power of the divine. As Al-Azmeh tells us, utopianism in Islamic culture may not clearly differentiate itself from religious discourses. If utopia is indeed relentlessly secular, the utopian vision seems to have failed miserably in the largely secular world of the twentieth century, and the optimistic belief that human nature and human reason are good enough to design and make a perfect society has turned to ashes in the many wars and atrocities of the modern era. Is the concept of utopia doomed from the very start as human hubris? Is the failure due to the blind and misplaced trust in human rationality, in the power of science and technology to solve all problems in our lives? Or perhaps more importantly, does it reveal an insufficient acknowledgment of the dark side of human nature itself? All these questions pose a serious challenge to utopia and its basis in secularism, and the political reality in modern times should make us humble in recognizing the limitations of utopian desires and promises. Without thinking through the many problems besetting the idea of utopia, the search for a land of happiness will most likely lead to failure and bitter disappointment.

The anti-utopia or dystopia highlights the danger of the corruption of the utopian vision when the ruling elites pretend to represent the collective good and rule in the name of the society as a whole without equality and justice. That is typical of a totalitarian rule that turns a society into one of hypocrisy and deception, in which the dictator's "ton" always outweighs all individual "grams." From a modern author's point of view, utopia seems to have a nasty tendency to turn into a totalitarian dictatorship. As Frédéric

Rouvillois (2000, 316) points out, "Utopia and totalitarianism are both engaged in a mirroring game, tirelessly sending the same image back and forth as if utopia were nothing more than the premonition of totalitarianism and totalitarianism the tragic execution of the utopian dream." And yet, dystopian fiction always depicts rebellion and revolution against dictatorship, even if the rebels end up in defeat. As Mikhail Bakhtin argues, all novels cannot speak in just one voice, because the novel as a literary form is by nature polyphonic, containing "a diversity of social speech types (sometimes even diversity of languages) and a diversity of individual voices, artistically organized," thus speaking a social and ideological "heteroglossia" (1981, 262, 263). Therefore, dystopian novels are deeply ironic and subversive, for they all describe the gradual but inevitable collapse of the control of the one voice, the disintegration of the OneState, however powerful and unchallenged it might appear to be at the beginning. "The novel is the expression of a Galilean perception of language, one that denies the absolutism of a single and unitary language," says Bakhtin (ibid., 366). That may explain why all great dystopian novels in modern literature, from Zamyatin's *We* to Atwood's *The Handmaid's Tale*, all present a story of dynamic change, a story of resistance and rebellion, the collapse of totalitarian control, even if the story strikes a tragic note and refuses to close with a false sense of happy ending. A dystopian novel may end with the depressing nightmare still continuing, but it also shows that the nightmare is not totally unbreakable.

Anti-utopia or dystopia is the construct of a social imaginary just as utopia is, and that is a crucial point still needs our critical attention. Collectivity in its proper sense does not equal control or evil, and for human beings to live together in peace and harmony, social order and communal good are as important as individual rights and freedom. It is important to realize that rampant self-interest and egotism may bring about tremendous damage to society as well. We hardly need fiction to show us how the insatiable greed of a few individuals can create huge discrepancies in the distribution of wealth and power, and how financial crises may arise from personal greed and systematic corruption in social reality. Unfortunately, human nature is such that all individuals tend to be self-centered, and when individuals claim endless rights and form alliances as small interest groups without a cohesive social vision, the society as a whole disintegrates and falls apart. That is, in a nutshell, the dilemma of utopia and dystopia, to which numerous philosophers, political theorists, and social experiments are still trying to find an appropriate solution.

The twentieth century has witnessed two world wars, the Holocaust, genocide, the Cold War, and the collapse of socialism which was closest to the realization of utopia on earth. Having gone through all these, as Kumar argues, utopia as a literary genre has declined, "writers no longer turn to the utopian form or genre for imagining a better or more perfect future," while "utopia's cousin—or alter ego—the dystopia, continues to flourish" (2010, 555). More importantly, utopia as social theory has proven highly questionable and has "gone out of fashion," and any effort to revive the idea without thinking through its problems "is likely to result in the creation of ungainly and highly unattractive forms" (ibid., 564). Humanity as a whole, if we may say so on the global level of abstractness, has grown tired of political hypocrisy and deception, and does not welcome the coming of a false Messiah to announce the realization of God's kingdom on earth. Sufferings and miseries have made people more realistic and sober-minded, if not totally cynical. But is that all? Has humanity completely lost the hope for a better way of being? Is it at all possible for humanity to lose hope completely, to give up the search for a land of happiness in spite of, or perhaps because of, sufferings and miseries? We have looked at a few examples in the European, Chinese, and Islamic traditions, but there are many more expressions of the utopian desire in other literary traditions: the Indian, the Persian, the ancient Egyptian and Greek, and so on. Might we find inspiration in those expressions and imaginations? Is it possible that in some utopian imaginaries, the collective and the individual are not at war with one another? Is it possible to have a reasonable balance of the two as both/and, rather than a radical dichotomy of either/or? Unable to find a perfect land of happiness anywhere, the wanderer still goes on searching, and the utopian desire, even though temporarily dormant and unexpressed, may rise up and manifest itself yet again at a more propitious time in the future. Living in the present with the bitter aftertaste of dystopian realities, we should perhaps try to expedite the advent of precisely such a time. Without the hope and imagination of a better way of life and a better society, the world would not have the motivation and energy to move on, but the world must move on to a better future. Utopia, or at least some better version of the utopian vision, is yet to come in our literary and social imagination in the future.

Works Cited

Al-Azmeh, Aziz. 2007. *The Times of History: Universal Topics in Islamic Historiography*. Budapest: Central European University Press.

Al-Azmeh, Aziz. 2009. *Islams and Modernities*, 3rd ed. London: Verso.

Augustine. 1993. *The City of God*, translated by Marcus Dods. New York: The Modern Library, 1993).

Baker-Smith, Dominic. 1991. *More's Utopia*. London: HarperCollins.

Bakhtin, Mikhail M. 1981. *The Dialogic Imagination: Four Essays*, translated by Caryl Emerson and Michael Holquist. Austin: University of Texas Press.

Borges, Jorge Luis. 1983. "Tlön, Uqbar, Orbis Tertius," translated by James E. Irby. In *Labyrinths: Selected Stories and Other Writings*, edited by Donald A. Yates and James E. Irby. New York: The Modern Library.

Dutton, Jacqueline. 2010. "'Non-western' Utopian Traditions." In *The Cambridge Companion to Utopian Literature*, edited by Gregory Claeys, 223–258. Cambridge: Cambridge University Press.

Fokkema, Douwe. 2011. *Perfect Worlds: Utopian Fiction in China and the West*. Amsterdam: Amsterdam University Press.

Galtseva, Renata, and Irina Rodnyanskaya. 1993. "The Obstacle: The Human Being, or the Twentieth Century in the Mirror of Dystopia." In *Late Soviet Culture: From Perestroika to Novostroika*, edited by Thomas Lahusen and Gene Kuperman. Durham, NC: Duke University Press.

Gottlieb, Erika. 2001. *Dystopian Fiction East and West: Universe of Terror and Trial*. Montreal: McGill-Queen's University Press.

Jiao Xun. 焦循. 1986. *Mengzi zhengyi*《孟子正義》[*The Correct Meaning of the Works of Mencius*]. In *Zhuzi jicheng*《諸子集成》[*Collection of Masters' Writings*], 8 vols. Beijing: Zhonghua shuju 中華書局, vol. 1.

Kumar, Krishan. 1987. *Utopia and Anti-Utopia in Modern Times*. Oxford: Basil Blackwell.

Kumar, Krishan. 1991. *Utopianism*. Minneapolis: University of Minnesota Press.

Kumar, Krishan. 2010. "The Ends of Utopia." *New Literary History* 41.3 (Summer), 549–569.

Levitas, Ruth. 1990. *The Concept of Utopia*. New York: Philip Allan.

Liu Baonan 劉寶楠. 1986. *Lunyu zhengyi*《論語正義》[*The Correct Meaning of the Analects*]. In *Zhuzi jicheng*《諸子集成》[*Collection of Masters' Writings*], 8 vols. Beijing: Zhonghua shuju 中華書局, vol. 1.

Maoshi Zhengyi. 1986.《毛詩正義》[*The Correct Meaning of the Mao Text of the Book of Poetry*]. In *Shisan jing zhushu*《十三經注疏》[*Thirteen Classics with Annotations*], edited by Ruan Yuan 阮元, 2 vols. Beijing: Zhonghua shuju 中華書局, vol. 1.

More, Thomas. 1995. *Utopia: Latin Text and English Translation*, edited by George M. Logan, Robert M. Adams, and Clarence H. Miller. Cambridge: Cambridge University Press.

Pagels, Elaine. 1989. *Adam, Eve, and the Serpent*. New York: Vintage.

Rouvillois, Frédéric. 2000. "Utopia and Totalitarianism," translated by Nadia Benabid. In *Utopia: The Search for the Ideal Society in the Western World*, edited by Roland Schaer, Gregory Claeys, and Lyman Tower Sargent, 316–332. New York: The New York Public Library.

Schaer, Roland. 2000. "Utopia, Space, Time, History," translated by Nadia Benabid. In *Utopia: The Search for the Ideal Society in the Western World*, edited by Roland Schaer, Gregory Claeys, and Lyman Tower Sargent, 3–7. New York: The New York Public Library.

Tao Yuanming 陶淵明. 2013. "Taohua yuan ji bing shi" 〈桃花源記并詩〉 [Narration and a Poem on the Peach Blossom Spring]. In *Tao Yuanming ji jianzhu* 《陶淵明集箋注》 [*Tao Yuanming's Works with Annotations*], edited by Yuan Xingpei 袁行霈, 479–489. Beijing: Zhonghua shuju 中華書局.

Wilde, Oscar. 1996. *The Soul of Man under Socialism*, in *Plays, Prose Writings and Poems*, edited by Anthony Fothergill. London: J.M. Dent.

Yuan Xingpei 袁行霈, ed. 2013. *Tao Yuanming ji jianzhu* 陶淵明集箋注 [*Tao Yuanming's Works with Annotations*]. Beijing: Zhonghua shuju 中華書局.

Zamyatin, Yevgeny. 1993. *We*, translated by Clarence Brown. Harmondsworth: Penguin Books.

Note

1 All translations from Chinese are mine.

錢鍾書談文學的比較研究
張隆溪

一九八一年初，北京大學集中好幾個系和研究所的力量，成立了中國大陸上第一個比較文學研究會，並請錢鍾書先生擔任研究會顧問。我那時常有機會去拜訪錢先生，在談話中聽他談論文學和文學批評，發表許多精闢的見解，於是決定寫一篇文章，把與錢先生幾次談話中涉及比較文學的內容略加整理，追記如次，以饗海內外諸位同好。

中西文學的關係

比較文學在西方發展較早，它的史前史甚至可以追溯到古羅馬時代，而作為一門學科，也從十九世紀三、四十年代就開始在法國和德國逐漸形成。比較文學是超出國別民族文學範圍的研究，因此不同國家文學之間的相互關係自然構成典型的比較文學研究領域。從歷史上看來，各國發展比較文學最先完成的工作之一，都是清理本國文學與外國文學的相互關係，研究本國作家與外國作家的相互影響。早期的法國學者強調 rapports de fait（實際聯繫），德國學者則強調研究 Vergleichende Literaturgeschichte（比較的文學史），都說明了這種情況。錢鍾書先生說他自己在著作裏從未提倡過「比較文學」，而只應用過比較文學裏的一些方法。「比較」是從事研究工作包括文學研究所必需的方法，詩和散文、古代文學和近代文學、戲劇和小說等等，都可以用比較的方法去研究。「比較文學」作為一個專門學科，則專指跨越國界和語言界限的文學比較。

---

* 本文原載《讀書》雜誌，1981 年 10 期。北京：生活·讀書·新知·三聯書店。

　　錢先生認為，要發展我們自己的比較文學研究，重要任務之一就是清理一下中國文學與外國文學的相互關係。中外文化交流開始得很早，佛教在漢代已傳入中國，而馬可・波羅（Marco Polo, 1254?–1324?）於元世祖時來中國，則標誌着中西文化交流一個重要階段的開始。《馬可・波羅遊記》在西方發生巨大影響，在整個文藝復興時代，它是西方最重要的、幾乎是唯一重要的有關東方的記載。研究馬可・波羅的權威學者本涅狄多（I. F. Benedetto）曾把馬可・波羅的《遊記》與但丁《神曲》和托馬斯・阿奎那《神學總匯》(Summa Thelogica) 並舉為中世紀文化的三大「總結」，並非過獎。在《神曲・天堂篇》第八章，但丁描寫金星天裏一個幸福的靈魂為歡樂之光輝包裹，如吐絲自縛的蠶 (quasi animal di sua seta fasciato)，這個新奇比喻毫無疑問題來自中國文化的影響。[1] 早在六世紀時，拜占廷帝國（即中國史書所載「拂菻」國）就從中國走私蠶種而發展起養蠶和絲綢業。據拜占廷史家普羅柯庇（Procopius）記載，兩個拜占廷人在皇帝查士丁尼一世（Justinian I）唆使下，從中國把蠶卵和桑種藏在一根空心手杖裏偷偷帶到君士坦丁堡，從此使西方也發展起綾羅綢緞來。以昆蟲學家的眼光看來，蠶吐絲作繭不過是蠶的生活史中由成蟲變成蛹所必經的階段，但在詩人的眼中，吐絲的春蠶却成為為愛情或為事業獻身的感人形象。李商隱《無題》「春蠶到死絲方盡，蠟炬成灰淚始乾」，是中國詩中千古傳唱的名句，而在西方文學中，除剛才提到的但丁之外，德國大詩人歌德也曾以春蠶吐絲喻詩人出於不可遏制的衝動而創作，辭意與義山詩頗為貼合：

> Wenn ich nicht sinnen oder dichten soll
>
> So ist das Leben mir kein Leben mehr.
>
> Verbiete du dem Seidenwurm zu spinnen,
>
> Wenn er sich schon dem Tode näher spinnt.
>
> Das köstliche Geweb' entwickelt er
>
> Aus seinem Innersten, und läßt nicht ab,
>
> Bis er in seinen Sarg sich eingeschlossen.

—Torquato Tasso, V. ii

如果我不再思考或寫作，

生活對於我也就不再是生活。

你豈能阻止蠶吐絲結網，

哪怕它是把自己織向死亡。

它從體內織出這珍貴的柔絲，

一息尚存，決不停息，

直到把自己封進自製的棺材裏。

　　　　　　　　　　　　——《塔索》，第五幕第二場

　　此外如元雜劇《趙氏孤兒》，已經有不少文章論述過它在歐洲的流傳以及它對英、法某些作家的影響。錢鍾書先生指出此劇不僅在英、法文學中產生影響，而且意大利詩人麥塔斯塔西奧（Pietro Metastasio, 1698–1782）的歌劇《中國英雄》（*L'Eroe Cinese*）也採用這個題材，並且在劇本前言（argomento）中聲明這一點，這個問題值得讓留心中意文學關係的學者去進一步研究。

　　外國文學對中國文學的影響，是還有大量工作可做的研究領域。自鴉片戰爭以來，西學東漸，嚴複、林紓的翻譯在整個文化界都很有影響，而五四以後的新文化運動，更有意識地利用西方文化、包括俄國和東歐國家文學的外來影響，以衝擊舊文化傳統的「國粹」。魯迅、郭沫若、茅盾、巴金、郁達夫、聞一多以及活躍在當時文壇上的許許多多作家、詩人和理論家，都從外國文學中吸取營養，做了大量翻譯介紹外國文學的工作。郭沫若自己曾說他寫詩受泰戈爾、歌德和惠特曼影響，他詩中那種奔騰呼號，就顯然與他研習德國浪漫詩人的作品有密切的關係。當時的重要作家無一不精通一種或數種外語，深深浸淫於外國文學的影響之中，因此，研究現代中國文學而不懂外語、不了解外國文學，就很難摸到底蘊。有人不必要地擔心，以為一談借鑒和影響，就似乎會抹殺作家的獨創性，貶低他作品的價值，這其實是一種狹隘的偏見。現代中國文學受外國文學的影響是毋庸諱言的，但這種文學借鑒不是亦步亦趨的模仿，而是如魯迅所說「放出眼光，自己來拿。」[2] 文學的影響或接受從來不會是純粹被動的抄襲模仿，而一定是經過作者自己的想像、重組和再創造。莎士比亞所有的劇作都有老的劇本或別種文字為基礎和依據，可是這並不妨礙他的獨創，也絕不減少他作品的價值。因此，比較文學的影響研究不是來源出處的簡單考據，而是通過這種研究認識文學作品在內容和形式兩方面的特點和創新之處。

中西比較詩學

就中外文學，尤其是中西文學的比較而言，直接影響的研究畢竟是範圍有限的領域，而比較文學如果僅僅局限於來源和影響，原因和結果的研究，按照韋勒克（René Wellek）譏誚的說法，就不過是一種文學「外貿」（the "foreign trade" of literatures）。[3] 比較文學的最終目的在於幫助我們認識人類文學的全部或稱總體文學（littérature générale），乃至認識人類文化的基本規律，所以中西文學超出實際聯繫範圍的平行研究不僅可能，而且極有價值。這種比較唯其是在不同文化系統的背景上進行，得出的結論就更具普遍意義。錢鍾書先生認為，文藝理論的比較研究即所謂比較詩學（comparative poetics）是一個重要而且大有可為的研究領域。如何把中國傳統理論中的術語和西方的術語加以比較和互相闡發，是比較詩學的重要任務之一。[4] 進行這項工作必須深入細緻，不能望文生義。中國古代的文學理論家大多是實踐家，要了解其理論必須同時讀其詩文，否則同一術語在不同的人用起來含義也不同，若不一一辨別分明，必然引起混亂。錢先生的《詩可以怨》，就是比較詩學的一篇典範論文，其中對韓愈兩篇文章中的用語，就有幽眇精微的辨析。韓愈《送孟東野序》裏說「物不得其平則鳴」，並不同於司馬遷所說「發憤所為作」，而他在《荊潭唱和詩序》裏說「歡愉之辭難工，而窮苦之言易好」，才是「詩可以怨」一個明確的注腳。[5] 在這篇文章裏，錢先生旁徵博引，用大量材料，令人信服地說明在中國和在西方，人們都認為最動人的是表現哀傷或痛苦的詩。很多詩人和理論家在說明這一點時不僅看法相近，而且取譬用語也常常巧合，這就指出了比較詩學中一個根本性的規律。

錢先生認為，研究中國古代的文藝理論不僅要讀詩話、詞話、曲論之類的專門文章，還應當留意具體作品甚至謠諺、訓詁之類，因為很多精闢見解往往就包含在那片言隻語當中。研究文論還應留意畫論、樂論，像文論中品

詩言「韵」，就是取譬音樂而最早見於謝赫論畫的「六法」，這與印度和西方
文藝理論中以不絕餘音喻含蓄有致的韵味，如出一轍。[6]同時，對於脫離創作
實踐的空頭理論，錢先生不甚可許。他強調從事文藝理論研究必須多從作品
實際出發，加深中西文學修養，而僅僅搬弄一些新奇術語來故作玄虛，對於
解決實際問題毫無補益。他舉了一些現代法、美文論家濫用「結構主義」的
例子，批評了像克利斯蒂瓦（Julia Kristeva）這樣一類人的理論。

文學翻譯研究

　　各國文學要真正溝通，必須打破語言的障礙，所以文學翻譯是必然的途
徑，也是比較文學關注的一個重要方面。錢先生在《林紓的翻譯》一文中，
對文學翻譯問題提出了許多見解，認為「文學翻譯的最高標準是『化』。把
作品從一國文字轉變成另一國文字，既能不因語文習慣的差異而露出生硬牽
強的痕跡，又能完全保存原有的風味，那就算得入於『化境』。」[7]錢先生在
談到翻譯問題時，認為我們不僅應當重視翻譯，努力提高譯文質量，而且應
當注意研究翻譯史和翻譯理論。在各國翻譯史裏，早期的譯作往往相當於譯
述或改寫，以求把外國事物變得儘量接近「國貨」，以便本國讀者容易理解
和接受。嚴複譯赫胥黎《天演論》，態度不可謂不嚴肅，「一名之立，旬月
踟躕」，但實際上加進了許多譯者自己的闡釋。林紓根本不懂外文，他的譯
作是根據別人的口述寫成，遇到他認為原作字句意猶未盡的地方，便往往根
據自己作文標準和「古文義法」為原作者潤筆甚至改寫。英國十六、十七
世紀的翻譯，這種改譯的例子也很多，《劍橋英國文學史》及馬蒂生（F. O.
Matthiessen）、斯賓干（J. E. Spingarn）等人都有論述。黑格爾《美學》第
一卷第三章有論劇作家處理題材的不同方式一節，說法國人出於本國文化
的驕傲（aus dem Hochmut），把外國題材都一概地本國化（sie haben sie nur
nationalisiert）。[8]這和施萊爾馬赫（F. D. E. Schleiermacher）論翻譯分兩派，
有兩條路可循的話正相發明：一派讓作者安然不動，使讀者動身上外國去，
另一派讓讀者安然不動，使作者動身到本國來。施萊爾馬赫還說「這兩條路
完全不同，譯者必須選擇其中一條，順道前行，如果兩者交叉混淆，結果一
定混亂不堪，作者和讀者恐怕就永無見面的可能。」[9]意大利詩人列奧巴蒂

(Giacomo Leopardi) 論德、法兩國的翻譯不同，在於兩國語言性質的不同，也和黑格爾的話印證。錢先生用黑格爾《美學》中的論述來談論翻譯問題，顯然是把翻譯當成一門藝術來看待，因此適用於其它藝術的美學原則，也應當適用於文學翻譯。就目前情況看來，我們對翻譯重視得還不夠，高質量的譯文並不很多，翻譯理論的探討還不夠深入，這種種方面的問題，也許隨着比較文學的發展會逐步得到深入探討。

比較絕不可牽強比附

　　比較文學在中國大陸真正引起學術界普遍注意，畢竟是八〇年代以後的事，大家對比較文學的性質、內容、方法等等理論問題，仍然有深入探討的必要。錢鍾書先生借用法國已故比較學者伽列 (J. M. Carré) 的話說：「比較文學不等於文學比較」(La littérature comparée n'est pas la comparaison littéraire.)。意思是說，我們必須把作為一門人文學科的比較文學與純屬臆斷、東拉西扯的牽強比附區別開來。由於沒有明確比較文學的概念，有人抽取一些表面上有某種相似之處的中外文學作品加以比較，既無理論的闡發，又沒有什麼深入的結論，為比較而比較，這種「文學比較」是沒有什麼意義的。事實上，比較不僅在求其同，也在存其異，即所謂「對比文學」(contrastive literature)。正是在明辨異同的過程中，我們可以認識中西文學傳統各自的特點。不僅如此，通過比較研究，我們應能加深對作家和作品的認識，對某一文學現象及其規律的認識，這就要求作品的比較與產生作品的文化傳統、社會背景、時代心理和作者個人心理等等，都能綜合起來加以考慮。換言之，文學之間的比較應在更大的文化背景中進行，考慮到文學與歷史、哲學、宗教、政治、心理學、語言學以及其它各門學科的聯繫。因此，錢先生認為，向我國文學研究者和廣大讀者介紹比較文學的理論和方法，在大學開設比較文學導論課程，是急待進行的工作。同時，他又希望有志於比較文學的研究者努力加深文學修養和理論修養，實際去從事具體的比較研究，而不要停留在談論比較文學的必要性和一般原理上。正像哈利·列文 (Harry Levin) 所說那樣，Nunc age：是時候了，去實際地把文學作比較吧。

註

1　見 Dante Alighieri, *The Divine Comedy*. Text with trans, Geoffrey L. Bickersteth (Oxford: Basil Blackwell, 1981), Paradiso, viii, 54, p. 572.

2　魯迅，〈拿來主義〉，《且介亭雜文》，16 卷本《魯迅全集》(北京：人民文學，1991)，第 6 卷，39 頁。

3　Rene Wellek, "The Crisis of Comparative Literature", *Concepts of Criticism*, ed. S. G. Nichols, Jr. (New Haven: Yale University Press, 1963), p. 290. 參見張隆溪選編《比較文學譯文集》(北京：北京大學出版社，1982)，23頁。

4　錢先生注重文學批評理論的比較，即比較詩學，也正是著名比較文學學者紀廉後來提出的一個重要看法。紀廉認為文學理論研究是比較文學發展的模式之一，而在這一方面，東西方的比較研究可以提供「特別有價值和有前途的機會」。參見 Claudio Guillen, *The Challenge of Comparative Literature,* trans. Cola Franzen (Cambridge, Mass.: Harvard University Press, 1993), p. 70.

5　錢鍾書，〈詩可以怨〉，《七綴集》，101–16 頁。

6　參見錢鍾書，《管錐編》(第 2 版，全 5 冊，北京：中華書局，1986)，第 4 冊，1352–66 頁。

7　錢鍾書，〈林紓的翻譯〉，《七綴集》，67 頁。

8　中譯文可參見朱光潛譯黑格爾《美學》，第 1 卷第 3 章，三，3.a〈讓藝術家自己時代的文化發揮效力〉，《朱光潛全集》第 13 卷，325 頁。

9　Friedrich Schleiermacher, "On the different methods of Translation", trans, Adnré Lefevere, *German Romantic Criticism*, ed. A Leslie Wilson (New York: Continuum, 1982), p. 9.

此曲只應天上有

張隆溪

　　用文字描述音樂的效果，實在吃力不討好。我也許可以借禪宗一個話頭，所謂啞子吃蜜，甜在心頭，不能訴諸口頭。《論語・述而》説孔子在齊聞韶，「三月不知肉味。」那是古人聰明，不採直説而用間接手法，使人想見韶樂之美，直可以讓人忘記美味佳肴的俗世享樂。韶樂早已失傳，其美如何，我無法知道。但在我聽過的樂曲中，有一首多聲部合唱曲（polychoral music），確實使我覺得有一種震撼靈魂的深沉和真摯，有撫慰靈魂的寧靜和溫柔，又有一種超然力量，可以把人的精神提升到崇高澄明的境界。聆聽那首樂曲時內心的感受，實在無法用語言表達出來。那作品就是十七世紀意大利人格雷戈里奧・阿列格里（Gregorio Allegri, 1582–1652）為《舊約》詩篇第51 首所譜的合唱曲 "Miserere mei, Deus"（憐憫我吧，神啊）。如果要舉出人聲演唱的音樂最具感染力的作品，我首先想到的就會是這首復調合唱曲。

　　這首樂曲全用人聲，沒有任何樂器伴奏，由一遠一近兩個合唱隊演唱，分五個聲部，加上四位獨唱，一共九聲部。這九個聲部此起彼伏，交織錯落，在寬闊深厚的背景上，又有飄逸的高音似乎毫不費力地漸升漸高，直升到一個極高的 C 音，就好像一片亮光，由平靜的海面升上去，一直升到雲端，升到天上，直帶我們的心靈進入天國之門。難怪門德爾松（Felix Mendelssohn）1831 年在梵蒂岡聽完這首樂器後説，聽過此曲的人「都認為這不像是人聲，而像空中天使的聲音，是任何別的地方都不可能聽到的聲音。」這九部互相交錯的聲音又各守其位，嚴格遵從精確對位的原則，其整體效果是一種完美的和諧，雖然有獨唱的高音，卻絕不使人覺得有某一聲部格外突出。到樂曲最後部分，九個聲部合為一體，達到圓滿純淨的統一。其實這首

---

* 本文原載 *China Avphile*《視聽技術》，2001 年 9 月號。頁 59–61。四川：四川科學技術出版社。

合唱曲使人印象深刻的，固然是那飄逸的高音（soprano），卻也有那深厚的低音（bass），用敘述般平緩乃至單調的旋律，唱出讚美詩的樂句。這種平緩的唱法（chant）是歐洲中世紀以來宗教音樂的傳統，而在文藝復興時代變得更為複雜純熟。十五世紀時，梵蒂岡建立起專職的教皇合唱團，凡遇宗教節日和舉行重要儀式，都在著名的西斯廷教堂（Cappella Sistina）演唱。阿列格里就是教皇合唱團成員，他從小喜愛音樂，參加合唱，曾跟佐凡尼·納尼諾（Giovanni Maria Nanino）學作曲，其作品可見納尼諾的影響，更有納尼諾的老師、著名音樂家帕勒斯屈那（Giovanni Pierluigi da Palestrina）的遺風。1629 年在他 47 歲時，阿列格里加入教皇合唱團，他譜寫的 "Miserere mei" 就是為復活節前一禮拜，即所謂神聖禮拜的儀式而作。

據音樂史家研究，阿列格里的原譜並沒有高 C 音的獨唱聲部，那動人心魄的高音聲部很可能是另一位作曲家增加的花飾（embellimento）。但那花飾並非巴羅克時代作品，而是文藝復興時期的古樸風格，其時教皇合唱團一貫在演唱當中，對簡單的樂句加以變化，增加多部和聲。因此這高 C 音的獨唱即便不是阿列格里原作，也是按原譜依照一定章法變化而來，絕非演唱時的即興發揮。許多高音獨唱的樂句（如 incerta et occulta sapientiae…… 你隱秘地使我懂得智能），在合唱隊深厚鋪墊的基礎上，真有令人神往的奇特性質，似乎非凡間的音響。所以無論此曲原譜的歷史真相如何，現在所有的演唱和錄音都採用包括這高 C 音獨唱聲部的形式。其實阿列格里的原譜一直屬教皇合唱團專有，教皇曾有明令，嚴格禁止任何人將此曲譜抄寫外傳，違犯禁令者必受革出教門的重罰。到十八世紀時，葡萄牙國王利奧波德一世（Leopold I）和研究音樂的著名學者馬蒂尼神父（Padre Martini, 1706–1784）得教皇特許，擁有此曲的抄譜，但關於此樂譜的外傳，還有一段樂壇佳話。

那是 1770 年，才華洋溢的莫扎特剛滿 14 歲，父親帶他在歐洲各國演奏，所到之處，頗受主教和王公貴胄們垂青。這年 4 月初，莫扎特父子二人冒着綿綿細雨，由佛羅倫薩南下，翻過薩巴蒂尼山來到羅馬。抵達羅馬時在 1770 年 4 月 11 日，正是復活節前一個禮拜三。他們先到聖城梵蒂岡的聖彼得教堂，見其廊柱穹窿，宏偉壯麗，不禁讚嘆不已。之後他們又到西斯廷教堂，那裏有萬千燭光，映照出拉斐爾所繪聖母和穹頂上米開郎基羅所繪壁畫傑作。這一晚在燭光下舉行祈禱儀式（Tenebrae），由教皇合唱團最後演唱的作品，正是阿列格里的"Miserere mei"。教皇和眾多教士們絕沒有想到，在參加祈禱儀式的眾人之中，竟有一位十多歲的少年有如此的音樂天才、機敏和勇氣，會打破教廷對聖樂的壟斷，因為莫扎特聽完演唱後回到寓所，立即憑他非凡的記憶將全部樂譜寫了出來。他父親為此頗感驕傲，在寫給莫扎特母親的信中，他興奮地說，沃爾夫岡已經將教廷秘不示人的樂曲寫了下來，但「既然這是羅馬的秘密之一，我們不想讓它落入他人之手。」直到今天，人們還沒有發現莫扎特這份手稿。那一年夏天，莫扎特為詩篇第 51 首譜寫了他自己的"Miserere mei"（作品編號 K85），其中可以明顯見出阿列格里的影響。

阿列格里為詩篇 51 首譜寫的這首合唱曲，當然是宗教音樂，但其震撼心靈的力量與宗教信仰卻並沒有直接關係。現代聽眾也許大都不那麼虔信宗教，但聽到阿列格里這首合唱曲，卻不能不深為之感動，覺得那與精神相契合的音樂之美，無法訴諸語言，形之於筆端。阿列格里一生寫過許多作品，但他在現代的名聲，卻完全建立在這首合唱曲的基礎之上。自有錄音技術以來，已經有好幾十種 *Miserere mei* 的唱片，就我所聽過的唱片中，我可以推薦以下幾種：

劍橋大學國王學院合唱團（King's College Choir）1963 年由戴維·威爾科克斯爵士（Sir David Willcocks）指揮的錄音，現在有公司用數碼技術重新錄製的 CD（421 147–2），由羅伊·古德曼（Roy Goodman）擔任男高音獨唱，主標題為 *Allegri, Miserere*，副題為 *Palestrina, Stabat Mater*，唱詞用英語。劍橋合唱隊（Cambridge Singers）由約翰·魯特（John Rutter）指揮的錄音，由 Collegium Records 出版 CD（COLCD 123），標題為 *A Banquet of Voices*（眾聲的宴席），唱詞用拉丁原文。我自己最喜愛的是劍橋大學三一學院合唱團（The Choir of Trinity College）1993 年的錄音，由理查德·馬洛（Richard Marlow）指揮，Conifer Records 公司出版（74321–16851–2），CD 標題為 *Allegri, Miserere*，唱詞也用拉丁原文。此外還有多種錄音，尤其值得一提的是 Astree 公司 1994 年出版的一張 CD（8524），第一次全部錄製阿列格里的作品，當然包括這首著名合唱曲，由 A Sei Voci 合唱隊演唱，貝爾納·法布雷 – 加呂（Bernard Fabre-Garrus）指揮，標題為 *Allegri, Miserere, Messe, Motets*，頗有些獨特。這許多 CD 可以供愛好者各自選擇，挑出最適合自己趣味的佳品。

張隆溪著作目錄

Books in English

1. Zhang Longxi (2023). *A History of Chinese Literature*. London: Routledge, 422 pp.

2. Zhang Longxi (2022). *Literature: A World History*. 4 vols. Chichester: Wiley Blackwell, vol. 1, pp. 7–29, vol. 2, pp. 235–304, vol. 3, pp. 697–735, vol. 4, pp. 1034–1064. (Total 160 pp.).

3. Zhang Longxi (2015). *From Comparison to World Literature*. Albany: State University of New York Press; paperback edition, 2016, 195 pp.

    a. 比較から世界文学へ, Japanese translation by Akiyoshi Suzuki 鈴木章能. Tokyo 東京: Suiseisha 水声社, 2018, 261 pp.

    (Reviewed in *Recherche littéraire / Literary Research*; and *Literature and Theology*)

4. Zhang Longxi (2007). *Unexpected Affinities: Reading across Cultures*. Toronto: University of Toronto Press, 130 pp.

    (Reviewed in *China Review International*; *Comparative Literature Studies*; and *Journal of Asian Studies*)

5. Zhang Longxi (2005). *Allegoresis: Reading Canonical Literature East and West*. Ithaca: Cornell University Press, 256 pp.

    a. アレゴレツス——東洋と西洋の文学と文学理論の翻訳可能性 Japanese translation by Akiyoshi Suzuki 鈴木章能 and Masato Torikai 鳥飼真人. Tokyo 東京: Suiseisha 水声社, 2016, 396 pp.

    (Reviewed in *Comparative Literature*; *Comparative Literature Studies*; *Journal of Asian Studies*; *Journal of Chinese Studies*; and *Canadian Review of Comparative Literature*;)

6. Zhang Longxi (1998). *Mighty Opposites: From Dichotomies to Differences in the Comparative Study of China*. Stanford: Stanford University Press.

    (Reviewed in *China Information* and Amazon)

7. Zhang Longxi (1992). *The Tao and the Logos: Literary Hermeneutics, East and West*. Durham: Duke University Press.

    a. Korean translation by Chung Jin-Bae 鄭晉培. Seoul: Kang Publishing Co. 1997, 341 pp.

    b. 《道與邏各斯》Chinese translation by Feng Chuan 馮川。Chengdu: 四川人民出版社 [Sichuan People's Press], 1998, 308 pp.

    c. 2nd ed. Reprint. Nanjing: 江蘇教育出版社 [Jiangsu Education Press], 2006, 263 pp.

    (Won Honorable Mention for the Joseph Levenson Book Prize, awarded by the Association for Asian Studies, USA, 1994; Korean translation, 1997; Chinese translation, 1998; reprinted 2006).

Books in Chinese

1. 張隆溪（2023 年 1 月）。《香江行山雅詠》[Collected Poems on Hiking in Hong Kong]. 編輯，與張宏生、張健合著。Hong Kong: 中華書局（香港）[Chung Hwa Book Co. (Hong Kong)], 333 pp.

2. 張隆溪（2021 年 8 月）。《什麼是世界文學》[What Is World Literature]. Beijing: 三聯書店 [SDX Joint Publishing Co.], 244 pp.

3. 張隆溪（2019 年 8 月）。《文學－記憶－思想：東西比較隨筆集》[Literature, Memory, and Thought: Reflections in East-West Comparative Studies]. Beijing: 中國社會科學出版社 [Chinese Social Science Press], 340 pp.

4. 張隆溪（2014 年 1 月）。《闡釋學與跨文化研究》[*Hermeneutics and Cross-Cultural Studies*]. Beijing: 三聯書店 [SDX Joint Publishing Co.], 210 pp.

5. 張隆溪（2014 年 10 月）。《張隆溪文集》[*Zhang Longxi's Collected Works*], ed. Han Han [韓晗], vol. 4. (including《闡釋學與跨文化研究》[*Hermeneutics and Cross-Cultural Studies*] and《二十世紀西方文論述評》[*A Critical Introduction to Twentieth-Century Theories of Literature*]), Taipei: Showwe [秀威資訊科技], 280 pp.

6. 張隆溪（2013 年 11 月）。《張隆溪文集》[*Zhang Longxi's Collected Works*], ed. Han Han [韓晗], vol. 3. (including《一轂集》[*Collection of Thirty Essays*]), Taipei: Showwe [秀威資訊科技], 389 pp.

7. 張隆溪（2013 年 7 月）。《張隆溪文集》[*Zhang Longxi's Collected Works*], ed. Han Han [韓晗], vol. 2. (including《走出文化的封閉圈》and《比較文學研究入門》), Taipei: Showwe [秀威資訊科技], 374 pp.

8. 張隆溪（2013 年 5 月）。《張隆溪文集》[*Zhang Longxi's Collected Works*], ed. Han Han [韓晗], vol. 1. (including《同工異曲：誇文化閱讀的啟示》and《中西文化研究十論》), Taipei: Showwe [秀威資訊科技], 308 pp.

9. 張隆溪（2012 年 10 月）。《從比較文學到世界文學》[*From Comparative Literature to World Literature*]. Shanghai: 復旦大學出版社 [Fudan University Press], 194 pp.

10. 張隆溪（2012 年 10 月）。《文學、歷史、思想：中西比較研究》[*Literature–History–Thought: Chinese-Western Comparative Studies*]. Hong Kong: 三聯書店（香港）有限公司 [Joint Publishing (H. K.) Co. Ltd.], 283 pp.

11. 張隆溪（2011 年 6 月）。《一轂集》[*Collection of Thirty Essays*]. Shanghai: 復旦大學出版社 [Fudan University Press], 313 pp.

12. 張隆溪（2010 年 5 月）。《靈魂的史詩：失樂園》[*A Spiritual Epic: Paradise Lost*]. Taipei: 網路與書 Net and Books, 123 pp.

13. 張隆溪（2009 年 5 月）。《比較文學研究入門》[*An Introduction to Comparative Literature*]. Shanghai: 復旦大學出版社 [Fudan University Press], 164 pp.

    a.   2022 年 6 月。成都：四川人民出版社 [Sichuan People's Press] 新版，226 pp.

14. 張隆溪（2008 年 11 月）。《五色韻母》[*Colors of Rhymes*]. Taipei: 網路與書 Net and Books, 239 pp.

15. 張隆溪（2006 年 10 月）。《同工異曲：誇文化閱讀的啟示》[*Unity out of Diversity: Insights in Cross-Cultural Readings*]. Nanjing: 江蘇教育出版社 [Jiangsu Education Press], 100 pp.

16. 張隆溪（2005 年 11 月，2010 年 12 月第二版）。《中西文化研究十論》[*Ten Essays in Chinese-Western Cross-Cultural Studies*]. Shanghai: 復旦大學出版社 [Fudan University Press], 268 pp.

17. 張隆溪（2002 年 5 月）。《智術無涯》[*Ars Longa: Mini Essays on Language, Literature, and Culture*]. With 周振鶴 Zhou Zhenhe and 葛兆光 Ge Zhaoguang. Tianjin: 百花文藝出版社 [Baihua Literature and Art Publishing House], 199 pp. (62% authorship).

18. 張隆溪（2000 年 6 月）。《走出文化的封閉圈》[*Out of the Cultural Ghetto*]. Hong Kong: 商務印書館（香港）有限公司 [The Commercial Press (Hong Kong) Ltd.], 324 pp.

    a.   2004 年 10 月。北京：三聯書店 [SDX Joint Publishing Co.]，增訂第二版，275 pp.

19. 張隆溪（1986 年 7 月）。《二十世紀西方文論述評》[*A Critical Introduction to Twentieth-Century Theories of Literature*]. Beijing: 三聯書店 [SDX Joint Publishing Co.], 210 pp.

Edited Books

1. Zhang Longxi (2022), *Literature: A World History*. Vol. 3. 1500–1800. Chichester: Wiley Blackwell.

2. Zhang Longxi (2012). *The Concept of Humanity in an Age of Globalization*. Göttingen: V&R unipress.

3. 張隆溪 (1984)。《比較文學論文集》[*Essays in Comparative Literature*]. Co-edited with Wen Rumin 溫儒敏。Beijing: 北京大學出版社 [Peking University Press], 303 pp.

4. 張隆溪 (1982)。《比較文學譯文集》[*Translated Essays in Comparative Literature*]. Beijing: 北京大學出版社 [Peking University Press], 240 pp.

Journal Articles in English

1. Zhang Longxi (2022). "Hermeneutics and Politics: Going beyond the Book," *KNOW: A Journal on the Formation of Knowledge*, vol. 6, no. 2 (Fall 2022), Chicago, pp. 239–62.

2. Zhang Longxi (2022). "Introduction: Comparative Literature beyond Eurocentrism," *Journal of Foreign Languages and Cultures*, vol. 6, no. 1, June 2022, Changsha, pp. 1–14 (50% authorship, with Omid Azadibougar).

3. Zhang Longxi (2022). "The Challenge of Writing a World Literary History," *Journal of Foreign Languages and Cultures*, vol. 6, no. 1, June 2022, Changsha, pp. 141–53.

4. Zhang Longxi (2022). "Cosmopolitanism and Global Ethics," *Diogenes*, May 2022, pp. 1–10.

5. Zhang Longxi (2021). "Parallelism and Antithesis: Structural Principles in the Mind and in Literature from a Chinese Perspective," *European Review*, vol. 29, no. 2, April 2021, Cambridge University Press, pp. 274–284.

6. Zhang Longxi (2020). "Author Meets Readers: Martin Powers in Conversations with Sandra Field, Jeffrey Flynn, Stephen Macedo, and Longxi Zhang," *Journal of World Philosophies*, vol. 5, no. 1, Summer 2020, pp. 188–240. My contribution, entitled "Reconceptualizing Received Notions: Reading Martin Powers' *China and England*," appears in pp. 211–216.

7. Zhang Longxi (2019). "Mirror of Enigma and Mirror of Magic: Textual Evidence for Setting the Ground of East-West Comparative Literature," *International Comparative Literature*, vol. 2, no. 4, Shanghai, 2019, pp. 601–613.

8. Zhang Longxi (2018). "The Hermeneutic Circle, Textual Integrity, and the Validity of Interpretation," *Christianity and Literature*, vol. 68, no. 1, Azusa, Calif., 2018, pp. 118–137.

9. Zhang Longxi (2018). "How to Read and Interpret a Text Properly?" Blog article published on February 18, 2019 on the website of *Christianity and Literature*: https://christianityandliteratureblog.com/

10. Zhang Longxi (2017). "Daniel Aaron: An Eminent Americanist," *Journal of Foreign Languages and Cultures*, vol. 1, no. 1, December 2017, Changsha, pp. 137–143.

11. Zhang Longxi (2017). "The Yet Unknown World Literature." *Revista Brasileira de Literatura Comparada*, 32, Rio de Janeiro, pp. 53–57.

12. Zhang Longxi (2017). "East-West Comparative Studies: A Challenge and an Opportunity." *KNOW: A Journal on the Formation of Knowledge* 1 (1), Chicago University Press, pp. 45–65.

13. Zhang Longxi (2017). "Aspects of World Literature." *Letteratura et Letterature* 11, November 2017, Rome, pp. 59–69.

14. Zhang Longxi (2017). "Meaning, Reception and the Use of Classics: Theoretical Considerations in a Chinese Context." *Intertexts*, vol. 19, no. 1, Texas, pp. 5–21.

15. Zhang Longxi (2016). "Comparison and Correspondence: Revisiting an Old Idea for the Present Time." *Comparative Literature Studies*, vol. 53, no. 4, University Park, PA, pp. 766–85.

16. Zhang Longxi (2016). "Tao Qian, the idea of garden as home, and the Utopian vision," *International Communication of Chinese Culture*, vol. 3, no. 3, November 2016, New York, pp. 365–375.

17. Zhang Longxi (2016). "Comparison and Interconnectedness." *Recherche littéraire / Literary Research* 32, Leiden, pp. 30–43.

18. Zhang Longxi (2016). "Canon and World Literature." *Journal of World Literature*, vol. 1, no. 1, Leiden, pp. 119–27.

19. Zhang Longxi (2015). "The Play of Intertextuality: A Stylistic Feature of Qian Zhongshu's Literary Writings." *Chinese Arts and Letters*, vol. 2, no. 2, Nanjing, pp. 79–97.

20. Zhang Longxi (2015). "Cross-Cultural Translatability: Challenges and Prospects." *European Review*, vol. 23, no. 3, Cambridge University Press, pp. 369–78. [SSCI-listed: Area Studies, 61/66].

21. Zhang Longxi (2015). "Lessons from Mount Lu: China and cross-cultural understanding." *Cultural Dynamics*, vol. 27, no. 2, Sage, pp. 285–293.

22. Zhang Longxi (2015). "Re-conceptualizing China in our Time: From a Chinese Perspective." *European Review*, vol. 23, no. 2, Cambridge University Press, pp. 193–209. [SSCI-listed: Area Studies, 59/69]

23. Zhang Longxi (2014). "The Pale Cast of Thought: On the Dilemma of Thinking and Action." *New Literary History*, vol. 45, no. 2, pp. 281–297. [Scimago Q1, Literature and Literary Theory, 4/663]

24. Zhang Longxi (2014). "Identity, Perspective, and Cross-Cultural Communication." *Orientaliska studier*, no. 138, pp. 153–159.

25. Zhang Longxi (2014). "Analogical Thinking in Ancient China," *Chinese Arts and Letters*, vol. 1, no. 1, Nanjing, March 2014, pp. 82–87.

26. Zhang Longxi (2014). "The Relevance of *Weltliteratur*," *Poetica: Zeitschrift* für *Sprach-und Wissenschaft*, vol. 45, nos. 3–4, pp. 241–247. [AHCI, Arts and Humanities]

27. Zhang Longxi (2013). "Qian Zhongshu and World Literature," *Revue de littérature comparée*, avril–juin 2013, Paris, pp. 177–202.

28. Zhang Longxi (2013). "Fokkema on Utopian Fiction," *Canadian Review of Comparative Literature*, vol. 39, no. 3, pp. 332–344.

29. Zhang Longxi (2012). "Jewish and Chinese Diasporas." *Canadian Review of Comparative Literature*, vol. 36, no. 3, pp. 300–309.

30. Zhang Longxi (2012). "Divine Authority, Reference Culture, and the Concept of Translation." *Taiwan Journal of East Asian Studies*, vol. 9, no. 1, pp. 1–23.

31. Zhang Longxi (2011). "Risky Business: The Challenge of East-West Comparative Studies." *Journal of East-West Thought*, vol. 1, no. 1, pp. 115–122.

32. Zhang Longxi (2011). "The Humanities: Their Value, Defence, Crisis, and Future." *Diogenes*, vol. 58, nos. 1–2, pp. 64–74. [AHCI, Arts and Humanities]

33. Zhang Longxi (2011). "Poetics and World Literature." *Neohelicon*, vol. 38, no. 2, pp. 319–327. [AHCI, Arts and Humanities]

34. Zhang Longxi (2011). "Difference or Affinity? A Methodological Issue in Comparative Studies." *Revue de littérature comparée*, janvier–mars 2011, Paris, pp. 18–24.

35. Zhang Longxi (2011). "The Complexity of Difference: Individual, Cultural and Cross-Cultural." *Interdisciplinary Science Reviews* 35 (3–4), London, pp. 341–352. [SCI Expanded, SSCI Q1, Sciences, Social and Behavioral Sciences]

36. Zhang Longxi (2010). "Contextualization and Cross-Cultural Understanding." *Taiwan Journal of East Asian Studies* 7 (1), pp. 41–54.

37. Zhang Longxi (2010). "The True Face of Mount Lu: On the Significance of Perspectives and Paradigms." *History and Theory* 49 (1), pp. 58–70. [SSCI, AHCI, Social and Behavioral Sciences, Arts and Humanities]

38. Zhang Longxi (2009). "East Asia in the Globe: Beyond Universalism and Relativism," *Taiwan Journal of East Asian Studies*, vol. 6, no. 2, Taipei, December 2009, pp. 25–37.

39. Zhang Longxi (2009). "Vision, Imagination and Creativity," *Technology Imagination Future: Journal for Transdisciplinary Knowledge Design*, vol. 2, no. 1, Seoul, June 2009, pp. 1–12.

40. Zhang Longxi (2006). "Comparative Literature and the Plural Vision of Discourse," in *Comparative Literature: Sharing Knowledge for Preserving Cultural Diversity*, Ed. David E. Johnson, Paola Mildonian, Jean-Michel Djian, Djelal Kadir, Lisa Block de Behar, and Tania Franco Carvalhal, in *Encyclopedia of Life Support Systems (EOLSS),* Developed under the Auspices of the UNESCO, EOLSS Publishers, Oxford, UK, 2006 [http://www.eolss.net].

41. Zhang Longxi (2006). "Teaching English in China: Language, Literature, Culture, and Social Implications,"《外語教學與研究》[*Foreign Language Teaching and Research*], vol. 38, no. 5, Beijing, September 2006, pp. 248–253.

42. Zhang Longxi (2004). "History and Fictionality: Insights and Limitations of a Literary Perspective," *Rethinking History*, vol. 8, no. 3, London, September 2004, pp. 387–402.

43. Zhang Longxi (2002). "The Utopian Vision, East and West," *Utopian Studies*, vol. 13, no. 1, St. Louis, Missouri, Summer 2002, pp. 1–20.

44. Zhang Longxi (2002). "Hermeneutics and the Revival of Classic Studies," *Reconstitution of Classical Studies*, no. 11, Kobe, Japan, March 2002, pp. 44–51.

45. Zhang Longxi (2000). "Difficult First Steps: Initial Contact with European Culture in the Late Qing Dynasty," *East-West Dialogue*, vol. V, no. 1, Hong Kong, June 2000, pp. 25–34.

46. Zhang Longxi (1999). "Debating 'Chinese Postmodernism'," *Postcolonial Studies*, vol. 2, no. 2, Abingdon, Oxfordshire, July 1999, pp. 185–198.

47. Zhang Longxi (1998). "Cultural Differences and Cultural Constructs: Reflections on Jewish and Chinese Literalism," *Poetics Today*, vol. 19, no. 2, Durham, NC, Summer 1998, pp. 305–328.

48. Zhang Longxi (1996). "What is *Wen* and Why Is It Made So Terribly Strange?" *College Literature*, vol. 23, no. 1, West Chester, PA, February 1996, pp. 15–35.

    a.   Translated into Chinese as〈文為何物，且如此怪異？〉by Wang Xiaolu 王曉路 in《中外文化與文論》[*Chinese-Foreign Cultures and Literary Theories*], no. 3, Chengdu, April 1997, pp. 85–105.

49. Zhang Longxi (1995). "Revolutionary as Christ: The Unrecognized Savior in Lu Xun's Works," *Christianity and Literature*, vol. 45, no. 1, Carrollton, GA, Autumn 1995, pp. 85–97.

50. Zhang Longxi (1995). "Critical Theory and the Literary Text: Symbiotic Compatibility or Mutual Exclusivity? A Personal Response," *Pacific Coast Philology*, vol. 30, no. 1, Malibu, CA, 1995, pp. 130–132.

51. Zhang Longxi (1994). "Historicizing the Postmodern Allegory," *Texas Studies in Literature and Language*, vol. 36, no. 2, Austin, TX, Summer 1994, pp. 212–231.

52. Zhang Longxi (1993). "The Cannibals, the Ancients, and Cultural Critique: Reading Montaigne in Postmodern Perspective," *Human Studies*, vol. 16, nos. 1–2, Dordrecht, the Netherlands, April 1993, pp. 51–68.

53. Zhang Longxi (1993). "Out of the Cultural Ghetto: Theory, Politics, and the Study of Chinese Literature," *Modern China*, vol. 19, no. 1, Newbury Park, CA, January 1993, pp. 71–101.

    a.   Translated into Chinese as〈走出文化的封閉圈〉，*Jintian*《今天》[*Today*], no. 4, Stockholm, 1992, pp. 204–228.

    b.   Reprinted in *Southeast Asian Journal of Social Science*, Times Academic Press, vol. 22, Singapore, 1994, pp. 21–24.

54. Zhang Longxi (1992). "Western Theory and Chinese Reality," *Critical Inquiry*, vol. 19, no. 1, Chicago, Autumn 1992, pp. 105–130.

55. Zhang Longxi (1989). "The Tongue-Tied Muse: The Difficulty of Poetic Articulation," *Critical Studies*, vol. 1, no. 1, Amsterdam, 1989, pp. 61–77.

56. Zhang Longxi (1988). "The Myth of the Other: China in the Eyes of the West," *Critical Inquiry*, vol. 15, no. 1, Chicago, Autumn 1988, pp. 108–131.

    a.   Reprinted in *Comparative Political Culture in the Age of Globalization: An Introductory Anthology*, ed. Hwa Yol Jung (Lanham, Md.: Lexington Books, 2002), pp. 83–108.

57. Zhang Longxi (1988). "The Critical Legacy of Oscar Wilde," *Texas Studies in Literature and Language*, vol. 30, no. 1, Austin, TX, Spring 1988, pp. 87–103.

    a.   Reprinted in *Critical Essays on Oscar Wilde*, ed. Regenia Gagnier, in "Critical Essays on British Literature" series (New York: G. K. Hall & Co., 1991), pp. 157–171.

58. Zhang Longxi (1987). "The Letter or the Spirit: The *Song of Songs*, Allegoresis, and the *Book of Poetry*," *Comparative Literature*, vol. 39, no. 3, Eugene, OR, Summer 1987, pp. 193–217.

59. Zhang Longxi (1985). "Vico Studies in China," *New Vico Studies*, vol. 3, New York, 1985, pp. 236–239.

60. Zhang Longxi (1985). "The Tao and the Logos: Notes on Derrida's Critique of Logocentrism," *Critical Inquiry*, vol. 11, no. 3, Chicago, March 1985, pp. 385–398.

61. Zhang Longxi (1984). "The Quest and Question of Poetic Language," *Phenomenology Information Bulletin*, vol. 8. Belmont, Mass., 1984. pp. 59–70.

62. Zhang Longxi (1984). "Translation as Transformation," *Stone Lion Review*, no. 12, Cambridge, Mass., 1984, pp. 20–25.

63. Zhang Longxi (1982). "Death in Shakespearean Tragedy," *Social Sciences in China*, vol. 3, no. 3, Beijing, 1982, pp. 169–222.

Book chapters in English

1. Zhang Longxi (2022). "Introduction: East Asia as a Region," "Chinese Literature," in *Literature: A World History*, vol. 1. Before 200 CE. General Ed. David Damrosch and Gunilla Lindberg-Wade, Volume Editor, Anders Pettersson. Chichester: Wiley Blackwell, pp. 7–29.

2. Zhang Longxi (2022). "Introduction," "Chinese Literature," in *Literature: A World History*, vol. 2. 200 – 1500. General Ed. David Damrosch and Gunilla Lindberg-Wade, Volume Editors, Bo Utas and Theo D'haen. Chichester: Wiley Blackwell, pp. 235–304.

3. Zhang Longxi (2022). "Introduction to Volume 3: Literature of the World between 1500 and 1800," "Introduction," "Chinese Literature," in *Literature: A World History*, vol. 3. 1500–1800. General Ed. David Damrosch and Gunilla Lindberg-Wade, Volume Editor, Zhang Longxi. Chichester: Wiley Blackwell, pp. 697–735.

4. Zhang Longxi (2022). "Utopia and Anti-Utopia in the Literary World," in *Literature: A World History*, vol. 3. 1500 – 1800. General Ed. David Damrosch and Gunilla Lindberg-Wade, Volume Editor, Zhang Longxi. Chichester: Wiley Blackwell, pp. 1016–1027.

5. Zhang Longxi (2022). "Introduction," "Chinese Literature," in *Literature: A World History*, vol. 4. 1800 – 2000. General Ed. David Damrosch and Gunilla Lindberg-Wade, Volume Editor, Djelal Kadir. Chichester: Wiley Blackwell, pp. 1034–1064.

6. Zhang Longxi (2022). "Chinese Literature, Translation, and World Literature," chapter 1 in Kuei-fen Chiu and Yingjin Zhang (eds.), *The Making of Chinese-Sinophone Literatures as World Literature*. Hong Kong: Hong Kong University Press, pp. 25–39.

7. Zhang Longxi (2022). "Reaching Out to the World Against the Grain: The Relevance of Cosmopolitanism in Our Time," chapter 6 in Didier Coste, Christina Kkona, and Nicoletta Pireddu (eds.), *Migrating Minds: Theories and Practices of Cultural Cosmopolitanism*. New York: Routledge, pp. 78–89.

8. Zhang Longxi (2021). "Foreword" to Eugene Eoyang, Gang Zhou and Jonathan Hart (eds.), *Comparative Literature around the World: Global Practice*. Paris: Honoré Champion, pp. 9–12.

9. Zhang Longxi (2021). "East Asia as Comparative Paradigm," chapter 14 in Debjani Ganguly (ed.), *The Cambridge History of World Literature*. Vol. 1, Cambridge: Cambridge University Press, pp. 281–294.

10. Zhang Longxi (2021). "A Virtual Round-Table Discussion on the Cross-Cultural Transferability of Concepts in the Humanities," in Christoph Bode, Michael O'Sullivan, Lukas Schepp and Eli Park Sorensen (eds.), *East-West Dialogues: The Transferability of Concepts in the Humanities*, Munich Studies in English 46. Berlin: Peter Lang, pp. 21–29, 39–43.

11. Zhang Longxi (2021). "Value and Canonicity: The Making of World Literature," in Michael Steppat and Steve J. Kulish (eds.), *Literature and Interculturality (II): Valuations, Identifications, Dialogues*. Intercultural Research 9. Shanghai: Shanghai Foreign Language Education Press, pp. 21–32.

12. Zhang Longxi (2020). "Comparison and East-West Encounter: The Seventeenth and the Eighteenth Centuries," in Angelika Epple, Walter Erhart and Johannes Grave (eds.), *Practices of Comparing: Towards a New Understanding of a Fundamental Human Practice*. Bielefeld: Bielefeld University Press, pp. 213–227.

13. Zhang Longxi (2019). "The Tao and the Logos Revisited," in Michael Steppat and Steve J. Kulish (eds.), *Literature and Interculturality (1): Concepts, Applications, Interactions*. Intercultural Research 8. Shanghai: Shanghai Foreign Language Education Press, pp. 117–130.

14. Zhang Longxi (2019). "Mirror of Enigma and Mirror of Magic," in Emilia Di Rocco (ed.), *Astonishment: Essays on Wonder for Piero Boitani*. Roma: Edizioni di Storia e Letteratura, pp. 71–85.

15. Zhang Longxi (2019). "Nature and Life Writing: A Comparative Study of Henry David Thoreau and Tao Qian," in Nadja Gernalzick and Heike C. Spickermann (eds.), *Developing Transnational American Studies*, Intercultural Studies 8. Heidelberg: Universitätsverlag Winter, 2019, pp. 57–67.

16. Zhang Longxi (2018). "Dialogue Section C: World Literature: Significance, Challenge, and Future," in Weigui Fang (ed.), *Tensions in World Literature between the Local and the Universal*. Singapore: Palgrave Macmillan, pp, 331–344.

17. Zhang Longxi (2018). "World Literature, Canon, and Literary Criticism," in Weigui Fang (ed.), *Tensions in World Literature between the Local and the Universal*. Singapore: Palgrave Macmillan, pp. 171–190.

18. Zhang Longxi (2018). "Metaphor and Translation," in Anton J. Escher and Heike C. Spickermann (eds.), *Perspektiven der Interkulturalität: Forschungsfelder eines umstrittenen Begriffs*. Intercultural Studies 1. Heidelberg: Univeritätsverlag Winter, 2018, pp. 163–175.

19. Zhang Longxi (2018). "Canon, Citation and Pedagogy: the Homeric Epics and the *Book of Poetry*," in Fritz-Heiner Mutschler (ed.), *The Homeric Epics and the Chinese Book of Poetry: The Foundational Texts Compared*. Newcastle upon Tyne: Cambridge Scholars Publishing, pp. 207–223.

20. Zhang Longxi (2017). "Dream in Chinese Literature: From a Cross-Cultural Perspective," in Bernard Dieterle and Manfred Engel (eds.), *Writing the Dream* / Écrire *le rêve*, Würzburg: Verlag Königshausen & Neumann, pp. 137–47.

21. Zhang Longxi (2016). "Meaning, Reception, and the Use of Classics: Theoretical Considerations in a Chinese Context," in Brenda Deen Schildgen and Ralph Hexter (eds.), *Reading the Past Across Space and Time*, New York: Palgrave Macmillan, pp. 299–319.

22. Zhang Longxi (2016). "Elective Affinities: Two Moments of Encounter with Oscar Wilde's Writings," in Peter J. Kitson and Robert Markley (eds.), *Writing China: Essays on the Amherst Embassy (1816) and Sino-British Cultural Relations*. Cambridge: D. S. Brewer, pp. 152–166.

23. Zhang Longxi (2016). "Literary Modernity in Perspective," in Yingjin Zhang (ed.), *A Companion to Modern Chinese Literature*, London: John Wiley & Sons, pp. 41–53.

24. Zhang Longxi (2015). "In Search of a Land of Happiness: Utopia and its Discontents," in Piero Boitani and Emilia di Rocco (eds.), *Dall' antico al moderno: Immagini del classico nelle letterature Europee*, Roma: Edizioni di storia e letteratura, pp. 135–155.

    a. reprinted in José Luís Jobim (ed.), *Literary and Cultural Circulation*. Oxford: Peter Lang, 2017, pp. 327–349.

25. Zhang Longxi (2015). "Of Fish and Knowledge: On the Validity of Cross-Cultural Understanding," in Roger Ames and Takahiro Nakajima (eds.), *Zhuangzi and the Happy Fish*, Honolulu: University of Hawaii Press, pp. 149–169.

26. Zhang Longxi (2015). "Prologue: Looking Backwards at Worlds Apart," in Qian Suoqiao (ed.), *Cross-Cultural Studies: China and the World—A Festschrift in Honor of Professor Zhang Longxi*, Leiden: Brill, pp. 13–22.

27. Zhang Longxi (2015). "Translation, Communication, and East-West Understanding," in Chin-Chuan Lee (ed.), *Internationalizing "International Communication*," Ann Arbor: University of Michigan Press, 2015, pp. 244–257.

28. Zhang Longxi (2014). "Understanding, Misunderstanding, and the Critical Function of Hermeneutics in Cross-Cultural Studies," in Ming Xie (ed.), *The Agon of Interpretations: Towards a Critical Intercultural Hermeneutics*, Toronto: University of Toronto Press, pp. 140–155.

29. Zhang Longxi (2014). "Reading Literature as a Critical Problem," in Ruth Vanita (ed.), *India and the World: Postcolonialism, Translation and Indian Literature. Essays in Honour of Professor Harish Trivedi*, New Delhi: Pencraft International, pp. 7–16.

30. Zhang Longxi (2014). "Introduction," in Qian Zhongshu, *Patchwork: Seven Essays on Art and Literature*, trans. Duncan Campbell, Leiden: Brill, 2014, pp. 1–17.

    a. Republished in *Dongwu xueshu* 東吳學術 , no. 1, 2015, pp. 49–60.

31. Zhang Longxi (2014). "Epilogue: The Changing Concept of World Literature," in David Damrosch (ed.), *World Literature in Theory*, Oxford: Wiley Blackwell, pp. 513–523.

32. Zhang Longxi (2013). "Crossroads, Distant Killing, and Translation: On the Ethics and Politics of Comparison," in Rita Felski and Susan Stanford Friedman (eds.) *Comparison: Theories, Approaches, Uses*. Baltimore: The Johns Hopkins University Press, pp. 46–63.

33. Zhang Longxi (2013). "Nature and Landscape in the Chinese Tradition," in Pei-kai Cheng and Ka Wai Fan (eds.), *New Perspectives on the Research of Chinese Culture*. Singapore: Springer, 2013, pp. 1–15.

34. Zhang Longxi (2013). "Toward Interpretive Pluralism," in Theo D'haen, César Domínguez and Mads Rosendahl Thomsen (eds.), *World Literature: A Reader*. London: Routledge, pp. 135–141.

35. Zhang Longxi (2012). "Effective Affinities? On Wilde's Reading of Zhuangzi," in Zhaoming Qian (ed.), *Modernism and the Orient*. New Orleans: University of New Orleans Press, 2012, pp. 27–37.

36. Zhang Longxi (2012). "What Is Human or Human Nature? Different Views in Ancient China," in *The Concept of Humanity in an Age of Globalization*, ed. Zhang Longxi. Göttingen: V&R unipress, pp. 189–201.

37. Zhang Longxi (2012). "Introduction: Humanity and the Diversity of Conceptualization," in *The Concept of Humanity in an Age of Globalization*, ed. Zhang Longxi. Göttingen: V&R unipress, pp. 9–20.

38. Zhang Longxi (2012). "The poetics of world literature," in *The Routledge Companion to World Literature*, eds. Theo D'haen, David Damrosch and Djelal Kadir. London: Routledge, pp. 356–364.

39. Zhang Longxi (2012). "Qian Zhongshu as comparatist," in *The Routledge Companion to World Literature*, eds. Theo D'haen, David Damrosch and Djelal Kadir. London: Routledge, pp. 81–88.

40. Zhang Longxi (2011). "Poetics," in *The Cambridge Encyclopedia of the Language Sciences*, ed. Patrick Colm Hogan. Cambridge: Cambridge University Press, pp. 631–632.

41. Zhang Longxi (2010). "Renaissance Humanism Revisited," in *Transformative Challenges: Modern Civilization and Beyond*, eds. Inwon Choue and Yersu Kim. Seoul: Kung Hee University Press, pp. 84–95.

42. Zhang Longxi (2009). "Humanism yet Once More: A View from the Other Side," in *Humanism in Intercultural Perspective: Experiences and Expectations*, eds. Jörn Rüsen and Henner Laass. New Brunswick: Transaction Publishers, pp. 225–231.

43. Zhang Longxi (2009). "Speaking the Truth: Openness and the Dialogue of Civilizations— A Chinese Example," in *Civilizational Dialogue and World Order*, eds. Michális S. Michael and Fabio Petito. New York: Palgrave Macmillan, 2009, pp. 201–215.

44. Zhang Longxi (2009). "Heaven and Man: From a Cross-Cultural Perspective," in *Comparative Political Theory and Cross-Cultural Philosophy: Essays in Honor of Hwa Yol Jung*, ed. Jin Y. Park. Lanham, MD: Lexington Books, pp. 139–150.

45. Zhang Longxi (2009). "What Is Literature? Reading across Cultures," in *Teaching World Literature*, ed. David Damrosch. New York: The Modern Language Association of America, pp. 61–72.

46. Zhang Longxi (2008). "Vico and East-West Cross-Cultural Understanding," in *Vico e l'Oriente: Cina, Giappone, Corea*, eds. David Armando, Federico Masini and Manuela Sanna. Roma: Tiellemedia Editore, pp. 99–107.

47. Zhang Longxi (2008). "Marco Polo, Chinese Cultural Identity, and an Alternative Model of East-West Encounter," in *Marco Polo and the Encounter of East and West*, eds. Suzanne Conklin Akbari and Amilcare A. Iannucci. Toronto: University of Toronto Press, pp. 280–296.

48. Zhang Longxi (2008). "Teaching English in China: Language, Literature, Culture, and Social Implications," in《英語教育與人文通識教育》[*English Education and Liberal Education*], eds. 孫有中 Sun Youzhong with 金利民 Jin Limin and 徐立新 Xu Lixin. Beijing: 外語教學與研究出版社 [Foreign Language Teaching and Research Press], pp. 182–190.

49. Zhang Longxi (2006). "Two Questions for Global Literary History," in *Studying Transcultural Literary History*, ed. Gunilla Lindberg-Wada. Berlin: Walter de Gruyter, pp. 52–59.

50. Zhang Longxi (2006). "*Penser d'un dehors*: Notes on the 2004 ACLA Report," in *Comparative Literature in an Age of Globalization*, ed. Haun Saussy. Baltimore: The Johns Hopkins University Press, pp. 230–236.

51. Zhang Longxi (2005). "The Utopian Vision, East and West," in *Thinking Utopia: Steps into Other Worlds*, eds. Jörn Rüsen, Michael Fehr and Thomas W. Rieger, Oxford: Berghahn Books, pp. 207–229.

52. Zhang Longxi (2005). "History, Poetry, and the Question of Fictionality," *Hsiang Lectures on Chinese Poetry*, vol. 3, ed. Grace S. Fong, Montreal: Centre for East Asian Research, McGill University, pp. 66–80.

53. Zhang Longxi (2003). "Maps, Poems, and the Power of Representation," in *China in European Maps: A Library Special Collection*, ed. Min-min Chang. Hong Kong: Hong Kong University of Science and Technology Library, pp. 23–28.

54. Zhang Longxi (2001). "Translation and the Internationality of Hong Kong," in *Translation in Hong Kong: Past, Present and Future*, ed. Chan Sin-wai. Hong Kong: The Chinese University Press, pp. 255–259.

55. Zhang Longxi (1999). "Toleration, Accommodation, and the East-West Dialogue," in *Religious Toleration: "The Variety of Rites" from Cyrus to Defoe*, ed. John Christian Laursen. New York: St. Martin's Press, pp. 37–57.

56. Zhang Longxi (1999). "Qian Zhongshu on the Philosophical and Mystical Paradoxes in the *Laozi*," in *Religious and Philosophical Aspects of the Laozi*, eds. Mark Csikszentmihalyi and Philip Ivanhoe. Albany: State University of New York Press, pp. 97–126.

57. Zhang Longxi (1999). "Translating Cultures: China and the West," in *Chinese Thought in a Global Context: A Dialogue Between Chinese and Western Philosophical Approaches*, ed. Karl-Heinz Pohl. Leiden: Brill, 1999, pp. 29–46.

58. Zhang Longxi (1998). "The Challenge of East-West Comparative Literature," in *China in a Polycentric World: Essays in Chinese Comparative Literature*, ed. Yingjin Zhang. Stanford: Stanford University Press, pp. 21–35.

59. Zhang Longxi (1995). "Marxism: From Scientific to Utopian," in *Whither Marxism? Global Crises in International Perspective*, eds. Bernd Magnus and Stephen Cullenberg. New York: Routledge, pp. 65–77.

60. Zhang Longxi (1985). "The Metamorphosis of Shakespeare: From Text to Performance," *Proceedings of the Xth Congress of the International Comparative Literature Association.* New York, vol. 1, pp. 360–363.

Journal Articles in Chinese

1. 張隆溪 (2022)。〈一語雙關，一拍即合：八十年代初與錢鍾書先生交往之點滴記憶〉 [Puns and Correlations: Reminiscences of Mr. Qian Zhongshu in the Early 1980s]，《讀書雜誌》[*Reading Magazine*], no. 4, Hong Kong, July 2022, pp. 40–49.

2. 張隆溪 (2022)。〈簡論文學之世界史〉[On the World History of Literature]，《南國學術》 [*South China Quarterly*], vol. 12, no. 3, Macau, July 2022, pp. 376–384.

3. 張隆溪 (2022)。〈撰寫文學之世界史的挑戰〉[Challenge of Writing a World History of Literature]，《書屋》[*Book House*], no. 6, Changsha, June 2022, pp. 4–8.

4. 張隆溪 (2022)。〈閉門幽居引發的胡思亂想〉[Random Thoughts from Indoor Seclusion]， 《書屋》[*Book House*], no. 3, Changsha, March 2022, pp. 10–12.

5. 張隆溪 (2022)。〈麗藻彬彬：關於文學與歷史哲學的思考〉[The Beauty of Words: Reflections on Literature and the Philosophy of History]，《復旦學報：社會科學版》[*Fudan Journal (Social Sciences)*], Shanghai, No. 3, 2022, pp. 98–108.

6. 張隆溪 (2022)。〈後理論時代的中西比較文學研究〉[Chinese-Western Comparative Literature in the Age of Post-Theory]，《中國比較文學》[*Comparative Literature in China*], Shanghai, no. 1, 2022, pp. 91–101.
   a. Summarized in《社會科學文摘》[*Social Science Digest*], Shanghai, no. 1, 2022, pp. 53–55.
   b. Summarized in《新華文摘》[*Xinhua Digest*], no. 14, 2022, pp. 154–156.

7. 張隆溪 (2021)。〈經典之形成及穩定性〉[Canon: Its Formation and Stability]，《文藝研究》 [*Literature and Art Studies*], no. 10, Beijing, 2021, pp. 5–18.

8. 張隆溪 (2021)。〈理性對「合理信仰」的批判〉[Rational Critique of "Reasonable Belief"]，《北京大學學報：哲學社會科學版》[*Journal of Peking University: Philosophy and Social Sciences Edition*], vol. 58, no. 5, Beijing, September 2021, pp. 85–96.

9. 張隆溪 (2021)。〈尚未發現的世界文學〉[The Yet Undiscovered World Literature]，《書城》 [*Book Town*], no. 6, Shanghai, June 2021, pp. 17–20.

10. 張隆溪 (2021)。〈略論「諷寓」和「比興」〉[On Allegory, Metaphor, and Allegorical Interpretation]，《文藝理論研究》[*Theoretical Studies in Literature and Art*], vol. 41, no. 1, Beijing, 2021, pp. 1–14.
    a. Summarized in Gu Pengfei 谷鵬飛 (ed.)，《中國文學研究文摘》[*Abstracts of Chinese Literature Studies*], vol. 1, Beijing: Shehui kexue wenxian chubanshe 社會科學文獻出版社 , May 2022, pp. 100–106.

11. 張隆溪 (2020)。〈論中國學者詩學建構的努力 —— 從朱光潛、錢鍾書説起〉[Chinese Scholars' Endeavors to Construct a Poetics: Starting from Zhu Guangqian and Qian Zhongshu]，《中國社會科學評價》[*China Social Science Review*]，no. 4, Beijing, Winter 2020, pp. 54–67.

12. 張隆溪 (2020)。〈世界文學架構中的「翻譯」〉["Translation" in the Framework of World Literature]，《南國學術》[*South China Quarterly*]，no. 4, Macau, November 2020, pp. 568–579.

    a.　Reprinted in 中國人民大學書報資料中心 [Information Center for Social Sciences, RUC]《外國文學》[Foreign Literature], no. 4, 2021, Beijing, pp. 40–52.

13. 張隆溪 (2020)。〈《二十一世紀》創刊三十週年感言〉[Reflections on the Thirtieth Anniversary of the Founding of *Twenty-First Century*]，《二十一世紀》[*Twenty–First Century*]，no. 181, Hong Kong, Oct. 2020, pp. 63–65.

14. 張隆溪 (2020)。〈從中西文學藝術看人與自然之關係〉[Man and Nature in Chinese and Western Literature and Art]。《文藝研究》[*Literature and Art Studies*]，no. 8, Beijing, 2020, pp. 5–21.

    a.　Summarized in《新華文摘》[*Xinhua Digest*], no. 23, 2020, pp. 88–90.

    b.　Summarized in《中國社會科學文摘》[*Chinese Social Science Digest*], no. 1, 2021, pp. 60–61.

15. 張隆溪 (2020)。〈追憶馬悦然先生〉[Mr. Göran Malmqvist in Memoriam]，《上海書評》[*Shanghai Review of Books*], Shanghai, Tuesday, May 5, 2020.

16. 張隆溪 (2020)。〈中國與世界：從比較文學到世界文學 張隆溪先生訪談錄〉[China and the World: From Comparative to World Literature — An Interview with Mr. Zhang Longxi]，《吉首大學學報 (社會科學版)》[*Journal of Jishou University (Social Sciences)*], vol. 41, no. 1, Jishou, January 2020, pp. 15–26. My contribution to this article is 50%.

17. 張隆溪 (2019)。〈何謂「世界文學？」〉[What Is "World Literature"?]，《南國學術》[*South China Quarterly*], no. 2, Macau, May 2019, pp. 210–219.

18. 張隆溪 (2019)。〈從比較的角度説鏡與鑒〉["On the Symbolic Meanings of Mirror from a Comparative Perspective]，《文學評論》[*Literary Review*], no. 2, Beijing, March 2019, pp. 5–12.

    a.　Published online in《文學評論》[*Literary Review*]'s WeChat Public Edition [微信公眾號] on March 22, 2019.

19. 張隆溪 (2018)。〈我寫《二十世紀西方文論述評》〉[How I came to write *A Critical Introduction to Twentieth-Century Theories of Literature*]，《書城》[*Book Town*], no. 12, Shanghai, December 2018, pp. 50–55.

20. 張隆溪 (2018)。〈闡釋的普遍性〉[The Hermeneutic Universality]，《哲學研究》[*Philosophical Research*], no. 3, Beijing, March 2018, pp. 39–43.

21. 張隆溪 (2018)。〈東西方比較文學的未來〉[The Future of East-West Comparative Literature]，《深圳大學學報》[*Journal of Shenzhen University*]，vol. 35, no. 1, Shenzhen, January 2018, pp. 6–13.

22. 張隆溪 (2017)。〈翻譯與世界文學〉[Translation and World Literature]，《中國文學學報》[*Journal of Chinese Literature*], vol. 8, Hong Kong, December 2017, pp. 1–12.

23. 張隆溪 (2017)。〈東西方比較的挑戰和機遇〉[East-West Studies: A Challenge and an Opportunity]，《外國語言與文化》[*Foreign Languages and Cultures*], vol. 1, no. 1, Changsha, September 2017, pp. 37–46.

24. 張隆溪 (2017)。〈過度闡釋與文學研究的未來 —— 讀張江《強制闡釋論》〉[Overinterpretation and the Future of Literary Studies—Notes on Zhang Jiang's Article on "Forced Interpretations"]，《文學評論》[*Literary Review*], no. 4, 2017, Beijing, August 2017, pp. 17–25.

25. 張隆溪 (2017)。〈作為人文學科核心的比較研究〉[Comparative Studies as the Core of the Humanities]，《北京大學學報：哲學社會科學版》[*Journal of Peking University: Philosophy and Social Sciences Edition*], vol. 54, no. 1, Beijing, January 2017, pp. 108–11.

26. 張隆溪 (2016)。〈比較文學的新時代〉[A New Era of Comparative Literature]，《中國比較文學》[*Comparative Literature in China*], Shanghai, no. 4, 2016, pp. 1–6.

27. 張隆溪 (2016)。〈文學經典與世界文學〉[Canon and World Literature],

28. 張隆溪 (2015)。〈懷念余國藩教授〉[In Memory of Professor Anthony C. Yu]，《中國文哲研究通訊》[*Newsletter of the Institute of Chinese Literature and Philosophy*], Taipei, vol. 25, no. 3, September 2015, pp. 37–40.

29. 張隆溪 (2015)。〈文學經典與世界文學〉[Literary Canon and World Literature]，《二十一世紀》[*Twenty-First Century*], no. 151, Hong Kong, Sept. 2015, pp. 4–12.

   a. Reprinted in 《上海書評》[*Shanghai Review of Books*], Shanghai, Sunday, May 1, 2016, pp. 8–10.

30. 張隆溪 (2015)。〈中國文學和文化的翻譯與傳播：問題與挑戰〉[Translation and Communication of Chinese Literature and Culture: Problems and Challenges]，《貴州文史叢刊》[*Guizhou Culture and History*], Guiyang, No. 1, 2015, pp. 1–4.

   a. Reprinted as 〈論中國文學和文化的翻譯與傳播〉in 《國際漢學研究通訊》[*Newsletter for International China Studies*], No. 11, Peking University Press, Beijing, June 2015, pp. 3–12.

31. 張隆溪 (2014)。〈漢學與中國學術：邁向知識整合〉[Sinology and Chinese Scholarship: Towards the Integration of Knowledge], trans. (from English), Lei Ayong 雷阿勇，《世界漢學》[*World Sinology*], vol. 14, Beijing, Dec. 2014, pp. 1–7.

32. 張隆溪 (2014)。〈尼爾・艾倫：一生經歷過 14 位「總統史跡」〉[Daniel Aaron: A Witness of American History through 14 "Presentiades"]，《上海書評》[*Shanghai Review of Books*], Shanghai, Sunday, Dec. 14, 2014, pp. 3–4.

33. 張隆溪 (2014)。〈引介西方文論，提倡獨立思考〉[Introducing Western Literary Theories While Insisting on Independent Critical Thinking]，《文藝研究》[*Literature and Art Studies*], no. 3, Beijing, Spring 2014, pp. 5–9.

34. 張隆溪 (2013)。〈錦城訪馬識途〉[Paying a Visit to Mr. Ma Shitu in the City of Brocade]，《書屋》[*Book House*], no. 12, Changsha, December 2013, pp. 13–16.

    a.　Reprinted in《明報月刊》[*Ming Pao Monthly*], vol. 1, no. 2, Hong Kong, February 2014, pp. 34–38.

35. 張隆溪 (20132)。〈「走出中世紀」的啟示〉[Insights from the Idea of "Out of the Middle Ages"]，《書城》[*Book Town*], no. 2, Shanghai, February 2013, pp. 18–23.

36. 張隆溪 (2012)。〈從比較文學到世界文學〉[From Comparative Literature to World Literature]，《書屋》[*Book House*], no. 8, Changsha, August 2012, pp. 4–7.

37. 張隆溪 (2012)。〈闡釋學與跨文化研究〉[Hermeneutics and Cross-Cultural Studies]，《書城》[*Book Town*], no. 8, Shanghai, August 2012, pp. 61–62.

38. 張隆溪 (2012)。〈選擇性親和力？——王爾德讀莊子〉[Elective Affinities? On Wilde's Reading of Zhuangzi]，《浙江大學學報（人文社會科學版）》[*Journal of Zhejiang University (Humanities and Social Sciences)*], vol. 42, no. 3, Hangzhou, May 2012, pp. 74–85.

    a.　Reprinted in 高奮 (ed.),《現代主義與東方文化》[Modernism and the Orient], 浙江大學出版社 [Zhejiang University Press], Hangzhou, 2012, pp. 17–22.

39. 張隆溪 (2012)。〈法西斯時代的日本〉[Japan in the Fascist Era]，《書城》[*Book Town*], no. 3, Shanghai, March 2012, pp. 5–14.

40. 張隆溪 (2011)。〈擲地有聲：評葛兆光新著《宅茲中國》〉[A Resounding Response: On Ge Zhaoguang's New Book, *Here In China I Dwell*]，《思想》[*Reflexion*], no. 18, Taipei, June 2011, pp. 287–314.

    a.　Reprinted in《開放時代》[*Open Times*], Guangzhou, July 2011, pp. 137–150.

41. 張隆溪 (2010)。〈世界文學時代的來臨〉[The Advent of the Time for World Literature]，《二十一世紀》[*Twenty-First Century*], no. 121, Hong Kong, Oct. 2010, pp. 23–27.

42. 張隆溪 (2010)。〈對文學價值的信念：悼念弗蘭克•凱慕德〉[Believing in the Value of Literature: In Memory of Frank Kermode]，《上海書評》[*Shanghai Review of Books*], Shanghai, Sunday, Sept. 12, 2010, pp. 3–4.

43. 張隆溪 (2010)。〈中西交匯與錢鍾書的治學方法〉[The Mutual Illumination of Chinese and Western Cultures and the Methodological Implications of Mr. Qian Zhongshu's Works]，《書城》[*Book Town*], no. 3, Shanghai, March 2010, pp. 5–15.

44. 張隆溪 (2010)。〈與王爾德的文字緣〉[An Appreciation of Oscar Wilde]，《書城》[*Book Town*], no. 1, Shanghai, January 2010, pp. 18–22.

45. 張隆溪 (2009)。〈「孔子」在北歐——北歐紀行之三〉[Confucius in Northern Europe: My Nordic Tour, Part 3]，《上海書評》[*Shanghai Review of Books*], Shanghai, no. 70, Sunday, Dec. 6, 2009, p. 4.

46. 張隆溪 (2009)。〈在斯德哥爾摩──北歐紀行之二〉[In Stockholm: My Nordic Tour, Part 2]，《上海書評》[*Shanghai Review of Books*]，Shanghai, no. 69, Sunday, Nov. 29, 2009, pp. 3–4.

47. 張隆溪 (2009)。〈雪泥鴻爪：丹麥和芬蘭──北歐紀行之一〉[Marks and Traces: My Nordic Tour, Part 1]，《上海書評》[*Shanghai Review of Books*]，Shanghai, no. 68, Sunday, Nov. 22, 2009, pp. 3–4.

48. 張隆溪 (2009)。〈約翰•韋布的中國想象與復闢時代的英國政治〉[John Webb's China Imagining and Politics in Restoration England]，《書城》[*Book Town*], no. 3, Shanghai, March 2009, pp. 5–10.

   a. Reprinted in《跨越空間的文化：16–19 世紀中西文化的相遇與調適》[*Cultures across Space: Cultural Encounters and Accommodations between China and the West, 16th–19th Centuries*], ed. Center for Historical Geography, Fudan University, Shanghai: The East Publishing Center, 2010, pp. 1–6.

49. 張隆溪 (2008)。〈烏托邦：世俗理念與中國傳統〉[Utopia: Secular Idea and the Chinese Tradition]，《山東社會科學》[*Shandong Social Sciences*], no. 157, Jinan, September 2008, pp. 5–13.

50. 張隆溪 (2008)。〈文學理論的興衰〉[The Rise and Fall of Literary Theory]，《書屋》[*Book House*], no. 126, Changsha, April 2008, pp. 54–58.

51. 張隆溪 (2008)。〈信息時代的知識匱乏〉[The Dearth of Knowledge in the Age of Information]，《文景》[*Cultural Review*], no. 43, Shanghai, March 2008, pp. 70–71.

52. 張隆溪 (2008)。〈記憶、歷史、文學〉[Memory, History, Literature]，《外國文學》[*Foreign Literature*], No. 1, Beijing, January 2008, pp. 65–69.

53. 張隆溪 (2008)。〈現代藝術與美的觀念〉[Modern Art and the Idea of Beauty]，《書城》[*Book Town*], no. 1, Shanghai, January 2008, pp. 78–83.

54. 張隆溪 (2007)。〈廬山面目：論研究視野和模式的重要性〉[The True Face of Mount Lu: On the Significance of Perspectives and Paradigms]，《復旦學報》[*Fudan Journal*], No. 5, September 2007, pp. 10–16.

55. 張隆溪 (2007)。〈錢鍾書論《老子》〉[Qian Zhongshu on the *Laozi*]，《中國文化》[*Chinese Culture*], no. 25–26, Beijing, August 2007, pp. 16–27.

56. 張隆溪 (2007)。〈生命的轉折點：回憶文革後的高考〉[The Turning Point in Life: Memories of University Examinations after the Cultural Revolution]，《書屋》[*Book House*], no. 118, Changsha, August 2007, pp. 16–19.

57. 張隆溪 (2007)。〈現實的提升：伽達默爾論藝術在我們時代的意義〉[The Elevation of Reality: H-G Gadamer on the Relevance of Art in Our Time]，《文景》[*Cultural Review*], No. 35, Shanghai, June 2007, pp. 4–13.

58. 張隆溪 (2007)。〈論《失樂園》〉[*Paradise Lost*: The Making of a Classic]，《外國文學》[*Foreign Literature*], No. 1, Beijing, January 2007, pp. 36–42.

59. 張隆溪 (2007)。〈文學理論與中國古典文學研究〉[Literary Theory and the Study of Classical Chinese Literature]，《中州學刊》[*Academic Journal of Zhongshou*], No. 157, Zhengzhou, January 2007, pp. 208–210.

60. 張隆溪 (2007)。〈魯迅論「洋化」與改革〉[Lu Xun on "Foreignization" and Reform]，《萬象》[*Panorama Monthly*], vol. 9, no. 1, Shenyang, January 2007, pp. 13–23.

61. 張隆溪 (2006)。〈中國古代的類比思想〉[Analogical Thinking in Ancient China]，《文景》[*Cultural Review*], no. 29, Shanghai, December 2006, pp. 56–59.

62. 張隆溪 (2006)。〈與闡釋學大師伽達默的交談〉[Conversation with H-G Gadamer, the Master of Hermeneutics]，《萬象》[*Panorama Monthly*], vol. 8, no. 8, Shenyang, November 2006, pp. 109–116.

63. 張隆溪 (2006)。〈錦里讀書記〉[Reading in Chengdu]，《書城》[*Book Town*], no. 3, Shanghai, August 2006, pp. 10–14.

64. 張隆溪 (2006)。〈走近那不勒斯的哲人——邏輯和詩意想象的維柯〉[Closer to the Great Napolitan Philosopher—Vico and His Logical Reasoning and Poetic Imagination]，《萬象》[*Panorama Monthly*], vol. 8, no. 4, Shenyang, July 2006, pp. 135–147.

65. 張隆溪 (2006)。〈反者道之動：圓、循環與復歸的辯證意義〉[Reversal is the Way the Tao Moves: the Dialectic of Circumference, Circles, and Spheres]，《文景》[*Cultural Review*], no. 24, Shanghai, July 2006, pp. 56–67.

66. 張隆溪 (2006)。〈毒藥和良藥的轉換：從《夢溪筆談》說到《羅密歐與朱麗葉》〉[The Reversal of Poison and Medicine in *Mengxi's Conversations with a Writing Brush* and *Romeo and Juliet*]，《文景》[*Cultural Review*], no. 20, Shanghai, March 2006, pp. 42–53.

67. 張隆溪 (2005)。〈滄海月明珠有淚：跨文化閱讀的啟示〉["Over the green sea the moon shines, pearls are shedding tears"—Reading across Cultures]，《文景》[*Cultural Review*], no. 16, Shanghai, Nov. 2005, pp. 12–19.

68. 張隆溪 (2005)。〈從外部來思考——評 ACLA 2005 年新報告兼談比較文學未來發展的趨勢〉[*Penser d'un dehors*: Notes on the 2004 ACLA Report]，《中國比較文學》[*Comparative Literature in China*], vol. 61, no. 4, Shanghai, 2005, pp. 1–11.

69. 張隆溪 (2005)。〈馬可波羅時代歐洲人對東方的認識〉[European Knowledge of the East in the Time of Marco Polo]，《文景》[*Cultural Review*], no. 15, Shanghai, Oct. 2005, pp. 16–21.

70. 張隆溪 (2005)。〈都市的傳說——上海、香港與《新傾城之戀》〉[City Legend—Shanghai, Hong Kong and the New *Love in the Fallen City*]，《文景》[*Cultural Review*], no. 14, Shanghai, Sept. 2005, pp. 86–88.

    a.   Reprinted in 《明報》[*Ming Pao*], Hong Kong, Saturday Sept. 17, 2005, p. D 8.

71. 張隆溪 (2005)。〈有學術的思想，有思想的學術——王元化先生著作讀後隨筆〉[Ideas Based on Scholarship and Scholarship with Ideas—Notes on Mr. Wang Yuanhua's Works]，《文景》[*Cultural Review*], no. 13, Shanghai, Aug. 2005, pp. 4–11.

72. 張隆溪 (2005)。〈法鼓人文講座：滄海月明珠有淚 —— 跨文化閱讀的啟示 （三） 〉 [Dharma Drum Lecture in the Humanities: "Over the green sea the moon shines, pearls are shedding tears"—Reading across Cultures (Part III)]，《人生》[*Humanity*] vol. 263, Taipei, July 2005, pp. 118–123.

73. 張隆溪 (2005)。〈法鼓人文講座：滄海月明珠有淚 —— 跨文化閱讀的啟示 （二） 〉 [Dharma Drum Lecture in the Humanities: "Over the green sea the moon shines, pearls are shedding tears"—Reading across Cultures (Part II)]，《人生》[*Humanity*] vol. 262, Taipei, June 2005, pp. 120–124.

74. 張隆溪 (2005)。〈法鼓人文講座：滄海月明珠有淚 —— 跨文化閱讀的啟示 （一） 〉 [Dharma Drum Lecture in the Humanities: "Over the green sea the moon shines, pearls are shedding tears"—Reading across Cultures (Part I)]，《人生》[*Humanity*] vol. 261, Taipei, May 2005, pp. 118–123.

75. 張隆溪 (2005)。〈歷史與虛構：文學理論的啟示和局限〉 [History and Fictionality: Insights and Limitations of a Literary Perspective]，《文景》[*Cultural Review*], no. 6, Shanghai, Jan. 2005, pp. 32–39.

76. 張隆溪 (2004)。〈自然、文字與中國詩研究，下〉 [Nature, Writing, and the Study of Chinese Poetry, Part II]，《文景》[*Cultural Review*], no. 4, Shanghai, Oct. 2004, pp. 39–45.

77. 張隆溪 (2004)。〈自然、文字與中國詩研究，上〉 [Nature, Writing, and the Study of Chinese Poetry, Part I]，《文景》[*Cultural Review*], no. 3, Shanghai, Sept. 2004, pp. 38–42.

78. 張隆溪 (2004)。〈「非我」的神話 —— 東西方跨文化理解問題〉 [The Myth of the Other: On East-West Cross-Cultural Understanding]，《文景》[*Cultural Review*], no. 2, Shanghai, Aug. 2004, pp. 8–25.

79. 張隆溪 (2004)。〈西方闡釋學與跨文化研究〉 [Western Hermeneutic Theory and Cross-Cultural Studies]，《東亞文明研究通訊》[*Newsletter for the Study of East Asian Civilizations*], National Taiwan University, Taipei, no. 3, April 2004, pp. 25–29.

80. 張隆溪 (2004)。〈論錢鍾書的英文著作〉 [On Mr. Qian Zhongshu's Writings in English]，《文景》[*Cultural Review*], no. 12, Shanghai, Jan. 2004, pp. 4–11.

81. 張隆溪 (2003)。〈諷寓〉 [Allegory]，《外國文學》[*Foreign Literature*], no. 6, 2003, Beijing, November 2003, pp. 53–58.

82. 張隆溪 (2003)。〈關於《我們仨》的一些個人回憶〉 [Personal Memoirs about *We Three*]，《萬象》[*Panorama Monthly*], vol. 5, nos. 10–11, Shenyang, October–November 2003, pp. 23–38.

83. 張隆溪 (2003)。〈理性對話的可能：讀《信仰或非信仰》感言〉 [Exemplary Dialogues: Umberto Eco and Cardinal Martini, *In cosa crede chi non crede*]，《九州學林》[*Chinese Culture Quarterly*], vol. 1, no. 1, Fall 2003, pp. 340–350.

84. 張隆溪 (2003)。〈代聖人立言：談評注對經文的制約〉 [Speaking for the Sage: Reflections on Commentary and Manipulation]，《中山人文學報》[*Sun Yat-sen Journal of Humanities*], no. 15, Kaohsiung, October 2002, pp. 131–142.

85. 張隆溪 (2002)。〈哈佛在憶中〉[Harvard Memories]，《萬象》[*Panorama Monthly*], vol. 4, no. 8, Shenyang, August 2002, pp. 144–153.

86. 張隆溪 (2001)。〈「餘論」的餘論〉[Afterword to the Afterword]，《二十一世紀》[*Twenty-First Century*], no. 65, Hong Kong, June 2001, pp. 90–91.

87. 張隆溪 (2000)。〈多元文化在二十一世紀〉[Multi-Culture in the Twenty First Century]，《二十一世紀》[*Twenty-First Century*], no. 61, Hong Kong, Oct. 2000, pp. 57–59.

88. 張隆溪 (2000)。〈無咎者言〉[Thus Spoke the Error-Free]，《二十一世紀》[*Twenty-First Century*], no. 57, Hong Kong, Feb. 2000, pp. 136–38.

89. 張隆溪 (1999)。〈經典在闡釋學上的意義〉[What the Classics Mean to Hermeneutics]，《中國文哲研究通訊》[*Newsletter of the Institute of Chinese Literature and Philosophy*], vol. 9, no. 3, Taipei, September 1999, pp. 59–67.

90. 張隆溪 (1999)。〈漢學與中西文化的對立：讀于連先生訪談錄有感〉[Sinology and the Opposition of Chinese and Western Cultures: On Reading the Interview with François Jullien]，《二十一世紀》[*Twenty-First Century*], no. 53, Hong Kong, June 1999, pp. 144–148.

91. 張隆溪 (1999)。〈懷念錢鍾書先生〉[In Memory of Mr. Qian Zhongshu]，《香港文學》[*Hong Kong Literature*], no. 173, Hong Kong, May 1999, pp. 22–31.

    a.　Reprinted in《萬象》[*Panorama*], vol. 1, no. 4, Shenyang, May 1999, pp. 174–189.

    b.　Reprinted in《散文·海外版》[*Essay Overseas Edition*], No. 46, Tianjin, May 2000, pp. 4–17.

    c.　Reprinted in Ji Jianqing 季劍青 and Zhang Chuntian 張春田 (eds.),《傳燈：當代學術師承錄》[*Passing on the Lantern: The Intellectual Genealogy of Contemporary Scholarship*], Beijing: Peking University Press, 2010, pp. 47–63.

92. 張隆溪 (1999)。〈翻譯與文化理解〉[Translation and Cultural Understanding]，《翻譯季刊》[*Translation Quarterly*], nos. 11 & 12, Hong Kong, 1999, pp. 159–171.

93. 張隆溪 (1999)。〈烏托邦：世俗理念與中國傳統〉[Utopia: Secularization and Chinese Tradition]，《二十一世紀》[*Twenty-First Century*], no. 51, Hong Kong, Feb. 1999, pp. 95–103.

94. 張隆溪 (1998)。〈烏托邦：觀念與實踐〉[Utopia: Concept and Praxis]，《讀書》[*Reading Monthly*], no. 12, Beijing, Dec. 1998, pp. 62–69.

95. 張隆溪 (1998)。〈中國文學中的美感與通識教育〉[Liberal Education and the Aesthetic Sensibility in Chinese Literature]，《通識教育季刊》[*Journal of General Education*], vol. 5, no. 1, Hsinchu, Taiwan, March 1998, pp. 53–64.

96. 張隆溪 (1998)。〈甚麼是「懷柔遠人」？正名、考證與後現代式史學〉[What is "*Huairou yuanren*"? The Rectification of Names, Evidential Scholarship, and Postmodern Historiography]，《二十一世紀》[*Twenty-First Century*] , no. 45, Hong Kong, Feb. 1998, pp. 56–63.

97. 張隆溪 (1997)。〈淺談里爾克詩歌語言的困惑與魔力〉[The Anxiety and Magic of the Poetic Language in Rilke's Works]，《今天》[*Today*], no. 3, Hong Kong, Autumn 1997, pp. 161–171.

98. 張隆溪 (1997)。〈賽義德筆下的知識份子〉[Said on the Role of Intellectuals]，《讀書》[*Reading Monthly*], no. 7, Beijing, July 1997, pp. 67–71.

99. 張隆溪 (1996)。〈多元社會中的文化批評〉[Cultural Criticism in a Pluralistic Society]，《二十一世紀》[*Twenty-First Century*], no. 33, Hong Kong, Feb. 1996, pp. 18–22.

100. 張隆溪 (1995)。〈起步艱難：晚清出洋遊記數種讀後隨筆〉[Difficult First Steps: Notes on Some Late Qing Travelogues to the West]，《上海文化》[*Shanghai Culture*], no. 3, Shanghai, May 1995, pp. 89–96.

101. 張隆溪 (1994)。〈簡論《文心雕龍》述文之起源〉[On the Origin of *Wen* in *The Literary Mind or the Carving of Dragons*]，《學術集林》[*Academia Quarterly*], vol. 1, Shanghai, 1994, pp. 159–172.

102. 張隆溪 (1994)。〈關於幾個時新題目〉[On Some Fashionable Topics]，《讀書》[*Reading Monthly*], no. 5, Beijing, May 1994, pp. 89–98.

103. 張隆溪 (1993)。〈《朱光潛美學文集》讀後雜感〉[Notes on Zhu Guangqian's *Collected Essays in Aesthetics*]，《今天》[*Today*], no. 4, Hong Kong, 1993, pp. 145–154.

104. 張隆溪 (1993)。〈再論政治、理論與中國文學研究——答劉康〉[Further Notes on Politics, Theory, and the Study of Chinese Literature: A Reply to Liu Kang]，《二十一世紀》[*Twenty-First Century*], no. 21, Hong Kong, Dec. 1993, pp. 138–143.

105. 張隆溪 (1992)。〈自成一家風骨：談錢鍾書著作的特點兼論系統與片段思想的價值〉[Systems and Fragments: On Qian Zhongshu's Style]，《讀書》[*Reading Monthly*], no. 10, Beijing, Oct. 1992, pp. 89–96.

106. 張隆溪 (1991)。〈遊刃於語言遊戲中的錢鍾書〉[Qian Zhongshu in the Play of Language]，《當代》[*Con-Temporary*], no. 66, Taipei, Oct. 1991, pp. 112–121.

    a. Reprinted as 〈錢鍾書語言藝術的特點〉in《錢鍾書研究采集》[*Selected Works in Qian Zhongshu Studies*], ed. Lu Wenhu 陸文虎 . Beijing: Joint Publishing Co., 1996, pp. 35–47.

107. 張隆溪 (1987)。〈傳統的詮釋〉[The Interpretation of Tradition]，《九州學刊》[*Chinese Culture Quarterly*], vol. 1, no. 4, Hong Kong, Summer 1987, pp. 67–76.

108. 張隆溪 (1987)。〈傳統：活的文化〉[Tradition as Living Culture]，《當代》[*Con-Temporary*], no. 13, Taipei, May 1987, pp. 23–34.

    a. Reprinted in《告別諸神》[*Farewell to the Gods*], ed. Lam To Kwan 林道群 and Wu Zanmei 吳讚梅 . Hong Kong: Oxford University Press, 1993, pp. 245–263.

109. 張隆溪 (1986)。〈弗洛伊德的循環：從科學到闡釋藝術〉[The Freudian Circle: From Science to the Art of Interpretation]，《九州學刊》[*Chinese Culture Quarterly*], vol. 1, no. 2, Hong Kong, Winter 1986, pp. 61–70.

110. 張隆溪 (1986)。〈探求美而完善的精神〉[In Pursuit of the Spirit of Beauty and Perfection: In Memory of Mr. Zhu Guangqian],《讀書》{Reading Monthly], no. 6, Beijing, June 1986, pp. 62–71.

    a.   Reprinted in《這也是歷史》[This Is Also History], eds. Lam To Kwan 林道群 and Wu Zanmei 吳讚梅 . Hong Kong: Oxford University Press, 1993, pp. 38–52.

111. 張隆溪 (1985)。〈維科思想簡論〉[On Giambattista Vico],《讀書》[Reading Monthly], no. 11, Beijing, Nov. 1985, pp. 47–53.

112. 張隆溪 (1984)。〈仁者見仁，智者見智〉[Interpretive Indeterminacy: On Hermeneutics and the Aesthetics of Reception],《讀書》[Reading Monthly], no. 3, Beijing, March 1984, pp. 86–95.

113. 張隆溪 (1984)。〈神，上帝，作者〉[Deity, God, Author: On Traditional Hermeneutics],《讀書》[Reading Monthly], no. 2, Beijing, Feb. 1984, pp. 106–114.

114. 張隆溪 (1983)。〈詩無達詁〉[Poetry Has No Direct Interpretation],《文藝研究》[Literature and Art Studies], no. 4, Beijing, Winter 1983, pp. 13–17.

115. 張隆溪 (1983)。〈結構的消失〉[The Fading of Structure: Deconstructive Criticism],《讀書》[Reading Monthly], no.12, Beijing, Dec. 1983, pp. 95–105.

116. 張隆溪 (1983)。〈故事下面的故事〉[The Story under the Story: Structural Narratology],《讀書》[Reading Monthly], no. 11, Beijing, Nov. 1983, pp. 107–118.

117. 張隆溪 (1983)。〈詩的解剖〉[The Anatomy of Poetry: Structural Poetics],《讀書》[Reading Monthly], no. 10, Beijing, Oct. 1983, pp. 11–20.

118. 張隆溪 (1983)。〈語言的牢房〉[The Prison-House of Language: Structural Linguistics and Anthropology],《讀書》[Reading Monthly], no. 9, Beijing, Sept. 1983, pp. 113–122.

119. 張隆溪 (1983))。〈莎士比亞早期的悲劇〉[Shakespeare's Early Tragedies],《北京大學學報》[Journal of Peking University], no. 4, Beijing, Winter 1983, pp. 77–87.

120. 張隆溪 (1983)。〈藝術旗幟上的顏色〉[The Color on the Flag of Art: Russian Formalism and Czech Structuralism],《讀書》[Reading Monthly], no. 8, Beijing, Aug. 1983, pp. 84–93.

121. 張隆溪 (1983)。〈作品本體的崇拜〉[The Idol of the Ontological Text: On Anglo-American New Criticism],《讀書》[Reading Monthly], no. 7, Beijing, July 1983, pp. 105–111.

122. 張隆溪 (1983)。〈諸神的復活〉[The Resurrection of Gods: Myth and Archetypal Criticism],《讀書》[Reading Monthly], no. 6, Beijing, June 1983, pp. 100–110.

123. 張隆溪 (1983)。〈誰能告訴我我是誰〉[Who Can Tell Me Who I Am? Psychoanalysis and Literary Criticism],《讀書》[Reading Monthly], no. 5, Beijing, May 1983, pp. 112–120.

124. 張隆溪 (1983)。〈管窺蠡測〉[An Overview of Contemporary Western Literary Theories],《讀書》[Reading Monthly], no. 4, Beijing, April 1983, pp. 114–119.

125. 張隆溪 (1982)。〈評《英國文學史綱》〉[Comments on *A Brief History of English Literature*]，《讀書》[*Reading Monthly*], no. 9, Beijing, September 1982, pp. 33–37.

126. 張隆溪 (1982)。〈悲劇與死亡〉[Tragedy and Death in Shakespeare]，《中國社會科學》[*Social Sciences in China*], vol. 3, no. 3, Beijing, Autumn 1982, pp. 131–145.

127. 張隆溪 (1981)。〈錢鍾書談比較文學與「文學比較」〉[Qian Zhongshu on Comparative Literature and Literary Comparison]，《讀書》[*Reading Monthly*], no. 10, Beijing, Oct. 1981, pp. 132–138.

128. 張隆溪 (1981)。〈論夏洛克〉[On Shylock]，《外國戲劇》[*Foreign Drama*], no. 1, Beijing, Spring 1981, pp. 57–60.

129. 張隆溪 (1980)。〈弗萊的批評理論〉[Northrop Frye's Critical Theory]，《外國文學研究》[*Studies in Foreign Literature*], no. 4, Wuhan, Winter 1980, pp. 120–129.

Book chapters in Chinese

1. 張隆溪 (2022)。〈楊周翰作品集序〉[Preface to the *Collection of Yang Zhouhan's Works*], in 《中世紀與文藝復興研究》[Medieval and Renaissance Studies], no. 7, Hangzhou, Zhejiang University Press, pp. 163–66.

2. 張隆溪 (2014)。〈學者，行走東西〉[A Scholar Walking between the East and the West], in《那三屆：77、78、79 級大學生的中國回憶》[*Those Three Cohorts: University Students of Classes of 1977, 1978, and 1979 and Their Chinese Reminiscences*], ed. Wang Huiyue 王輝耀. Beijing: 中國對外翻譯出版有限公司 [China Export Translation and Publication Co. Ltd.], pp. 75–84.

3. 張隆溪 (2010)。〈錢鍾書論《老子》〉[Qian Zhongshu on the *Laozi*] in《望道講座演講錄》[*Wangdao Lectures Series*], ed. 傅傑 Fu Jie. Shanghai: Fudan University Press, pp. 160–179.

4. 張隆溪 (2008)。〈廬山面目——論研究視野和模式的重要性〉[The True Face of Mount Lu—On the Significance of Perspectives and Paradigms], in《復旦文史講堂之一——八方風來》[*Views on All Sides—Fudan Humanities Lectures, First Series*], eds. National Institute for Advanced Humanistic Studies, Fudan University, and the Editorial Board, Zhonghua Book Co., Beijing: 中華書局 [Zhonghua Book Co.], pp. 163–202.

5. 張隆溪 (2007)。〈張序〉[Preface] in《明末天主教三柱石文箋注——徐光啟、李之藻、楊廷筠論教文集》[*Catholic Documents of Xu Guangqi, Li Zhizao, Yang Tingyun*], ed. 李天綱 Li Tiangang. Hong Kong: 道風書社 Logos and Pneuma Press, pp. xiii–xx.

6. 張隆溪 (2007)。〈中國文學中的美感與通識教育〉[Liberal Education and the Aesthetic Sensibility in Chinese Literature] in《人文通識講演錄：人文教育卷》[*Lectures in Humanistic and General Education: Volume on Humanistic Education*], eds. 陸挺 Lu Ting and 徐宏 Xu Hong. Beijing: 文化藝術出版社 [Culture and Art Publishing House], pp. 173–198.

7. 張隆溪 (2007)。〈學海憶舊〉[Years of Studies Recalled], in《人文通識講演錄：學術人生卷》[*Lectures in Humanistic and General Education: Volume on Learning and Life*], eds. 陸挺 Lu Ting and 徐宏 Xu Hong. Beijing: 文化藝術出版社 [Culture and Art Publishing House], pp. 51–69.

8. 張隆溪 (2006)。〈魯迅論「洋化」與改革〉[Lu Xun on "Foreignization" and Reform], in《民族認同與文化融合》[*National Identity and Acculturation*], eds. Wong Yong-tsu 汪榮祖 and Lin Kuan-chun 林冠群. Chia-yi: The Taiwan Institute for the Humanities, National Chung Cheng University, pp. 175–192.

9. 張隆溪 (2005)。〈感懷李賦寧先生〉[Mr. Li Funing: In Memoriam], in《李賦寧先生紀念文集》[*Essays in Memory of Mr. Li Funing*], ed. College of Foreign Languages, Peking University. Beijing: Peking University Press, pp. 162–165.

10. 張隆溪 (2004)。〈非我的神話 —— 論東西方跨文化理解問題〉[The Myth of the Other: On East-West Cross-Cultural Understanding], in《依舊悠然見南山：香港城市大學 20 周年文史論文集》[*Views from Mount South—A Collection of Essays in Celebration of the 20th Anniversary of the City University of Hong Kong*], ed. Cheng Pei-kai 鄭培凱. Hong Kong: City University of Hong Kong Press, pp. 175–206.

11. 張隆溪 (2003)。〈我的學思歷程〉[My Journey of Intellectual Pursuit], in《邁向傑出：我的學思歷程第二集》[*Toward Excellence: My Journey of Intellectual Pursuit Lectures, Second Series*], ed. Committee on General Education, National Taiwan University, Taipei: National Taiwan University Publishing Center, pp. 282–319.

12. 張隆溪 (2003)。〈期待一個成熟的台灣〉[In Expectation of a Mature Taiwan], in《面對大海的時候》[*When Facing the Sea*], ed. Lung Yingtai 龍應台, Taipei: China Times, pp. 147–150.

13. 張隆溪 (2002)。〈烏托邦〉[On Utopia], in《永遠的烏托邦：西方文學名著導讀》[*Eternal Utopia: Introduction to Masterworks in Western Literature*], ed. Cao Li 曹莉. Beijing: Tsinghua University Press, pp. 168–190.

14. 張隆溪 (2002)。〈詮釋的暴力：論傳統的政治倫理批評〉[The Violence in Interpretation: Notes on Traditional Political and Moral Criticism], in《中國經典詮釋傳統（三）：文學與道家經典篇》[*The Chinese Hermeneutic Tradition (3): Literature and the Taoist Canon*], ed. Yang Rubin 楊儒賓. Taipei: 喜瑪拉雅基金會 [Himalaya Foundation], pp. 1–14.

15. 張隆溪 (2002)。〈經典在闡釋學上的意義〉[The Hermeneutic Significance of the Classic], in《中國經典詮釋傳統（一）：通論篇》[*The Chinese Hermeneutic Tradition (1): General Explorations*], ed. Chun-chieh Huang 黃俊傑. Taipei: 喜瑪拉雅基金會 [Himalaya Foundation], pp. 1–13.

16. 張隆溪 (2002)。〈講評〉[Commentary], in《再讀張愛玲》[*Rereading Eileen Chang*], eds. 劉紹銘 Joseph S. M. Lau, 梁秉鈞 Leung Ping-kwan, and 許子東 Xu Zidong. Hong Kong: Oxford University Press, 2002, pp. 262–264.

17. 張隆溪 (2001)。〈《中美詩緣》序〉[Foreword to *Crossings of Chinese and American Poetry*], in Zhu Hui 朱徽 ,《中美詩緣》[*Crossings of Chinese and American Poetry*], Chengdu: 四川人民出版社 [Sichuan People's Press], pp. 1–8.

    a. Reprinted as〈郎費羅的中國扇子〉[Longfellow's Chinese Fan] ,《萬象》[*Panorama Monthly*], vol. 4, no. 2, Shenyang, February 2002, pp. 120–126.

18. 張隆溪 (2001)。〈試論中國人對宗教的寬容態度〉[On Chinese Toleration towards Religious Beliefs], in《中國文化的檢討與前瞻：新亞書院五十週年金禧紀念學術論文集》[*Chinese Culture: Review and Prospect, Essays in Commemoration of the Golden Jubilee of New Asia College*], ed. Liu Shu-hsien 劉述先 . River Edge, New Jersey: 八方文化企業公司 [Global Publishing Co.], 2001, pp. 259–280.

19. 張隆溪 (2000)。〈文化對立批判：論德里達及其影響〉[Critique of Cultural Dichotomies: On Derrida & Co.] ,《公共理性與現代學術》[*Public Reason and Modern Scholarship*], 三聯哈佛燕京學術系列 [SDX & Harvard-Yenching Academic Series], no. 1, Beijing, pp. 292–308.

20. 張隆溪 (2000)。〈廬山面目 —— 論研究視野和模式的重要性〉[The True Face of Mount Lu—On the Significance of Perspectives and Paradigms], in《復旦文史講堂之一 —— 八方風來》[*Views on All Sides—Fudan Humanities Lectures, First Series*], eds. National Institute for Advanced Humanistic Studies, Fudan University, and the Editorial Board, Zhonghua Book Co., Beijing: 中華書局 [Zhonghua Book Co.], pp. 163–202.

21. 張隆溪 (1998)。〈中譯本序 "〉[Preface to the Chinese Edition] ,《道與邏各斯》[Chinese Edition of *The Tao and the Logos*]. Chengdu: Sichuan renmin chubanshe, 1998, pp. 1–17.

22. 張隆溪 (1997)。〈二十一世紀的大學需要什麼樣的校長？〉[What Kind of President Is Needed for a University in the 21 Century?], in《大學理念與校長遴選》[*The Idea of the University and Selection of Its Presidents*], ed. Huang Chun-chieh 黃俊傑 . Taipei: 中華民國通識教育學會 [Chinese Association for General Education], pp. 249–263.

23. 張隆溪 (1997)。〈現代社會與知識份子的職責〉[Modern Society and the Responsibility of the Intellectual], in《大學理念與校長遴選》[*The Idea of the University and Selection of Its Presidents*], ed. Huang Chun-chieh 黃俊傑 . Taipei: 中華民國通識教育學會 [Chinese Association for General Education], pp. 17–34.

24. 張隆溪 (1984)。〈談外語和外國文學的學習〉[On the Study of Foreign Language and Literature], in《在茫茫的學海中》[*At the Sea of Learning: Study in Methodology*], 瀋陽 Shenyang: 遼寧人民出版社 Liaoning renmin chubanshe, pp. 215–224.

25. 張隆溪 (1983)。〈Wordsworth 和 Coleridge 詩歌選注〉[Annotations to selected poems by Wordsworth and Coleridge], in《英國文學名篇選注》[*An Anthology of English Literature Annotated in Chinese*], eds. Wang Zuoliang 王佐良 et al. Beijing: the Commercial Press, 1983, pp. 665–572, 699–709.

26. 張隆溪 (1982)。〈童話〉[Fairy Tale], in《中國大百科全書》[*The Chinese Encyclopedia*], foreign literature section. Beijing, vol. II, p. 1002.

27. 張隆溪 (1982)。〈牧歌〉[Pastoral], in《中國大百科全書》[*The Chinese Encyclopedia*], foreign literature section. Beijing, vol. I, p. 738.

28. 張隆溪 (1982)。〈精神分析派〉[Psychoanalytic Criticism], in《中國大百科全書》[*The Chinese Encyclopedia*], foreign literature section. Beijing, vol. I, pp. 496–97.

29. 張隆溪 (1979)。〈也談湯顯祖與莎士比亞〉[On Tang Xianzu and Shakespeare]，《文藝學研究論叢》[*Essays in Art and Literature Studies*]. Changchun, pp. 470–81.

Journal articles translated into other languages

1. Zhang Longxi (2018). "'O tom pálido do pensamento'—sobre o dilema de pensar e agir" ["'The Pale Cast of Thought'—The Dilemma of Thought and Action"], trans. Renato Rezende, *Revista Brasileira*, publication of the Academia Brasileira de Letras, No. 94, Rio de Janeiro, Brazil, Jan–March, 2018, pp. 113–134 (in Portuguese).

2. Zhang Longxi (2014). "Encruzilhada, assassinato à distância e tradução: sobre a ética e a política da comparação" ["Crossroads, Distant Killing, and Translation: On the Ethics and Politics of Comparison"], trans. Marcos Salgado, *Revista Brasileira* 3 (79), publication of the Brazilian Academy of Letters, Rio de Janeiro, Brazil, April–May–June, 2014, pp. 27–51 (in Portuguese).

3. Zhnag Longxi (2014). "El pensamiento analógico en la Antigua China" ["Analogical Thinking in Ancient China"], trans. David Paradela López, *La Maleta de Portbou*, no. 5, Barcelona, Spain, May–June 2014, pp. 65–68 (in Spanish).

4. Zhang Longxi (2011)。〈危機に瀕する文学の読み〉["Reading Literature as a Critical Problem"], trans. 鈴木章能 (Suzuki Akiyoshi)，《英文學研究》[*Studies in English Literature*], vol. 47, Konan Women's University English Literature Society, Kobe, Japan, March 2011, pp. 3–16 (in Japanese).

5. Zhang Longxi (2010). "Valeurs, défense, crise et avenir des sciences humaines" ["The Humanities: Their Value, Defense, Crisis and Future"], trans. France Grenaudier-Klijn, *Diogène*, no. 229–30, janvier-juin 2010, pp. 6–23 (in French).

6. Zhang Longxi (2009). "Una vez más el humanismo: una mirada desde el otro lado" ["Humanism yet once more: a view from the other side"], trans. Carlos Alberto Girón Lozano, in Jörn Rüsen and Oliver Kozlarek (eds.), *Humanismo en la era de la globalización: Desafíos y perspectivas.* Buenos Aires: Editorials Biblos, 2009, pp. 49–57 (in Spanish).

7. Zhang Longxi (2007). "Analogical Thinking in Ancient China," *Truth-Freedom*, no. 64, Seoul, Spring 2007, pp. 18–22 (in Korean).

8. Zhang Longxi (2003–04). "The Jewish and Chinese Diasporas," זמנים [*Zemanim*], vol. 21, no. 85, Tel Aviv, Winter 2003–2004, pp. 24–31 (in Hebrew).

Newspaper articles and short articles in English

1. Zhang Longxi (2007). "Jewish and Chinese Diasporas," *Ex/Change*, no. 16, City University of Hong Kong, June 2006, pp. 18–24.

   a. Reprinted in *Points East: A Publication of the Sino-Judaic Institut*e, Menlo Park, CA, vol. 22, no. 1, March 2007, pp. 1, 6–8.

2. Zhang Longxi (2004). "The Relevance of Antiquity: G. E. R. Lloyd on Greek and Chinese Science and Culture," *Ex/Change*, no.10, City University of Hong Kong, July 2004, pp. 12–17.

3. Zhang Longxi (2003). "Staging a precedent," *South China Morning Post*, Hong Kong, Wednesday December 24, 2003, p. A11.

4. Zhang Longxi (2003). "The people's right to know," *South China Morning Post*, Hong Kong, Wednesday July 9, 2003, p. A13.

5. Zhang Longxi (2003). "Students need four years," *South China Morning Post*, Hong Kong, Friday June 20, 2003, p. A11.

6. Zhang Longxi (2003). "Literary lament," *South China Morning Post*, Hong Kong, Friday June 6, 2003, p. A19.

7. Zhang Longxi (2003). "Do civilizations have to clash? Or can we talk?" *South China Morning Post*, Hong Kong, Tuesday March 18, 2003, p. A15.

8. Zhang Longxi (2002). "Are We Losing our Advantage in English?" *South China Morning Post*, Hong Kong, Thursday October 24, 2002, p. 18.

9. Zhang Longxi (2001). "Imaginaries of the Foreign," *Ex/Change*, no. 2, City University of Hong Kong, October 2001, pp. 17–19.

10. Zhang Longxi (2001). "The Exotic Concept of Beauty," *Ex/Change*, no.1, City University of Hong Kong, June 2001, pp. 9-13.

    a. Translated into Chinese as〈異域情調之美〉by Li Boting 李博婷,《外國文學》[*Foreign Literature*], no. 2, Beijing, March 2002, pp. 70–74.

11. Zhang Longxi (1987). "The *New Science* in Chinese," *New Vico Studies*, Atlantic Highlands, NJ, vol. 5, pp. 218–19.

12. Zhang Longxi (1986). "Profile: Professor Zhu Guangqian," *New Vico Studies*, vol. 4, New York, pp. 213–14.

Newspaper articles and short articles in Chinese

1. 張隆溪 (2021)。〈中國人的文化觀念與族群意識〉[The Cultural Concept of the Chinese and their Ethnic Consciousness],《亞洲週刊》[*Yazhou zhoukan*], vol. 35, no. 43, Hong Kong, Oct. 25, 2021, p. 47.

2. 張隆溪 (2017)。〈雅聚香江集珠玉〉[Gathering Jewels at Cultural Salon in Hong Kong],《亞洲週刊》[*Yazhou zhoukan*], vol. 31, no. 6, Hong Kong, Feb. 3, 2017, p. 18.

3. 張隆溪 (2015)。〈文學理論的式微與世界文學的興起〉[The Decline of Literary Theories and the Rise of World Literature]，《文匯學人》[*Wenhui Literary Supplement*], Shanghai, Friday, March 20, 2015, p. 11.

4. 張隆溪 (2011)。〈中西文化的差異與契合〉[Differences and Affinities in Cultures Chinese and Western]，《明報》[*Ming Pao*], Hong Kong, Friday, June 17, 2011, p. D8.

5. 張隆溪 (2011)。〈新年重訪錦城〉[Revisit of Chengdu during the New Year Holidays]，《明報》[*Ming Pao*], Hong Kong, Friday, February 4, 2011, p. D3.

6. 張隆溪 (2010)。〈牛津基督聖殿學院印象〉[Impression of Christ Church College, Oxford]，《明報月刊》[*Ming Pao Monthly*], Hong Kong, November 2010, p. 18.

7. 張隆溪 (2008)。〈馮紀忠先生〉[Mr. Feng Jizhong]，《世界建築導報》[*World Architecture Review*] 121, Shenzhen, No. 3, 2008, p. 54.

8. 張隆溪 (2006)。〈紐倫堡隨想〉[Thinking of Nurenberg]，《SOHO 小報》[*Soho Gazette*] 66, Beijing, June 2006, pp. 30–31.

9. 張隆溪 (2005)。〈在山野中讀希臘悲劇〉[Reading *Oedipus Rex* in the Wilderness]，《網路與書》[*Net and Books*] 18, Taipei, Sept. 2005, pp. 71–73

10. 張隆溪 (2005)。〈四個人物和一段親情〉[Four Characters and Human Emotions—Staging Proof in Hong Kong]，《明報》[*Ming Pao*], Hong Kong, Wednesday July 27, 2005, p. D6.

11. 張隆溪 (2004)。〈伊底帕斯的醒悟 —— 希臘命運悲劇〉[The Anagnorisis of Oedipus: On the Greek Idea of the Tragedy of Destiny]，《網路與書》[*Net and Books*] 13, Taipei, Oct. 2004, pp. 71–73.

12. 張隆溪 (2004)。〈王爾德、余光中和楊世彭的魅力〉[The Appeal of Wilde, Yu Kwang-chung and Daniel S. P. Yang]，《亞洲週刊》[*Yazhou zhoukan*], Hong Kong, Aug. 1, 2004, p. 10.

13. 張隆溪 (2004)。〈我與多倫多大學〉[Of University of Toronto]，《明報月刊》[*Ming Pao Monthly*], Hong Kong, vol. 39, no. 5, May 2004, p. 70.

14. 張隆溪 (2004)。〈全面閱讀錢鍾書英文著作〉[Reading Qian Zhongshu's English Writings]，《明報》[*Ming Pao*], Hong Kong, Sunday February 8, 2004, p. D12.

15. 張隆溪 (2003)。〈我活得充實，因為有我們仨〉[My life is full because there are three of us]，《明報》[*Ming Pao*], Hong Kong, Saturday August 23, 2003, p. D4.

16. 張隆溪 (2003)。〈世界是平庸者的天下〉[The world is a republic of mediocrities]，《明報》[*Ming Pao*], Hong Kong, Friday August 22, 2003, p. D6.

17. 張隆溪 (2003)。〈吾躬能曲，風吹不折〉[Je plie et ne romps pas]，《明報》[*Ming Pao*], Hong Kong, Thursday August 21, 2003, p. D10.

18. 張隆溪 (2003)。〈錢鍾書的幽默感〉[Qian Zhongshu's Sense of Humor]，《明報》[*Ming Pao*], Hong Kong, Wednesday August 20, 2003, p. D8.

19. 張隆溪 (2003)。〈何處是歸程？長亭更短亭 —— 讀《我們仨》有感〉[Where is the way back? / Pavilions one after another on no end—Notes on Yang Jiang's *We Three*]，《明報》 [*Ming Pao*], Hong Kong, Tuesday August 19, 2003, p. D6.

20. 張隆溪 (2003)。〈生者為過客，死者為歸人 —— 讀《我們仨》有感〉[The living are passers-by, / The dead are back at home—Notes on Yang Jiang's *We Three*]，《明報》[*Ming Pao*], Hong Kong, Monday August 18, 2003, p. D6.

21. 張隆溪 (2003)。〈以學術權威維護學術評審〉[Academic Assessment under the Guidance of Intellectual Authority]，《社會科學報》[*Social Science Weekly*], Shanghai, Thursday June 12, 2003, p. 5.

22. 張隆溪 (2003)。〈人畢竟不是神 —— 也談東西烏托邦思想〉[Men Are Not Gods—On Utopian Thing East and West]，《中國時報》[*China Times*], Taipei, Wednesday March 12, 2003, p. 39.

  a. Reprinted in《光華》[*Sinorama*], Taipei, vol. 28, no. 4, April 2003, pp. 50–51.

23. 張隆溪 (2002)。〈閑話康橋〉[Matters about Cambridge]，《明報月刊》[*Ming Pao Monthly*], vol. 37, no. 5, Hong Kong, May 2002, pp. 88–90.

  a. Reprinted as 〈似曾相識話劍橋〉[Cambridge as though Known] in《萬象》 [*Panorama Monthly*], vol. 4, no. 7, Shenyang, July 2002, pp. 145–51.

24. 張隆溪 (2001)。〈此曲只應天上有〉[Music for the Heavens]，《視聽技術》[*China Avphile*], Chengdu, September 2001, pp. 59–61.

  a. Reprinted in《明報月刊》[*Ming Pao Monthly*], vol. 37, no. 2, Hong Kong, February 2002, pp. 92–94.

25. 張隆溪 (2000)。〈靈感〉[On Inspiration]，《明報》語文版 [*Ming Pao*], Hong Kong, Thursday, December 14, 2000.

26. 張隆溪 (2000)。〈字義趣談〉[Words and Etymology]，《明報》語文版 [*Ming Pao*], Hong Kong, Thursday, December 7, 2000.

  a. An expanded version reprinted in《新京報》文化副刊 [*Beijing News*], C15, Beijing, Tuesday, Jan. 17, 2006.

27. 張隆溪 (2000)。〈珠圓玉潤〉[The Pearl as Metaphor]，《明報》語文版 [*Ming Pao*], Hong Kong, Monday, December 4, 2000.

28. 張隆溪 (2000)。〈大象無形〉[Great Image Has No Form]，《明報》語文版 [*Ming Pao*], Hong Kong, Thursday, November 30, 2000.

29. 張隆溪 (2000)。〈晨歌〉[Alba]，《明報》語文版 [*Ming Pao*], Hong Kong, Tuesday, November 28, 2000.

30. 張隆溪 (2000)。〈意像的巧合〉[The Converging of Images]，《明報》語文版 [*Ming Pao*], Hong Kong, Friday, November 24, 2000.

31. 張隆溪 (2000)。〈山水與靜默〉[Nature and Silent Pondering]，《明報》語文版 [*Ming Pao*], Hong Kong, Monday, November 20, 2000.

32. 張隆溪 (2000)。〈知識就是力量〉[Knowledge is Power]，《明報》語文版 [*Ming Pao*]，Hong Kong, Thursday, November 16, 2000.

33. 張隆溪 (2000)。〈歸隱和自由〉[Reclusion and Freedom]，《明報》語文版 [*Ming Pao*]，Hong Kong, Tuesday, November 14, 2000.

34. 張隆溪 (2000)。〈自由的代價〉[Paying for Freedom]，《明報》語文版 [*Ming Pao*], Hong Kong, Thursday, November 9, 2000.

35. 張隆溪 (2000)。〈理想的墮落〉[The Corruption of the Ideal]，《明報》語文版 [*Ming Pao*]，Hong Kong, Tuesday, November 7, 2000.

36. 張隆溪 (2000)。〈理想社會的藍圖〉[The Blueprint for an Ideal Society]，《明報》語文版 [*Ming Pao*], Hong Kong, Friday, November 3, 2000.

37. 張隆溪 (2000)。〈樂土的幻想〉[The Fantasy of the Promised Land]，《明報》語文版 [*Ming Pao*], Hong Kong, Tuesday, October 31, 2000.

38. 張隆溪 (2000)。〈鏡與燈的比喻〉[Metaphors of the Mirror and the Lamp]，《明報》語文版 [*Ming Pao*], Hong Kong, Friday, October 27, 2000.

39. 張隆溪 (2000)。〈蒲伯論摹仿〉[Pope on Imitation]，《明報》語文版 [*Ming Pao*]，Hong Kong, Tuesday, October 24, 2000.

40. 張隆溪 (2000)。〈法自然與法古人〉[Follow Nature and Follow the Ancients]，《明報》語文版 [*Ming Pao*], Hong Kong, Thursday, October 19, 2000.

41. 張隆溪 (2000)。〈髑髏的象徵〉[The Symbolic Skull]，《明報》語文版 [*Ming Pao*]，Hong Kong, Monday, October 16, 2000.

42. 張隆溪 (2000)。〈解讀「風月鑑」〉[Interpreting the Mirror of Magic Eros]，《明報》語文版 [*Ming Pao*], Hong Kong, Thursday, October 12, 2000.

43. 張隆溪 (2000)。〈魔鏡〉[The Magic Mirror]，《明報》語文版 [*Ming Pao*], Hong Kong, Tuesday, October 10, 2000.

44. 張隆溪 (2000)。〈說「鑑」〉[The Metaphor of the Mirror]，《明報》語文版 [*Ming Pao*]，Hong Kong, Thursday, October 5, 2000.

45. 張隆溪 (2000)。〈孤芳〉[A Lonely Flower]，《明報》語文版 [*Ming Pao*], Hong Kong, Tuesday, October 3, 2000.

46. 張隆溪 (2000)。〈懷古思舊〉[The Nostalgic Yearning for the Past]，《明報》語文版 [*Ming Pao*], Hong Kong, Thursday, September 28, 2000.

47. 張隆溪 (2000)。〈回文與連環〉[Reverse-Read Verse and Rondels]，《明報》語文版 [*Ming Pao*], Hong Kong, Tuesday, September 26, 2000.

48. 張隆溪 (2000)。〈悲劇意識〉[The Tragic Sense]，《明報》語文版 [*Ming Pao*], Hong Kong, Thursday, September 21, 2000.

49. 張隆溪 (2000)。〈禍福相倚〉[The Turning of Happiness and Misfortune]，《明報》語文版 [*Ming Pao*], Hong Kong, Tuesday, September 19, 2000.

50. 張隆溪 (2000)。〈歷史和歷史的敍述〉[History and Historical Narrative]，《明報》語文版 [*Ming Pao*], Hong Kong, Friday, September 15, 2000.

51. 張隆溪 (2000)。〈詩和歷史〉[Poetry and History]，《明報》語文版 [*Ming Pao*], Hong Kong, Monday, September 11, 2000.

52. 張隆溪 (2000)。〈藝術想像與文藝批評〉[Imagination and Criticism]，《明報》語文版 [*Ming Pao*], Hong Kong, Thursday, September 7, 2000.

53. 張隆溪 (2000)。〈靜物花卉的寓意〉[What Still Life Painting and Chinese Painting of Birds and Flowers Mean]，《明報》語文版 [*Ming Pao*], Hong Kong, Monday, September 4, 2000.

54. 張隆溪 (2000)。〈藝術和非理性的想象〉[Art and Irrational Imagination]，《明報》語文版 [*Ming Pao*], Hong Kong, Thursday, August 31, 2000.

55. 張隆溪 (2000)。〈繪畫與時間的表現〉[Painting and the Representation of Time]，《明報》語文版 [*Ming Pao*], Hong Kong, Monday, August 28, 2000.

56. 張隆溪 (2000)。〈藝術與抽象的哲理〉[Art and Abstract Philosophical Ideas]，《明報》語文版 [*Ming Pao*], Hong Kong, Thursday, August 24, 2000.

57. 張隆溪 (2000)。〈透視法與「掀屋角」〉[Perspective and the Pushing-Up of Eaves]，《明報》語文版 [*Ming Pao*], Hong Kong, Tuesday, August 22, 2000.

58. 張隆溪 (2000)。〈中西畫風之異〉[The Divergence of Chinese and Western Painting]，《明報》語文版 [*Ming Pao*], Hong Kong, Friday, August 18, 2000.

59. 張隆溪 (2000)。〈存形與傳神〉[Representation and Expression]，《明報》語文版 [*Ming Pao*], Hong Kong, Thursday, August 17, 2000.

60. 張隆溪 (2000)。〈時間藝術和空間藝術〉[Temporal and Spatial Art]，《明報》語文版 [*Ming Pao*], Hong Kong, Friday, August 11, 2000.

61. 張隆溪 (2000)。〈詩畫異同〉[The Sister Arts]，《明報》語文版 [*Ming Pao*], Hong Kong, Tuesday, August 8, 2000.

62. 張隆溪 (2000)。〈栩栩如生〉[True as Life]，《明報》語文版 [*Ming Pao*], Hong Kong, Friday, August 4, 2000.

63. 張隆溪 (2000)。〈人文學者「激進的政治目的」〉[The Humanist's "Radical Political Agenda"]，《明報月刊》[*Ming Pao Monthly*], vol. 35, no. 8, Hong Kong, August 2000, pp. 23–24.

64. 張隆溪 (2000)。〈江山如畫〉[Nature Picturesque]，《明報》語文版 [*Ming Pao*], Hong Kong, Wednesday, August 2, 2000.

65. 張隆溪 (2000)。〈秋聲〉[Sound of Autumn]，《明報》語文版 [*Ming Pao*], Hong Kong, Thursday, July 27, 2000.

66. 張隆溪 (2000)。〈雙聲疊韻〉[Alliterative and Rhyming Words]，《明報》語文版 [*Ming Pao*], Hong Kong, Monday, July 24, 2000.

67. 張隆溪 (2000)。〈詩和色彩〉[Poetry and Color]，《明報》語文版 [*Ming Pao*], Hong Kong, Thursday, July 20, 2000.

68. 張隆溪 (2000)。〈詩中用顏色詞〉[Color Words in Poetry]，《明報》語文版 [*Ming Pao*]，Hong Kong, Monday, July 17, 2000.

69. 張隆溪 (2000)。〈說「蕭蕭」〉[Notes on *xiao xiao*]，《明報》語文版 [*Ming Pao*]，Hong Kong, Thursday, July 13, 2000.

70. 張隆溪 (2000)。〈說「咄咄」〉[Notes on *duo duo*]，《明報》語文版 [*Ming Pao*]，Hong Kong, Monday, July 10, 2000.

71. 張隆溪 (2000)。〈詩中用典〉[Allusions in Poetry]，《明報》語文版 [*Ming Pao*]，Hong Kong, Thursday, July 6, 2000.

72. 張隆溪 (2000)。〈說「詩言志」〉[On Poetry as the Articulation of Intent]，《明報》語文版 [*Ming Pao*]，Hong Kong, Monday, July 3, 2000.

73. 張隆溪 (2000)。〈以文為詩〉[Prose in Poetry]，《明報》語文版 [*Ming Pao*]，Hong Kong, Thursday, June 29, 2000.

74. 張隆溪 (2000)。〈詩人的特許權〉[Poetic License]，《明報》語文版 [*Ming Pao*]，Hong Kong, Monday, June 26, 2000.

75. 張隆溪 (2000)。〈對仗和排比〉[On Parallelism]，《明報》語文版 [*Ming Pao*]，Hong Kong, Thursday, June 22, 2000.

76. 張隆溪 (2000)。〈再談詩中詞句的重複〉[More on Repetition in Poetry]，《明報》語文版 [*Ming Pao*]，Hong Kong, Monday, June 19, 2000.

77. 張隆溪 (2000)。〈詩中用疊字〉[Word Repetition in Poetry]，《明報》語文版 [*Ming Pao*]，Hong Kong, Thursday, June 15, 2000.

78. 張隆溪 (2000)。〈詩文不朽〉[Eternity in Letters]，《明報》語文版 [*Ming Pao*]，Hong Kong, Monday, June 12, 2000.

79. 張隆溪 (2000)。〈雅與俗〉[The Elite and the Popular]，《明報》語文版 [*Ming Pao*]，Hong Kong, Thursday, June 8, 2000.

80. 張隆溪 (2000)。〈詩文煉字〉[*Le mot juste*]，《明報》語文版 [*Ming Pao*]，Hong Kong, Monday, June 5, 2000.

81. 張隆溪 (2000)。〈妙悟與文字藝術〉[Miraculous Enlightenment and the Art of Letters]，《明報》語文版 [*Ming Pao*]，Hong Kong, Thursday, June 1, 2000.

82. 張隆溪 (2000)。〈知音難〉[Fit Audience, Though Few]，《明報》語文版 [*Ming Pao*]，Hong Kong, Monday, May 29, 2000.

83. 張隆溪 (2000)。〈意在言外〉[Meaning Beyond the Text]，《明報》語文版 [*Ming Pao*]，Hong Kong, Thursday, May 25, 2000.

84. 張隆溪 (2000)。〈言不盡意〉[Speech Cannot Fully Express Meaning]，《明報》語文版 [*Ming Pao*]，Hong Kong, Monday, May 22, 2000.

85. 張隆溪 (2000)。〈「暾」與達芙涅〉["*Tun*" and Daphne]，《明報》語文版 [*Ming Pao*]，Hong Kong, Thursday, May 18, 2000.

86. 張隆溪 (2000)。〈説「暾」〉[Notes on "*tun*"]，《明報》語文版 [*Ming Pao*], Hong Kong, Monday, May 15, 2000.

87. 張隆溪 (2000)。〈語言和意識形態〉[Language and Ideology]，《明報》語文版 [*Ming Pao*], Hong Kong, Thursday, May 11, 2000.

88. 張隆溪 (2000)。〈語言、文明和野蠻〉[Language, Civilization and Barbarity]，《明報》語文版 [*Ming Pao*], Hong Kong, Monday, May 8, 2000.

89. 張隆溪 (2000)。〈文字的發展〉[The Development of Chinese Scripts]，《明報》語文版 [*Ming Pao*], Hong Kong, Thursday, May 4, 2000.

90. 張隆溪 (2000)。〈倉頡造字〉[Cangjie, the Inventor of Scripts]，《明報》語文版 [*Ming Pao*], Hong Kong, Monday, May 1, 2000.

91. 張隆溪 (2000)。〈中世紀的情詩〉[Two Medieval Love Poems]，《明報》語文版 [*Ming Pao*], Hong Kong, Thursday, Apr. 27, 2000.

92. 張隆溪 (2000)。〈藥物辯證〉[The Dialectics of Medicine]，《明報》語文版 [*Ming Pao*], Hong Kong, Monday, Apr. 24, 2000.

93. 張隆溪 (2000)。〈良藥和毒藥〉[Medicine and Poison]，《明報》語文版 [*Ming Pao*], Hong Kong, Thursday, Apr. 20, 2000.

94. 張隆溪 (2000)。〈廬山面目〉[The True View of Lushan]，《明報》語文版 [*Ming Pao*], Hong Kong, Monday, Apr. 17, 2000.

95. 張隆溪 (2000)。〈行路難〉[Difficult Is the Road]，《明報》語文版 [*Ming Pao*], Hong Kong, Thursday, Apr. 13, 2000.

96. 張隆溪 (2000)。〈詩酒之緣〉[Poetry and Wine]，《明報》語文版 [*Ming Pao*], Hong Kong, Monday, Apr. 10, 2000.

97. 張隆溪 (2000)。〈及時行樂〉[Carpe diem]，《明報》語文版 [*Ming Pao*], Hong Kong, Friday, Apr. 7, 2000.

98. 張隆溪 (2000)。〈人生如寄〉[Life Is a Journey]，《明報》語文版 [*Ming Pao*], Hong Kong, Monday, Apr. 3, 2000.

99. 張隆溪 (2000)。〈人生如夢〉[Life Is Like a Dream]，《明報》語文版 [*Ming Pao*], Hong Kong, Friday, Mar. 31, 2000.

100. 張隆溪 (2000)。〈經典與諷寓〉[Canon and Allegory]，《明報》語文版 [*Ming Pao*], Hong Kong, Tuesday, Mar. 28, 2000.

101. 張隆溪 (2000)。〈時代和文學趣味的變遷〉[Time and the Mutability of Literary Taste]，《明報》語文版 [*Ming Pao*], Hong Kong, Friday, Mar. 24, 2000.

102. 張隆溪 (2000)。〈故鄉的觀念〉[The Idea of Homeland]，《明報》語文版 [*Ming Pao*], Hong Kong, Tuesday, Mar. 21, 2000.

    a. Reprinted in《散文‧海外版》[*Essay Overseas Edition*], No. 59, Tianjin, No. 5, 2002, p. 128.

103. 張隆溪 (2000)。〈什麼是文學經典〉[What Is a Classic?]，《明報》語文版 [*Ming Pao*]，Hong Kong, Wednesday, Mar. 15, 2000.

104. 張隆溪 (2000)。〈文學與經典〉[Literature and Canon]，《明報》語文版 [*Ming Pao*]，Hong Kong, Tuesday, Mar. 14, 2000.

105. 張隆溪 (2000)。〈人窮而詩工〉[Suffering Makes Better Poetry]，《明報》語文版 [*Ming Pao*]，Hong Kong, Thursday, Mar. 9, 2000.

   a.　Reprinted in《散文・海外版》[*Essay Overseas Edition*], No. 59, Tianjin, No. 5, 2002, pp. 127–28.

106. 張隆溪 (2000)。〈「百花齊放」正解〉[The Appropriate Understanding of "A Hundred Flowers in Bloom"]，《明報》語文版 [*Ming Pao*]，Hong Kong, Tuesday, Mar. 7, 2000.

107. 張隆溪 (2000)。〈文學的地位〉[The Place of Literature]，《明報》語文版 [*Ming Pao*]，Hong Kong, Thursday, Mar. 2, 2000.

108. 張隆溪 (2000)。〈錫德尼的《為詩辯護》〉[Sir Philip Sidney's *An Apology for Poetry*]，《明報》語文版 [*Ming Pao*]，Hong Kong, Tuesday, Feb. 29, 2000.

109. 張隆溪 (2000)。〈文如其人〉[Le style est l'homme]，《明報》語文版 [*Ming Pao*]，Hong Kong, Thursday, Feb. 24, 2000.

   a.　Reprinted in《散文・海外版》[*Essay Overseas Edition*], No. 45, Tianjin, March 2000, p. 35.

110. 張隆溪 (2000)。〈信言不美〉[True Words Are Not Beautiful]，《明報》語文版 [*Ming Pao*]，Hong Kong, Monday, Feb. 21, 2000.

   a.　Reprinted in《散文・海外版》[*Essay Overseas Edition*], No. 45, Tianjin, March 2000, pp. 32–3.

111. 張隆溪 (2000)。〈智術無涯〉[Ars longa]，《明報》語文版 [*Ming Pao*]，Hong Kong, Tuesday, Feb. 15, 2000.

   a.　Reprinted in《散文・海外版》[*Essay Overseas Edition*], No. 45, Tianjin, March 2000, p. 31.

112. 張隆溪 (2000)。〈三人行〉[Three Men Walking]，《明報》語文版 [*Ming Pao*]，Hong Kong, Friday, Feb. 11, 2000.

   a.　Reprinted in《散文・海外版》[*Essay Overseas Edition*], No. 45, Tianjin, March 2000, pp. 33–4.

113. 張隆溪 (2000)。〈說寓言〉[On Fables]，《明報》語文版 [*Ming Pao*]，Hong Kong, Tuesday, Feb. 8, 2000.

   a.　Reprinted in《散文・海外版》[*Essay Overseas Edition*], No. 45, Tianjin, March 2000, pp. 29–30.

114. 張隆溪 (2000)。〈道德有香氣嗎？〉[Is Virtue Fragrant?]，《明報》語文版 [*Ming Pao*]，Hong Kong, Friday, Feb. 4, 2000.

   a.　Reprinted in《散文・海外版》[*Essay Overseas Edition*], No. 45, Tianjin, March 2000, pp. 28–9.

115. 張隆溪 (2000)。〈成語的巧合〉[The Felicitous Coincidence of Phrasal Expressions]，《明報》語文版 [*Ming Pao*], Hong Kong, Wednesday, Feb. 2, 2000.

116. 張隆溪 (2000)。〈古詩裏的白話〉[The Use of the Vernacular in Classcial Poetry]，《明報》語文版 [*Ming Pao*], Hong Kong, Wednesday, Jan. 26, 2000.

    a.   Reprinted in《散文・海外版》[*Essay Overseas Edition*], No. 45, Tianjin, March 2000, p. 27.

117. 張隆溪 (2000)。〈《紅樓夢》裏的燈謎〉[Lantern Riddles in Dream of the Red Chamber]，《明報》語文版 [*Ming Pao*], Hong Kong, Monday, Jan. 24, 2000.

118. 張隆溪 (2000)。〈字謎遊戲〉[Word Puzzles]，《明報》語文版 [*Ming Pao*], Hong Kong, Thursday, Jan. 20, 2000.

    a.   An expanded version reprinted in《新京報》文化副刊 [*Beijing News*], C15, Beijing, Friday, Nov. 25, 2005.

119. 張隆溪 (2000)。〈諧音與《石頭記索隱》〉[Homophones and *Index to the Hidden Meanings of the Story of the Stone*]，《明報》語文版 [*Ming Pao*], Hong Kong, Tuesday, Jan. 18, 2000.

120. 張隆溪 (2000)。〈韓愈〈諱辯〉〉[Han Yu's *Disputation on Taboo Words*]，《明報》語文版 [*Ming Pao*], Hong Kong, Friday, Jan. 14, 2000.

121. 張隆溪 (2000)。〈從諧音說到避諱〉[Homophones and Taboo Words]，《明報》語文版 [*Ming Pao*], Hong Kong, Wednesday, Jan. 12, 2000.

122. 張隆溪 (2000)。〈文學的魅力〉[The Charm of Literature]，《明報》語文版 [*Ming Pao*], Hong Kong, Monday, Jan. 10, 2000.

123. 張隆溪 (2000)。〈談審美趣味〉[On Aesthetic Taste]，《明報》語文版 [*Ming Pao*], Hong Kong, Thursday, Jan. 6, 2000.

    a.   Reprinted in《散文・海外版》[*Essay Overseas Edition*], No. 45, Tianjin, March 2000, pp. 25–6.

124. 張隆溪 (2000)。〈何謂文學〉[What Is Literature?]，《明報》語文版 [*Ming Pao*], Hong Kong, Tuesday, Jan. 4, 2000.

125. 張隆溪 (1999)。〈釋「千禧年」〉[What Is a Millennium?]，《明報》語文版 [*Ming Pao*], Hong Kong, Friday, Dec. 31, 1999.

126. 張隆溪 (1999)。〈語義變化舉例〉[Samples of Semantic Change]，《明報》語文版 [*Ming Pao*], Hong Kong, Tuesday, Dec. 28, 1999.

127. 張隆溪 (1999)。〈三論雙關語〉[Further Notes on Puns]，《明報》語文版 [*Ming Pao*], Hong Kong, Wednesday, Dec. 22, 1999.

128. 張隆溪 (1999)。〈莎劇中的雙關語〉[Shakespeare's Puns]，《明報》語文版 [*Ming Pao*], Hong Kong, Tuesday, Dec. 21, 1999.

129. 張隆溪 (1999)。〈雙關語的妙用〉[The Clever Use of Puns]，《明報》語文版 [*Ming Pao*], Hong Kong, Monday, Dec. 20, 1999.

130. 張隆溪 (1999)。〈草木的怒容〉[Hue angrie and brave]，《明報》語文版 [*Ming Pao*]，Hong Kong, Thursday, Dec. 16, 1999.

131. 張隆溪 (1999)。〈文學與語言學習〉[Literature and the Study of Language]，《明報》語文版 [*Ming Pao*], Hong Kong, Tuesday, Dec. 14, 1999.

132. 張隆溪 (1999)。〈密碼的兩面〉[The Two Sides of Code Talk]，《明報》語文版 [*Ming Pao*], Hong Kong, Thursday, Dec. 9, 1999.

　　a.　An expanded version reprinted in《新京報》文化副刊 [*Beijing News*], C15, Beijing, Thursday, Mar. 23, 2006.

133. 張隆溪 (1999)。〈口令趣聞〉[Interesting Cases of Passwords]，《明報》語文版 [*Ming Pao*], Hong Kong, Wednesday, Dec. 8, 1999.

　　a.　An expanded version reprinted in《新京報》文化副刊 [*Beijing News*], C15, Beijing, Friday, Dec. 16, 2005.

134. 張隆溪 (1999)。〈説「語文」〉[On Language Spoken and Written]，《明報》語文版 [*Ming Pao*], Hong Kong, Monday, Dec. 6, 1999.

　　a.　Reprinted in《散文・海外版》[*Essay Overseas Edition*], No. 45, Tianjin, March 2000, pp. 24–5.

135. 張隆溪 (1999)。〈評説經典——記中國闡釋學傳統國際研討會〉[Commenting on the Canon: An International Conference on the Chinese Hermeneutic Tradition]，《明報月刊》[*Ming Pao Monthly*], vol. 34, no. 12, Hong Kong, December 1999, pp. 86–87.

136. 張隆溪 (1999)。〈人生小語：人貴有自知之明〉[Aphorisms on Life: gnothi seauton]，《明報月刊》[*Ming Pao Monthly*], vol. 34, no. 10, Hong Kong, October 1999, p. 9.

137. 張隆溪 (1999)。〈憶周翰師〉[In Memory of My Teacher, Mr. Yang Zhouhan]，《中國比較文學》[*Comparative Literature in China*], no. 3, 1999, Shanghai, pp. 17–22.

138. 張隆溪 (1999)。〈加州—上海—香港〉[California-Shanghai-Hong Kong]，《明報月刊》[*Ming Pao Monthly*], vol. 34, no. 9, Hong Kong, September 1999, p. 80.

139. 張隆溪 (1998)。〈學術自由與港式文化〉[Academic Freedom and Culture Hong Kong Style]，《明報月刊》[*Ming Pao Monthly*], vol. 33, no. 9, Hong Kong, September 1998, p. 91.

140. 張隆溪 (1998)。〈海螺呷潮水〉[My First Visit of Hong Kong]，《明報月刊》[*Ming Pao Monthly*], vol. 33, no. 5, Hong Kong, May 1998, p. 89.

141. 張隆溪 (1997)。〈道德、政治、傳統以及中西文化〉[Morality, Politics, Tradition and Chinese-Western Cultural Relations]，《文匯讀書周報》[*Wen Hui Weekly Review*], no. 619 Shanghai, January 4. 1997, p. 4.

142. 張隆溪 (1994)。〈《由顧城之死想到的》極為精彩〉[Comment on Hu Ping's Essay on Gu Cheng]，《北京之春》[*Beijing Spring*], no. 9, New York, Feb. 1994, pp. 103–04.

143. 張隆溪 (1991)。〈楊周翰教授的榜樣〉[Professor Yang Zhouhan: In Memoriam]，《讀書》[*Reading Monthly*], no. 2, Beijing, Feb. 1991, pp. 13–15.

144. 張隆溪 (1984)。〈應當開展比較詩學研究〉[Toward the Study of Comparative Poetics]，《中國比較文學》[*Comparative Literature in China*], no. 1, Shanghai, 1984, pp. 17–19.

145. 張隆溪 (1982)。〈比較文學的國際盛會〉[The International Scene of Comparative Literature]，《讀書》[*Reading Monthly*], no. 11, Beijing, Nov. 1982, pp. 134–36.

Translations

Books

1. 《悲劇心理學》 *The Psychology of Tragedy: A Critical Study of Various Theories of Tragic Pleasure* by Chu Kwang-Tsien 朱光潛 (trans. from English into Chinese). Beijing:人民文學出版社 [People's Literature Press], 1983, 261 pp. Reprinted, Nanjing: 江蘇文藝出版社 [Jiangsu Literature and Art Publishing House], 2009, 230 pp.

2. 《蛇類》 *The Snakes* by H. W. Parker (trans. from English into Chinese). Beijing: 科學出版社 [Science Press], 1981, 170 pp.

3. *The Giant Panda*, eds. Zhu Jing and Li Yangwen (trans. from Chinese into English). Beijing: Science Press, 1980, 171 pp.

Book chapters

1. Li Shuyi (19th century) 李淑儀, "*Preface to* Shuying lou mingshu baiyong," in Kang-I Sun Chang and Haun Saussy (eds.), *Women Writers of Traditional China: An Anthology of Poetry and Criticism*. Stanford: Stanford University Press, 1999, pp. 713–15.

2. Tian Yiheng (16th century) 田藝蘅, "*Preface to* Shi nhshi," in *Women Writers of Traditional China: An Anthology of Poetry and Criticism*, pp. 733–36.

3. Zhong Xing (1574–1624) 鍾惺, "*Preface to* Mingyuan shigui," in *Women Writers of Traditional China: An Anthology of Poetry and Criticism,* pp. 739–41.

4. Huang Chuanji (19th century) 黃傳驥, "*Foreword to* Huang Zhimo, Guochao guixiu shi liuxu ji," in *Women Writers of Traditional China: An Anthology of Poetry and Criticism*, pp. 801–04.

Articles

1. "Our Sweetest Songs," by Qian Zhongshu 錢鍾書 (from Chinese into English), trans. with annotations in *Journal of World Literature*, vol. 3, no. 4, Winter 2018, Leiden, pp. 475–496.
   a. Published online in《香江文化沙龍》[Hong Kong Academic Cultural Salon]'s WeChat Public Edition [微信公眾號] on February 28, 2019.

2. "Literature and Life"〈文學與生活〉by Zhu Guangqian 朱光潛 (from Chinese into English), in *Modern Chinese Literary Thought: Writings on Literature*, 1893–1945, ed. Kirk A. Denton, Stanford: Stanford University Press, 1996, pp. 392–99.

3. "Preface to Shakespeare's Tempest" and "On The Merchant of Venice" by Wilson Knight, in《莎士比亞評論匯編》[*Selected Shakespearean Criticism*], ed. 楊周翰 [Yang Zhouhan], Beijing: People's Literature Press, 1981, vol. 2, pp. 382–411.

4. "Contemporary Usage of the 'Shakespearean Style'" by Aleck West, in《莎士比亞評論匯編》, vol. 2, pp. 562–78.

5. 〈魯迅小說的技巧〉"The Techniques in Lu Hsun's Fiction" by Patrick Hanan, in《國外魯迅研究論集》[*Lu Xun Studies Abroad*], ed. 樂黛雲 [Yue Daiyun] Beijing: Peking University Press, 1981, pp. 293–333.

6. 〈比較文學〉"Comparative Literature" by Renato Poggioli,《國外文學》[*Literature Abroad*], Beijing, no. 4, 1981, pp. 32–34.

7. 〈比較文學的定義和功用〉"The Definition and Function of Comparative Literature" by Henry Remark，《國外文學》[*Literature Abroad*], Beijing, no. 4, 1981, pp. 35–43.

8. 〈現代文學：一個警報〉"Modern Literature: A Warning" by D. D. McElroy，《國外文學》[*Literature Abroad*], Beijing, no. 3, 1981, pp. 26–37.

9. 〈懷斯的世界〉"The World of Andrew Wyeth" by William Fairwell，《世界美術》[*World Art*], Beijing, no. 1, 1981, pp. 58–61.

Literary works

1. "To Meng Haoran"〈贈孟浩然〉by Li Bo 李白 (from Chinese into English), in *300 Tang Poems: A New Translation,* ed. Xu Yuanchong et al., Hong Kong: Joint Publishing Co, 1987, p. 99.

2. "Army Carts"〈兵車行〉by Du Fu 杜甫 (from Chinese into English), in *Gems of Classical Chinese Poetry in Various English Translations*, ed. Lu Shu-xiang and Xu Yuan-zhong, Hong Kong: Joint Publishing Co., 1988, pp. 186–87.

3. 〈哈默林的彩衣笛手〉"The Pied-Piper of Hamlin" by Robert Browning,《外國詩》[*Foreign Poetry*], Beijing, vol. 2, 1984, pp. 68–81.

4. 〈一個德國大學生的奇遇〉"The Adventure of a German Student" by Washington Irving,《國外文學》[*Literature Abroad*], Beijing, no. 4, 1983, pp. 185-92.